사랑에 갇히다

팬데믹 시대의 로맨스 단편선

사랑에 갇히다

:
:

서계수 코코아드림 정엘 헤이나 제야 양윤영

구픽

Contents

너의 명복을 여섯 번 빌었어

서계수

이 책으로 데뷔. 주로 청소년과 여성이 나오는 판타지와 호러 소설을 쓴다. 오전엔 글을 쓰고 오후엔 아르바이트를 뛰고 있다. 코로나 블루로 부쩍 우울하고 초조해진 마음을 노트북과 닌텐도 게임기로 달래는 중. 당뇨로부터 몇 발짝 떨어져 있지만, 여전히 미니스톱 소프트콘을 갈망한다. 다가올 여름 더위를 어떻게든 피하고 싶은 사람.

편의점 아르바이트를 마친 희진이 집에 돌아왔을 때, 선영은 보이지 않았다.

오늘은 연차를 썼으니 원래 이 시간이라면 새벽까지 버틴 선영이 지쳐 잠들어 있을 시간인데. 희진은 조끼 주머니에서 휴대전화를 꺼냈다. 하루에도 몇 번씩 오는, 시내에 확진자가 몇 명 발생했다든가 사회적 거리 두기가 연장된다든가 하는 안전 안내 문자 외에 다른 연락은 없었다.

마스크를 벗어 쓰레기통에 넣을까 잠시 고민하던 희진은 식탁 위에 마스크를 내려놓았다. 어차피 이따 선영과 함께 외식할 터였다. 오늘은 특별한 날이니까.

화장실로 들어가기 전에 희진은 습관적으로 주변을 살폈다. 폐소공포증이 있어서 화장실 문이 닫히면 무서웠다. 집 밖에선 화장실에 잘 다니지 못했다. 외부 화장실은 당연히 문을 닫고 쓰는 것이 규칙이니까. 다행히 함께 사는 선영은 그런 희진의 마음을 배려해 주었기에, 화장실 문은 언제나 열려 있었다.

그래서 희진은 가끔 선영에게 미안했다. 꼼꼼하고 깔끔한 선영은 원래라면 동거인이 화장실 문을 닫고 쓰는 것을 원할 텐데.

손을 씻고 나온 후 반려 토끼 두 마리를 한참 쓰다듬어 주고 나서, 희진은 낡은 냉장고에서 우유를 꺼냈다. 옥수수 시리얼을 말아 먹을 생각이었다. 자기들에게 간식을 줄 거라 여긴 건지, 두 마리 토끼가 희진의 발 주변을 빙글빙글 돌았다.

"기다려, 기다려. 말린 사과 줄게."

편의점에서 오전 근무를 하는 동안엔 식사를 하기가 여의치 않았다. 컵라면이라도 먹을까 하면 귀신같이 손님이 꼬였고, 라면은 금세 불어 버리기 일쑤였다. 아침을 먹으면 속이 좋지 않아 굶고 나온 희진에게, 점심 식사를 제때 하기 힘들다는 건 여간 고역이 아니었다. 그러나 불평할 생각은 없었다. 이 시국엔 아르바이트 자리도 얼마나 귀한가.

예전엔 회사에서 책상 앞에 앉아 일했다. 그러나 몇 달 전 회사는 코로나바이러스로 경영난이 심각해졌다며 희진을 잘랐다. 간 수치가 나쁜 희진의 병원비, 그리고 선영과 함께 기르는 두 마리 토끼 참이와 꽁이의 병원비는 희진이 직장을 다니든 말든 사정을 봐주지 않았다. 만약 선영이 물류센터에서 매달 벌어오는 돈이 없었다면, 두 인간 여성과 두 토끼로 구성된 가족은 버틸 수 없었을 것이다. 숨만 쉬어도 돈이 들었다.

몇 달간 실업 급여를 타며 근근이 버틴 후 희진은 겨우 편의점 아르바이트 자리 하나를 얻을 수 있었다. 서른이 넘어서 다시 편의점 아르바이트를 하게 될 줄은 몰랐지 싶어 희진은 허탈해했다. 운동이 부족했던 희진은 곧 족저근막염에 걸렸다. 오랫동안 서서 일하면 발 근육에 생기는 병이었다. 이미 족저근막염을 앓고 있던 선영은 아르바이트를 마친 희진이 집에 돌아오면 안쓰러운 눈으로 발을 주물러 주곤 했다.

"발을 최대한 안 써야 하는데."

선영이 그렇게 중얼거렸다. 희진은 대답 대신 선영의 등을 토닥였다. 선영도 희진도, 발을 안 쓸 방도는 없다는 것을 알고 있었다. 둘 다 종일 서서 일하는 직업을 갖고 있었다.

어느새 눅눅해진 시리얼을 입에 떠 넣으며, 희진은 휴대전화로 평소 구독 중인 채널을 보았다. 다들 주식 채널을 봐야 한다고 성화였지만, 희진은 도통 제가 주식으로 돈을 벌어들일 수 있을 거란 생각이 들지 않았다. 그리고 쉬는 시간에 보는 동영상 채널조차 돈과 관련된 것을 보기는 싫었다. 철새가 다니는 길목에 물과 모이 그릇을 준비해 주면 새들이 지나가다 먹고 가는 영상을 보는 것이 마음 편하고 좋았다.

한참 보던 영상 위로 문자 메시지 하나가 날아들었다. 선영이었다.

—집이야?

—응, 넌 어디야?

—잠깐 나왔어.

—빨리 와. 보고 싶어.

선영의 답장이 이어지기까지는 시간이 좀 걸렸다.

—밥 먹고 씻자. 나갈 준비해야지.

—응. 나 문 열어 놓고 씻는다.

이번에도 선영의 답은 조금 늦었다.

—닫고 씻어. 문 고칠 거 얘기하려고 집주인 데리고 갈 거야.

문자를 읽은 희진의 이맛살이 구겨졌다. 하필 오늘 집주인을 데리고 온다고?

문을 고쳐야 한다는 선영의 말은 옳았다. 둘이 사는 빌라 2층 화장실은 시공을 잘못했는지, 화장실 안이 아닌 밖에서 문을 잠글 수 있도록 되어 있었다. 게다가 한 번 문을 닫으면 뻑뻑한 것이 잘 열리지 않아서, 가끔 선영은 혼자 있을 때 무심코 화장실 문을 닫았다가 열리지 않을까 봐 조마조마했던 적이 한두 번이 아니라고 했다.

시리얼 그릇을 치운 희진은 속옷과 갈아입을 셔츠와 바지를 챙겨 화장실로 향했다. 전등을 켜자 한쪽만 남은 전구가 깜박거렸다. 곧 등을 갈아야 할 것 같았다.

무서운데. 희진의 어깨가 움츠러들었다. 선영의 말대로 화장실 문을 완전히 닫는 게 아니라, 조금 열어 두었다. 바깥에서 인기척이 들리면 아주 닫을 생각이었다.

샤워기를 틀자 차가운 물방울이 머리 위로, 어깨로 쏟아졌다. 희진은 서서히 데워지는 물의 온도에 집중하려 애썼다. 화장실 문이 닫혀도 문제될 것이 없다, 그렇게 생각하려 했다. 안 그래도 희진과 선영 둘 중 한 사람이 혼자 있을 때 화장실에 들어갔다가 문이 열리지 않을 경우를 대비해, 화장실 안쪽 선반엔 장도리 하나가 놓여 있었다. 여차하면 문을 부수고 나올 용도였다.

따뜻한 물이 긴장을 풀어 주었고, 희진은 씻는 일에 열중했다.

그때 화장실 바깥에서 인기척이 들렸다.

선영과 집주인이구나, 희진은 그렇게 생각하며 문을 닫았다. 몇 번을 봐도 익숙지 않은 집주인 아주머니와 선영이 이야기를 나누는 소리가 들릴 것을 예상하면서.

빠른 걸음 소리가 들려오더니 화장실 문고리에서 찰칵 소리가 났다.

희진은 잠시 멍하니 서서 제 귀를 의심했다. 방금 무슨 소리였지, 그게.

반사적으로 손을 뻗어 화장실 문손잡이를 돌렸다.

열리지 않았다.

희진은 샤워기를 잠그고 큰 수건을 어깨에 둘렀다.

"…누구세요?"

화장실 밖을 향해, 희진은 떨리는 목소리로 물었다. 누구지? 도둑이 들었나? 이 대낮에?

익숙한 목소리가 침묵을 갈랐다.

"나야, 선영이."

어느새 식은 물기가 허벅지에 싸늘하게 달라붙은 것을 느끼며,

희진은 눈을 빠르게 깜박였다. 눈을 오래 감고 있고 싶지도 않았다.

무서웠다.

희진은 추위, 그리고 다른 것으로 덜덜 떨며 물었다.

"선영아, 아주머니랑 같이 온 거 맞지? 문은 왜 잠갔어."

혹여 집주인 아주머니가 들을까 봐, 희진은 미처 내놓지 못한 말들을 입속말로 중얼거렸다. 나 이런 거 싫어하잖아. 너 나 폐소공포증 있는 거 알잖아.

선영의 대답이 돌아왔다.

"우리, 조금만 더 이러고 있자."

나직한 목소리였다.

"그게 무슨 말이야, 응?"

겨우 억누르고 있던 공포가 고삐를 벗어던지고 날뛰었다. 어깨에 두르고 있던 수건이 바닥으로 떨어졌다. 희진은 주먹으로 화장실 문을 쾅쾅 때렸다. 묵직한 무언가가 문을 막고 있는 것이 느껴졌다. 선영, 선영이었다. 희진은 알 수 있었다.

"야, 그게 무슨 말이야. 선영아, 문 열어. 문 열라고, 장선영!"

◆

왜 이런 일이 생긴 거지?

사실 이유는 상관없다. 중요한 것은 지금, 그리고 이다음이다. 그 무엇도 전과 같을 수 없을 것이다.

6년째에 접어든 동거 생활을 반추하며, 희진은 어둠 속에서 도사리고 있었다.

선영이 화장실 바깥에서 불을 끈 것은 아니었다. 아슬아슬하게 견디던 화장실 전구가 타이밍 좋게 나가 버린 것이다. 그 때문에 또 울고불고 한참을 실랑이한 끝이라, 희진은 지쳐 있었다. 수건을 집어 몸에 둘렀지만, 젖은 바닥에 떨어졌던 터라 조금도 따뜻하지 않았다.

문 너머로 바쁘게 오가는 발걸음 소리가 들려왔다. 토독토독, 두 마리 토끼의 웃자란 발톱이 바닥에 부딪히는 소리도 들렸다. 희진이 기다리는 소리는 다른 것이었다. 저를 부르며 현관문을 두들기는 후배의 목소리, 선영의 소리 높인 맞대응 같은 것들.

대낮이었다면 환풍기가 끼워진 작은 창문으로 빛이 들어올 수 있었겠지만, 밖은 깜깜했다. 화장실 불을 켜지 못하니 밀도 높은 어둠이 희진을 에워쌌다. 휴대전화 액정 화면이 뿜는 빛 따위 가소롭다는 듯 밀고 들어오는 깜깜함에, 희진은 시린 손으로 주먹을 쥐었다 폈다 했다. 시리기만 한 게 아니라 땀이 차기까지 했기 때문에, 이따금 젖은 수건에나마 손바닥을 문질렀다.

희진은 이를 악물었다. 안 그러면 다시 울음이 비어져 나올 것 같아서였다.

오랫동안 바꾸지 않은 휴대전화는 배터리가 금방 닳았다. 밝기를 최대로 낮추었는데도 그랬다. 애초에 화장실에 휴대전화를 갖고 들어오면서까지 풀 배터리인지 신경 쓰는 사람이 몇이나 될까.

구조 요청은 진작 마친 후였다. 카카오톡과 문자로 근처에 사는 후배에게, 경찰은 부르지 말고 급히 집에 와 달라고 연락한 것이다. 희진에겐 SNS 계정도 있었다. 주로 지인 위주로 소소하게 굴리고 있는 트위터 계정이었고, 후배는 그쪽에도 트위터 팔로우가 되어 있었다. 그래서 희진은 후배에게 문자를 확인해 달라고 트위터로도 쪽지를 보냈다. 잠들어 있는 것이 아닌 이상, 늘 휴대전화를 붙들고 사는 후배인 만큼 금세 희진의 연락을 확인할 것이었다.

걷다가 버스 타고 다시 걸어서 한 시간 정도 거리에 사는 후배였다.

어둠 속에서 시간은 느릿하게 흘렀다. 한 시간쯤 지났나 싶어 시계를 보면 겨우 5분이 지나 있었다.

늘 선반 안에 있던 장도리는 어디론가 사라지고 없었다. 어둠 속에서 선반에 손을 넣어 봤지만, 헤어드라이어나 비누, 화장지 따위나 잡혔다. 희진은 처음부터 선영이 자길 가둘 계획을 꾸몄다고 결론 내리지 않을 수 없었다.

대체 왜.

경찰은 부르지 않았다. 조용히 해결하고 싶었다. 지금은 이해할 수 없다 못해 무섭기까지 한 연인과 끝을 맺는 데에도 예의는 차리고 싶었다. 그건 비단 상대에 대한 예의만은 아니었다. 짧지 않은 14년이란 세월을 상대와 함께했던 희진 자신에 대한 예의를 지키는 것이기도 했다. 그러면 꽁이랑 참이는 어떡하지. 아냐, 지금 당장은 생각하지 말아야….

그때 변기 뚜껑 위에 올려 둔 발 한쪽이 미끄러져 내려가 바닥에 부딪혔다. 단단하고 찬 타일과 충돌한 발이 제법 아파서 희진은 나지막이 신음을, 어쩌면 분노 비슷한 것도 함께 악문 이 사이로 흘려보냈다.

화장실 밖의 선영으로부터 반응이 왔다.

"…괜찮아?"

동년배의 여성보다 낮은 목소리. 이 목소리를 반주 삼아 밥도 먹고 잠도 자던 때가 있었다.

다물었던 입이 저도 모르게 열렸다.

"내가 얘기한 적 있지 않나, 사촌 새끼한테 처맞고 화장실에 갇힌 적 많다고. 그래서 갇히는 거 정말 싫어한다고."

희진은 덧붙였다.

"내가 지금 괜찮을 것 같아?"

다시 흐르던 침묵을 깨고, 익숙한 목소리가 날아들었다.

"선배! 선영 선배! 저 나영이에요, 문 좀 열어 주세요!"

초인종이 울리고 현관문을 두들기는 소리, 희진이 기다리던 소리였다.

"나영아, 나영이 너야? 나 여깄어!"

화장실과 현관문, 두 개의 문 너머에 희진의 맞고함이 닿은 것인지, 후배는 이제 희진에게 말을 걸어왔다.

"희진 선배? 괜찮으세요?"

희진은 화장실 문손잡이를 돌려 보았다. 단단히 잠긴 문은 절걱
절걱 소리를 내며 흔들릴 뿐이었지만, 희진은 그래도 놓지 않았다.
계속 돌리고 또 돌렸다.

낮은 목소리가 들려왔다.

"나가지 마."

손잡이를 흔들던 희진이 멈칫했다.

"야, 너 울어?"

여전히 현관문을 두들기며 저를 부르는 후배의 목소리는 더는 들
리지도 않았다. 희진은 주먹으로 문을 내리치며 소리 질렀다.

"야, 너 왜 울어. 무슨 일인데! 왜 이러는 건데! 너 내 얼굴 안 볼
거야?"

그 서슬 때문인지, 현관 밖에서 철문을 두들기던 소리가 뚝 끊겼
다. 그러나 희진은 알아차리지 못한 채 손잡이를 쥔 손에 힘을 주었
다. 열리지 않을 것은 알았다. 그저 붙잡을 것이 필요했을 뿐이었다.

화장실 문을 때리는 소리도, 실랑이하는 목소리들도 사라졌다. 어
둠이 소리를 잡아먹은 것 같았다.

"희진아."

문 너머에서 선영의 목소리가 흘러들었다.

"보고 싶었어, 정말 보고 싶었어…."

화장실 문 바깥쪽에 몸을 바짝 붙인 채로, 선영은 숨죽여 울고 있었다.

그때 초인종이 다시 울리고, 현관문 두들기는 소리가 들렸다. "경찰인데요, 신고받고 왔습니다!"라는 남성의 커다란 목소리가 선영의 울음소리를 뭉갰다.

그러고 보니 사이렌 소리가 들렸던 것도 같은데. 당황한 희진은 휴대전화 키패드에 후배의 전화번호를 꾹꾹 눌렀다. 숫자를 헛짚었다가 지우는 것을 두 번쯤 반복했다. 짧은 대기음이 이어진 다음, 후배의 주눅 든 목소리가 흘러나왔다.

"죄송해요, 선배… 경찰 불렀어요. 무슨 일 난 줄 알고, 너무 무서워서…."

희진과 선영의 결혼기념일이었다.

◆

처음 만난 것은 대학교 1학년 교양 철학 수업 시간이었다.

"…이 삶, 네가 살아왔고 지금 살아가는 이 삶을 너는 한 번 더, 그리고 셀 수 없이 살아내야만 할 것이다…. 나무 사이의 달빛과 거미마저도 아주 똑같이… 영원한 현존의 모래시계는 항상 다시 회전된다…."

아마 니체의 책을 읽는 수업에서였을 거라고, 희진은 어렴풋하게

나마 기억했다. 그 학기 교양 서적은 『즐거운 지식』이라는 제목이었던가. 강의실 맨 앞에서 해석하던 교수의 목소리를 자장가 삼아 고개를 끄덕거리며 졸던 희진은 소스라치며 깨어났다. 옆자리에 앉아 있던, 안경을 쓴 비만한 여학생이 별안간 울음을 터뜨린 것이다. 초면이었다.

여학생의 울음소리는 질기게 끊어질 듯 말 듯 이어졌다. 점차 주변 학생들, 그리고 교수의 힐난 어린 눈총이 희진에게 향했다. 내가 뭘 했다고! 잠시 당황한 눈으로 주변을 둘러본 희진은 곧 자기가 '뭘 해야 한다'는 것을 깨달았다. 옆자리 여학생의 어깨를 두드려 일으켜 세운 희진은 불편한 구조의 강의실 의자에서 어찌어찌 벗어나 함께 강의실을 빠져나왔다. 적당히 강의실로부터 멀리 떨어져 있는 벤치에 다다르자, 희진은 여학생을 앉히곤 조심스레 어깨에 팔을 두른 채 토닥여 주었다. 여학생은 그때까지도 울고 있었다.

"괜찮아요? 무슨 일 있어요? 왜 갑자기 울었어요…."

…그런 바보 같은 말이나 건넸던 것 같은데. 그렇게 희진이 달래주던 상대 여학생이 바로 선영이었다.

똑같은 인문대생이었던 데다 듣는 수업도 겹쳤던 둘은 그 일을 인연으로 친구가 되었다.

그래, 처음엔 친구였다. 마른 체구에 머리숱이 적고 새치가 많은 국어국문과 희진과 모든 면에서 정반대인 사학과 선영의 조합이었지만 딱히 세간의 이목을 끈다거나 하지는 않았다. 그도 그럴 것이,

둘 다 결국 평범하기 그지없었으므로.

희진은 종종 궁금해했다. 그때 선영이 왜 울었을까. 그러나 묻겠다고 속으로 다짐해 놓곤 막상 선영을 만나면 다른 일 때문에 계획은 까맣게 잊곤 했다. 대학생은 바빴으니까. 툭하면 시험, 시험이 없을 땐 과제.

그래도 이따금 대학교에 와 새로 사귄 친구들과 카페에서 노닥거릴 시간쯤은 있었다.

"너넨 고등학교 때 제일 높게 받은 게 평균 몇이었어?"

다들 서로가 과연 고등학교 때 얼마나 성적이 좋았길래, 혹은 나빴길래 자기네 학교에 떨어진 건지 알고 싶어 했다. 흘러간 성적을 주제 삼아 학우들과 떠들던 희진의 주의를 다시금 끌어당긴 선영의 말이 있었다.

"난 태어나서 딱 한 번 수학 만점 받은 적 있어."

"오오, 언제?"

"초등학교 5학년 2학기 기말고사 때."

웃으면서 그렇게 말하길래, 희진도 웃으며 타박을 했다.

"치사하게 초등학교 5학년까지 끌고 오냐?"

"맞아, 야. 구질구질하거든!"

아주 잠깐, 선영의 눈빛에 쓸쓸함이 스치고 지나갔다. 그리고 희진은 그런 선영의 눈을 보았다. 다들 웃고 떠들던 와중에 왜 그런 표정을 지은 걸까. 나중에 희진은 또 의아해졌다. 그 표정은 나만

봤던 걸까? 왜 내 눈에만 들어왔을까.

어쩌면.

희진은 생각했다. 어쩌면 저 애는 늘 저렇게 쓸쓸한 걸까. 폭우처럼 쏟아지진 않아도 조금씩 가랑비가 내리듯이, 그렇게 쓸쓸함에 푹 젖어 있는 걸까.

철학 수업 시간에 난데없이 울음을 터뜨리던 그때에도 그렇게 쓸쓸했나. 희진은 궁금했지만 더는 묻지 않았다. 어쩐지 물을 필요가 없어진 기분이었다.

"넌 이상하게 선영이한테 관심이 많더라. 과도 다르면서. 둘이 사귀냐?"

친구들이 그렇게 놀렸던 때도 있었다. 그때마다 선영이 조금 과할 정도로 정색하는 것이 희진은 조금 서운했다.

"말이 되는 소릴 해라. 내가 남자냐? 그리고 내가 남자여도, 희진이 얘가 나 같은 애랑 사귀겠냐?"

희진이 부루퉁하게 받았다.

"네가 뭐."

대답을 못 하고 머뭇거리는 선영에게, 희진을 제외한 친구들이 한마디씩 거들었다.

"맞아. 선영이 네가 뭐?"

"선영아, 너 같은 애가 살 빼면 확 이뻐."

"그래, 선영아! 나랑 다이어트해. 야, 학교 체육관 PT 신청하자!"

"그럼 오늘부터 나랑 샐러드 먹어?"

선영의 팔을 낚아챈 희진이 툭 내뱉었다.

"웃기지 마. 오늘 점심은 돈까스야."

그때부터 희진은 좋았다. 선영이 허탈하다는 듯 웃으며 제 손에 순순히 끌려오는 것이.

"…영화 보는 걸 좋아한다고?"

선영이 자기와 함께 영화 감상 동아리에 들어야 한다고 고집부린 것도 희진이었다. 가고 싶은 동아리가 없다길래 그럼 나랑 여기 들자, 하고 데려온 것이다.

영화 감상 동아리 문 앞에서 자기를 생경하단 눈빛으로 보는 선영을 보며 희진이 되물었다.

"왜, 안 그렇게 생겼어?"

"넌 좀, 아이돌 같은 거 좋아하게 생겼는데."

"아이돌 좋아하게 생긴 게 뭔데? 그리고 나 아이돌 좋아해."

선영이 묘한 표정으로 고개를 기울였다.

"…빅뱅, 아니면 소녀시대?"

대답하는 희진의 등에 식은땀이 흘렀다.

"…소녀시대."

…아니, 이게 뭐라고? 방향 모를 짜증이 솟구친 희진이 툭 내뱉었다.

"근데 너, 영화 보는 건 좋아해?"

선영이 새삼스럽다는 듯 희진을 바라보았다.

"안 좋아하는데."

"그러면서 영화 동아리는 왜 들어가려고 해?"

"네가 들자며."

선영은 태연하게 대꾸하며 영화 감상 동아리실 문을 두드렸다.

"계세요?"

기겁한 희진은 선영을 끌고 빠른 걸음으로 동아리실에서 멀어졌다.

"안에서 누가 들었으면 어쩌려고… 그보다, 야, 너 진짜 괜찮아?"

선영이 희진에게 잡힌 양어깨를 으쓱했다.

"나 원래 영화 보는 거 안 좋아해. 특히 DVD로 보는 거. 좀 잔인하단 생각이 들어서…."

희진의 입이 벌어졌다.

"그럼 영화관에서 보는 건 괜찮아? …아니, 근데 DVD가 왜 잔인해? 호러 영화 얘기하는 거야?"

"그냥… 영화 속 사람들한테 영화는 현실이잖아. 그 사람들의 슬프고 괴로운 삶인 거잖아. 근데 그 영화를 우리는 즐겁게 보고 있는 거니까."

"야, 그건 아니지. 슬픈 장면에선 울고, 기쁜 장면에선 웃잖아. 즐겁게만 보진 않아."

처음엔 우물거리던 선영의 발음은 희진의 반박에 더 분명해졌다.

"즐겁게 보는 거지, 안전한 곳에서. 영화 속 등장인물들이 겪는 어려움과는 상관없는 곳에서. 따지고 보면 우롱 아니야? 내가 만약에 영화 속 인물이라고 쳐. 나 같으면 누군가가 내 고통을 안전한 곳에서 관람하고 있다는 게 불쾌할 것 같아. 누군가가 내 인생을 마음대로, 보고 싶은 장면을 보기 위해 빠른 재생으로 넘기기도 하고, 되감기도 한다는 게."

선영이 또박또박 힘주어 말했다. 이제는 멀어진 친구가 선영에 대해 평했던 것이 문득 희진의 머릿속에 떠올랐다.

"걘 좀 음침해."

희진은 고개를 저어 불쾌한 평을 쫓아냈다. 그러고는 고개를 끄덕였다.

"그렇게 생각해 본 적은 없는데, 그럴 수도 있겠네."

선영이 별나다는 듯 희진을 보았다. 희진은 처음 보는, 한결 밤이 걷힌 눈빛으로.

"이해 안 해도 돼."

희진이 선영의 어깨를 툭 쳤다.

"이해할래."

그렇게 말했기 때문일까, 영화를 싫어하는 선영이 희진과 함께 영화 감상 동아리에 들어간 것은.

2007년도 신입생 환영회 음주 문화는 썩 바람직하진 않았다. 희진과 선영이 다니는 여대도 마찬가지였다. FM이니 AM이니 CM

같은 듣도 보도 못한 것을 시킨 선배들은 술 게임을 해야 한다며 희진과 선영을 포함한 신입들을 잔뜩 취하게 만들었다.

게임에서 실수한 희진은 조금이라도 술에서 깨기 위해 찬물을 삼키곤 물었다.

"아니, 마실수록 점점 취하는데 어떻게 게임을 해요? 이게 말이 되는 얘긴가?"

선배들이 왁 웃었다.

"원래 술 게임은 마셔 가면서 배우는 거거든? 야, 벌칙 걸렸으니까 옆 사람이랑 뽀뽀! 딥하게 뽀뽀해!"

이 주정뱅이들. 희진은 진저리를 치며 고개를 돌렸다. 그리고 눈을 크게 뜬 채 저를 노려보는 선영을 보았다.

생각이 멈추고 입술이 닿았다.

그다음에 어떻게 서로 떨어졌고, 선배들이 뭐라고 했는지 희진은 기억이 나지 않는다. 어두컴컴한 술집 조명 아래에서 술에 취한 둘이, 기회를 틈타 화장실로 도망쳐 와 낄낄거리고 마주 웃어 보였던 것 외엔.

"너 괜찮아?"

"…뭐가?"

방금 수돗물로 세수한 얼굴은 허여멀건한 조명 아래에서도 그리 나빠 보이지 않았다. 이것은 술김인가? 술김이겠지. 그렇게 생각하며 누군가 입을 열었다.

"아까 입술 부빈 거, 괜찮냐고. 싫었으면 미안해."

"아, 뭘? 네가 하고 싶어서 한 것도 아닌데."

상대가 픽 웃었다. 평소에 저렇게 안 웃는데 취했네, 취했어. 누군가는 그렇게 생각하며 저도 따라 웃었다.

"괜찮아, 나 여자 좋아해."

"나도."

웃음은 곧 잦아들었다.

"…진짜?"

"…싫어하진 않으니까 뭐, 괜찮지 않을까?"

괜찮지 않았다.

적어도 첫 데이트는 그랬다.

"안 괜찮아."

선영이 단호하게 내뱉었다. 희진이 주변을 둘러보곤 고개와 목소리를 낮춰 물었다.

"왜 안 괜찮은데? 여기 맛집이야."

"나 핫케이크 싫어해. 물리도록 먹었거든, 아주."

"언제 나 빼고 누구랑 핫케이크 먹었어? 아니, 그게 아니라… 이거 수플레 팬케이크라고 하거든? 이거 맛있어. 나중에 유행할걸? 사람들이 줄 서서 먹을 거야."

"그게 핫케이크 아니야? 그리고 나 이렇게 생긴 핫케이크 처음 봐. 엄마가 해 준 건 안 이랬는데."

선영이 수플레 팬케이크를 뒤적거리며 중얼거렸다.

"무슨 떡이 됐는데."

까탈스럽기는. 그날 희진은 짜증을 억누르며 수플레 팬케이크의 대부분을 먹어치웠다.

잘 안 맞았다.

헤어질 뻔한 적도 많았다.

부모님을 교통사고로 잃고 친척 집에 얹혀살며, 제 목소리 내지 않으면 죽는다 생각하고 돌진해선 서울 4년제 국어국문과 전액 장학생까지 따낸 희진. 그리고 어릴 땐 부모가, 대학교 와서는 희진이 하자는 대로만 하는 선영.

희진은 제 성마른 기질을 알았다. 신중하다 못해 느린 편인 선영과 충돌할 수밖에 없었다. 둘 다 입에 올리지는 않았지만, 오래 갈 것이라고 생각해 본 적이 없었다. 그냥 지금을 함께하고 싶어서 만난 사이였다. 그런데 시간이 부쩍부쩍 잘만 갔다.

하나둘씩, 몇몇을 제외한 친구와 선후배들이 선영과 희진에게서 떨어져 나가고, 둘은 대학을 졸업했다.

희진은 출판사에 취직했다. 그러곤 인기 없는 어린이 시사 잡지 기자가 되었다. 박봉에 일은 많았지만, 이따금 어린이들을 만나서 인터뷰를 따는 것은 좋았다.

사학과를 졸업한 선영은 아르바이트 자리를 전전하다가 물류센터에 취직을 했다. 힘이 좋고 건장한 편인 선영은 힘든 직장에 용케 적응해 냈다. "사무실 의자에 앉아서 하는 일만 좋다고 배운 세월이 바보 같다니까." 선영의 평이었다.

캠퍼스 커플에서 시작한 지 6년째, 남녀였다면 결혼을 입에 올릴 만한 세월을 함께했다. 그러나 소수의 사람을 제외하면 둘의 연애 사정을 아는 이들은 거의 없었다. 알고 있는 이들조차 감히 희진과 선영이 결혼을 꿈꿀 거라고 생각하지도 않았다. 무의식 중에도 그들은 지금 이대로 만족해야 한다고 여겼다.

그러나 희진의 자취방에서 뒹굴며 휴대전화를 만지작거리던 선영은 생각이 달랐다.

"너네 집이 좀 더 넓으면 좋겠어."

"왜, 여기서 살게?"

희진의 물음에 선영이 고개를 끄덕였다. 대답을 들은 희진은 다시 선영의 허벅지에 머리를 누인 채 제가 봐야 할 보도자료를 읽는 것에 집중했다. 그러다 문득 깨달았다.

"청혼이야?"

"그…럴걸?"

희진이 벌떡 일어났다.

"무슨 청혼을 그따위로 해."

그렇게 둘은 결혼했다. 전셋집을 얻기 위해 모으던 돈에서 조금 떼어내 백금 반지 한 쌍을 맞추는 것으로 식을 대신하고.

두 사람은 희진의 자취방에서 노트북 한 대를 펼쳐 놓고 집을 구하다가 밥을 먹고, 또 집을 구하다가 잠들고 하는 일이 잦아졌다. 어느 날부터인가, 선영은 종종 로또를 사기 시작했다. 일주일에 천 원씩 사서 기다리면 한 주가 잘 간다나. 희진은 안 될 일에 공들이는 성미가 아니었기에 선영을 이해할 수 없었다. 심지어 선영은 토요일마다 로또 당첨 번호를 확인하는 데에서 그치지 않았다. 당첨 번호를 외우기까지 했다.

"수능을 다시 치는 게 빠르겠다. 로또 번호 외워서 뭐 하게?"

선영이 씩 웃었다.

"쓸모가 있지. 내가 만약에 시간을 되돌릴 수 있다면, 그땐 수능 답안지 외워서 가는 것보다 로또 당첨 번호 외워서 돌아가는 일이 더 쓸모 있거든?"

희진도 따라 웃으며 물었다.

"로또 되면 뭐 할 건데?"

선영은 생각에 잠겨 대답했다.

"집 구하고, 너랑 같이 1년 동안 세계 일주를 다닐래. 그리고 집에 돌아와서 토끼 두 마리를 데려오는 거지."

"토끼?"

"어, 나 토끼 좋아해."

물론 로또가 된 적은 한 번도 없었다. 둘은 은행 대출을 끼고도 제집이 아닌 전셋집에 만족할 수밖에 없었다. 아파트도 아니고 빨간 벽돌로 지어진 오래된 빌라. 그래도 집은 집이었다. 게다가 신혼

집이었다.

"안 자?"

어둠 속에서 멍하니 누워 천장을 바라보고 있던 선영에게 희진이 물었다. 새집에서의 첫날밤이었다. 창밖으론 늦은 밤 유흥주점 불빛이 번쩍이고, 오토바이 소리와 술 취한 이들의 고성이 넘나들었지만, 희진은 그게 마음에 들었다. 꽉 닫힌 공간에 있단 기분이 들지 않아서였다.

선영이 대답했다.

"나, 자는 거 별로 안 좋아해."

희진이 웃었다.

"별소릴 다 듣네. 자는 거 안 좋아하는 사람 처음 봐."

"진짜야."

선영이 뒤척이자 꺼칠한 새 이불이 사각거렸다.

"자고 일어나면 예전으로 돌아가 있을까 봐 무서워."

"뭐가 예전으로 돌아가는데? 우리 사이?"

"응, 우리 사이도 그렇고."

희진은 하품을 하며 선영을 와락 끌어안았다.

"야, 이렇게 다 저질러 놨는데 어떻게 예전으로 돌아가."

◆

"친구끼리 다툰 일로 경찰을 부르면 어떡합니까."

2인조 경찰 중 한 명이 그렇게 말하며 너털웃음을 지었다. 마스크를 쓴 채 경찰로부터 2미터 정도 떨어진 희진과 선영이 고개를 숙였다.

일은 이리되었다.

현관문 밖에 경찰이 기다린다는 것을 알게 된 희진이 어쩔 줄 모르고 있던 그때, 화장실 문이 열렸다. 갑자기 쏟아져 들어온 거실 불빛에 희진은 눈을 깜박였다.

점차 빛에 적응한 희진의 시야에 선영이 들어왔다. 손엔 희진의 옷가지를 들고, 입을 꾹 다물고 있었다. 눈 주위에는 운 기색이 역력했다.

선영이 희진에게 옷을 내밀며 말했다.

"옷 입고, 마스크 껴."

희진은 어느새 물기가 달아난 팔다리에 옷을 끼워 넣으면서도 계속 선영을 보았다.

"…너, 나한테 할 말 없어?"

선영은 희진을 보지 않고 대꾸했다.

"이따가 얘기할게."

희진은 식탁에서 마스크를 집어 들고, 젖은 머리에 대강 손 빗질을 했다. 손가락 사이로 머리카락이 자꾸만 걸리는 것이 신경 쓰이고, 괜히 서럽고 화가 났다.

선영이 현관문 쪽으로 다가갔다.

"경찰이신가요? 저흰 경찰 부른 적이 없는데요."

"후배라는 분이 대신 신고했어요, 두 분이 싸운다고. 문 좀 열어 보세요."

중년 남성이 말했다. 선영은 희진에게 짧게 시선을 주곤 입을 열었다.

"그냥 조금 다툰 거예요. 그리고 저희 지금 코로나에 감염됐어요. 지금 문 열어 드리면 경찰분들께 위험하지 않을까요?"

뭐? 그게 무슨 소리야.

희진이 입을 벙긋거리며 선영에게 소리 없이 물었다. 선영은 여전히 현관문에서 시선을 떼지 않고 있었다.

문 너머 경찰들이 웅성거렸다.

"확진자세요?"

"저는 아직 모르는데, 제 친구는 그래요."

선영이 대답했다.

희진은 당황했다. 지금 선영은 경찰들을 돌려보내기 위해 거짓말을 지어낸 걸까? 그러지 않고서야 대체 왜 저런 말을 하는 거지?

당장이라도 경찰에게 소리 질러 구조 요청을 해야 한단 생각이 머릿속에서 맴돌았지만, 이상하게도 선영의 눈빛이 마음에 걸렸다. 아침에 아르바이트 나가는 저를 바래다줄 때만 해도 다정한 빛을 머금고 있던 선영의 눈은 지금 어둡기 그지없었다.

희진은 고민했다. 선영이 무슨 생각을 하는지 알 수 없었다. 그러나 계획이 있는 것은 분명했다. 지금은 일단 선영이 하자는 대로 따라주고, 나중에 문제가 생기면 그때 경찰을 불러도 되지 않을까.

희진의 또 다른 목소리가 외쳤다. '나중에 문제가 생기면'이라고? 문제는 이미 생겼어. 깜깜한 화장실에 한참 갇혀 있던 걸 이렇게 쉽게 잊어버리기야?

희진은 한숨을 쉬었다. 하루도 안 되는 사이 무슨 일이 덮쳐온 건가. 머리가 아팠다.

경찰의 목소리가 다시 문을 넘어 들어왔다.

"확진자이신 것과는 별개로, 일단 신고받고 왔으니 확인을 해야 합니다. 잠깐만 문 열어 주세요. 저희 걱정은 나중에 저희가 알아서 자가격리를 하든 검사를 받든 하겠습니다."

선영은 잠시 그대로 서 있었다. 그리고 문을 열었다. 마스크를 낀, 건장한 체구의 두 남성이 선영과 희진을 바라보았다.

경찰 하나가 희진을 바라보며 물었다.

"그쪽이 희진 씨예요? 후배가 걱정하던데, 괜찮아요? 별일 없었어요?"

희진은 눈을 감고 심호흡을 한 뒤 대답했다.

"예, 괜찮아요."

경찰들은 돌아갔다.

선영이 식탁 의자를 하나 끌어당겨 앉았다. 그러곤 선영을 올려

다보았다.

"너도 앉아."

희진은 의자에 앉으며 물었다.

"왜 그런 말을 했어? 나 코로나 걸렸다고 한 거."

"네가 코로나에 걸렸으니까."

"그걸 네가 어떻게 알아?"

선영의 입꼬리가 실룩거렸다. 우는 건가. 희진은 그렇게 생각하며 바라보았지만, 선영은 울지 않았다. 대신 웃었다.

"난 알아."

다시 입을 떼는 선영의 모습이 희진의 눈엔 퍽 힘겨워 보였다.

"네가 코로나에 걸린 게 처음이 아니니까."

"…뭐?"

선영이 자리에서 일어나 컵에 우유를 두 잔 따른 후 전자레인지에 넣고 돌렸다. 그 익숙한 행동을 보며, 희진은 선영이 두 사람 몫의 코코아를 타려고 한단 사실을 알 수 있었다. 그러나 선영의 마음이 어떤지는 전혀 알 수 없었다.

전자레인지 선반을 한 손으로 꽉 붙든 채, 선영이 입을 열었다.

"나는 네가 코로나에 걸린 걸 여섯 번이나 봐야 했어. 나는, 그렇지. …그렇게 설명하면 되겠구나. 나는 여섯 번 회귀했어."

희진이 미간을 좁혔다.

회귀라니, 웹소설에나 나오던 개념 아닌가. 시간 여행 같은 것 아니야? 그걸 여섯 번 했다고?

그리고… 내가 코로나에 여섯 번 걸렸다고?

"뭐라고? 그게 무슨 말이야. 그게…."

선영이 차분하게 말을 이었다.

"난 '구간 반복 재생'이라고 불러. 왜, 옛날에 MP3에 수능 대비 영어 듣기 자료를 넣고 다니던 때가 있었지. 기억나? 듣기 파일 중간에서 시작과 끝 지점을 설정하고 재생 버튼을 누르면, 이어폰으로 그 사이 구간이 반복 재생되지. 원하는 만큼 말이야."

희진은 선영의 말을 이해하려고 애쓰는 중이었다. 그러기 위해 우선 선영이 든 예시에 집중했다. 구간 반복 재생이라고. 토익을 공부하던 대학생 때를 마지막으로 영어 듣기 공부는 때려치운 것 같은데.

영어 단어 발음을 끝없이 읽어 주던 파일 하나가 머릿속에 떠올랐다.

"repeat, repeat, repeat…."

반복하다, 반복하다, 반복하다….

다 돌아간 전자레인지에서 띵, 소리가 났다. 선영은 모락모락 김이 오르는 우유 두 잔을 꺼내 코코아 가루를 붓고 젓가락 하나로 저었다. 휘휘 젓는 젓가락 움직임에, 우유 위로 수북이 쌓여 있던 가루가 서서히 녹아들었다.

"너 초능력자야? 그거… 구간 반복 재생이라고 했지? 그거, 네 능력인 거야? 왜 그걸 반복하고 있는 건데?"

코코아를 휘젓던 젓가락의 움직임이 멈췄다.

선영이 고개를 들어 희진을 바라보았다. 죽은 사람이라도 보는 표정 같았다.

"이걸 내 능력이라고 할 수 있을까? 내 의지와 상관없이 일어나는 일이야. 나한테 좋은 건 하나도 없어. 능력보단 저주에 가깝지 않나 생각해."

희진으로선 이해하기 힘든 말들이, 선영의 입에서 두서없이 쏟아졌다. 선영은 흥분한 것 같았고, 희진은 그런 연인을 멍하니 바라볼 수밖에 없었다.

"꿈을 꾸는 것과도 비슷해. 어차피 구간 반복 재생 기간에 일어나는 일들이라는 게, 파도가 밀려오면 다 지워질 수도 있는… 모래사장에 그려 놓은 그림 같은 거지. 일부는 남고, 일부는 흔적도 남지 않아. 그건 내 잘못이 아니야!"

선영이 식탁을 내리쳤을 때, 희진은 기시감을 느꼈다. 직접 본 것은 아니었지만, 아까 자기를 화장실에 가둔 선영은 아마 이런 상태 아니었을까?

대체 왜 이렇게 된 거지? 어디서 무엇을 보고 왔기에.

흔들린 컵에서 튄 코코아가 식탁 유리 위로 느긋하게 퍼져나갔다. 선영은 한쪽 팔을 들어 자기 눈을 가렸다.

"너무 잔인하잖아. 나한테, 너무 잔인하잖아."

♦

선영은 아홉 살이다. 자고 일어난 선영은 시계를 보고 놀란다. 낮 11시다. 오늘은 학교 가는 날인데, 왜 엄마가 날 깨우지 않았지?

선영은 자리를 박차고 일어나 방을 뛰쳐나온다. 부엌에서 엄마가 무언가를 만드는 듯, 치지직 소리와 함께 달콤한 냄새가 선영의 코를 찌른다.

부엌 창문으로 들어오는 햇살이 눈부시다. 선영은 급하게 눈을 비비곤 엄마의 앞치마를 잡아당긴다.

"엄마, 나 오늘 학교 안 가? 왜 안 깨웠어?"

엄마가 별일 다 있다는 듯이 선영에게 시선을 힐끔 주곤 다시 무언가를 만드는 일에 열중한다.

"오늘 일요일인데 학교를 왜 가?"

"목요일이잖아."

엄마가 웃는다.

"너, 자면서 꿈꿨어? 그보다 엄마가 간식으로 뭘 준비했는지 맞혀 봐. 선영아, 이거 먹어 본 적 있어?"

엄마가 익숙하게 프라이팬을 흔들자, 커다란 반죽 같은 것이 허공에 떠올랐다가 철썩, 소리를 내며 다시 프라이팬으로 떨어진다.

선영은 멍하니 그런 엄마를 바라본다. 엄마의 묘기와 냄새, 소리, 맛, 이미 경험한 적이 있다. 어제는 아니고 저번 주도 아니고, 꽤 전이다. 그날도 일요일이었단 건 기억난다.

선영이 입을 열었다.

"핫케이크."

엄마가 실망한 기색을 내비친다.

"학교 급식에 나오든?"

그러면서도 엄마는 뒤집개로 핫케이크 한 장을 선영의 접시에 덜어준다. 시럽을 뿌리고, 버터를 올려놓는다. 그러면서 중얼거린다.

"사진에 나온 것처럼 이쁘게는 안 되는구나."

선영은 젓가락을 쥐고 부침개 찢듯 핫케이크를 찢어 먹는다. 시럽이 끼얹어진, 달고 따뜻한 케이크. 씹고 있자니 입에 저절로 침이 고인다.

그러나 기분이 좋지 않다. 나쁜 꿈에서 깨어난 것처럼 머리가 아프다.

선영은 젓가락을 쥐지 않은 다른 손으로 제 가슴께를 짚는다. 심장은 무서울 정도로 빠르게 뛰고 있다.

선영은 꿈을 꿨다고 생각한다. 그냥 선영이 하루하루 일상을 살아가는 내용이었지만, 귀신도 범죄자도 안 나오지만, 찜찜한 기분이 들게 만드니까 이것은 악몽이다. 다신 꾸고 싶지 않은.

그렇게 하루, 이틀 흘려보내며 선영은 꿈을 잊는다.

석 달이 지난다.

선영은 묘한 기대와 두려움에 찬 채로 이불 속에서 몸을 꿈지럭

댄다. 유리 전등 안에 벌레가 들어갔는지, 거뭇한 점이 여럿 죽어 있다.

방에서 나와 천천히 걷던 선영은 익숙한 소리, 그리고 냄새에 몸이 굳는다.

"엄마 지금 뭐 해?"

"뭐하긴, 네 간식 만들지. 엄마가 뭐 만드는지 맞혀 볼래?"

선영은 입을 바르르 떨다가 엄마의 말에 대답하지 않고 거실로 달려가 텔레비전을 튼다. 익숙한 만화 영화가 나온다. 예전에, 그러니까 지난 계절에 봤던 에피소드가 나온다. 재방송 딱지도 붙어 있지 않은데.

엄마가 투덜거린다.

"너 벌써 사춘기야? 어른이 물어보면 예, 하고 대답을 해야…"

선영은 소파 위에 몸을 웅크리고 훌쩍거리며 운다. 뭔지 잘 모르겠지만, 이상한 일이 생겼다. 뭔지 잘 모르겠지만, 이상한 일이 생겼다는 것을 나만 안다. 엄마는 모른다.

핫케이크를 굽던 엄마가 울음소리를 듣고 달려오더니 선영을 안고 다독인다. 그러면서 속삭인다.

"왜 그래, 우리 딸. 나쁜 꿈꿨어? 괜찮아, 엄마 여기 있잖아."

다시 석 달 후.

선영은 천천히 거실로 나간다. 부엌에선 익숙한 소리가 들려온다. 이제 선영은 엄마가 왜 선영을 깨우지 않았는지, 엄마가 부엌에서 무얼 하고 있는지 알 것 같다.

선영은 식탁 의자 위로 올라간다. 그러고는 엄마가 제 접시에 핫케이크 한 장을 덜어 주는 것을 지켜본다.

엄마가 앞치마를 벗으며 묻는다.

"선영아, 이게 뭔지 알아? 먹어 본 적 있어?"

선영은 입을 달싹이다가 대답한다.

"몰라."

엄마가 흐뭇하게 웃는다.

"핫케이크야."

선영은 입을 벌려 핫케이크 조각을 넣고, 씹는다. 그러다 구역질을 하며 뱉어낸다.

◆

학교 성적은 그리 좋지 못했지만, 사실 선영의 머리는 그리 나쁘지 않았다

몇 년 후, '핫케이크로 시작하는 석 달'이 더는 반복되지 않는단 것을 완전히 인정했을 때, 선영은 비밀 일기장에 자기가 파악한 규칙을 샤프로 적었다. 정리로 안 되는 것은 머리로 생각했다.

첫날 아침, 엄마가 해 준 핫케이크를 먹었다.

석 달쯤 지난다. 그 석 달은 비슷하면서도 조금씩 다르다.

마지막 날은 수요일이다.

수요일에 엄마와 크게 싸워도, 다음 날이 일요일이면 엄마는 화가 나 있지 않다.

두 번째 구간 반복 재생이 찾아왔을 때, 선영은 중대한 사실을 알게 된다. 선영에게 일어나는 일을 무엇이라고 부르든, 그건 선영의 의지대로 움직일 수 있는 것은 아니라는 걸.

그러나 선영은 두 번째 구간 반복 재생에서 약간의 이득을 보게 되고, 자기 '능력'에 대한 반감을 조금은 줄이게 된다.

5학년 2학기 기말고사.

수학 시험이 끝난다.

선영은 친구들과 함께 반에서 1등인 여자애를 찾아가 수학 답안지를 맞춰 본다. 한 친구는 울고, 어떤 친구는 말이 없다. 수학을 못하는 선영은 애초에 쉬운 문제만 풀곤 남은 시험 시간에 잠을 자 버렸다. 주관식 답을 전부 틀렸다는 것을 깨닫고 한숨을 쉬며 빨간색 연필로 메모한 정답을 바라본다. 그리고 우울한 마음으로 점심 식사도 거르고 제자리로 돌아가 다시 잠이 든다.

누군가 뾰족한 것으로 쿡 찌르는 감각에 선영은 화들짝 놀라 일어난다. 뒤를 돌아보니 옆 반 담임 선생님이 못마땅한 얼굴로 선영을 내려다보고 있다. 과목은 수학이다.

"아무리 수학이 어려워도 악착같이 붙들고 풀어야지, 자 버리면 쓰나."

선영은 입가를 매만지며 생각한다. 다시 수학 시험 시간이라고?

주변을 돌아보니 정말 그렇다. 연필과 샤프가 사각거리는 소리, 지우개를 슥슥 문지르는 소리, 이따금 의자 끄는 소리 외엔 아무것도 들리지 않는다.

선영은 자기가 받은 수학 시험지를 살펴본다. 익숙한 문제들이 선영을 맞이한다. 선영은 이제 시계를 본다. 시험이 끝나기까지 10분 남았다.

시험 시간 종료 후, 선영은 친구들과 다시 수학 답안을 맞춰 본다.

"어려웠지?"

"맞아, 어렵더라. 뭐 문제를 이렇게 내냐."

친구들이 투덜거리는 동안 선영은 반 1등과 자기 답을 비교한다. 주관식 몇 문제를 '아까보다' 더 맞혔다.

흥분한 선영은 겨우 급식을 해치우고, 포만감에 찬 상태로 책상에 엎드려 잠든다. 알고 있다. 잠들지 않으면 '그 일'은 일어나지 않는다는 걸.

수학 시험 시간이 끝나기 10분 전에서부터, 급식 시간이 끝나고 잠들 때까지.

구간이 두어 번 더 반복되었다. 문제풀이 과정을 적는 문항까지 빠짐없이 다 맞혀서, 선영의 수학 점수는 100점이 되었다. 흥분한 친구들, 그리고 반 1등 여자애까지 선영의 주변으로 모여든다. 다들

어떻게 성적을 올렸냐고 물어본다. 그도 그럴 것이, 선영은 수학을 잘하는 학생이 아니었으니까.

기분이 좋아진 선영이 대답한다.

"있잖아, 나 사실 시간을 되돌릴 수 있다? 그래서 아까 수학 시험 끝나고 정답 다 외운 다음에 다시 시험 시간으로 돌아가서 답을 썼어."

선영을 붙들고 펄쩍펄쩍 뛰던 단짝 친구의 표정이 이상해진다.

반 1등의 표정이 일그러진다.

"그게 뭐야."

반 1등은 곧장 교실 바깥으로 나가, 지나가던 교사를 불러세운다.

"선생님, 얘 답 베꼈대요!"

선영은 어쩔 줄 몰라 하며 교무실로 불려간다. 젊고 무뚝뚝한 남자 담임이 30센티미터 자를 움켜쥔 채 선영을 바라본다.

"장선영, 답안지 베꼈다고? 진짜야?"

선영은 겨우 변명을 한다.

"그게 아니고요, 그냥… 농담한 거예요."

담임 선생이 한숨을 쉬며 머리를 벅벅 긁는다.

"수학 시험 끝났는데 친구들 기분 나쁘게 그런 농담을 하면 어떡하냐. 다음부터 조심하고, 나가 봐라."

담임 선생의 담당 과목은 영어다. 그는 다시 시험 문제 확인에 골몰하기 시작하고, 선영은 굳은 얼굴로 교무실을 빠져나온다.

교실로 가니 아무도 선영에게 말을 걸지 않는다.

선영은 급식을 몇 숟갈 뜨다가 주변이 보고 있지 않은 틈을 타 몽땅 버린다. 그러고는 엎드려 잠을 청하려 애쓴다.

계속 손목시계를 들여다보며 시간 가는 것을 살핀다. 이번에는 시간이 원래대로 돌아가지 않는다.

잠을 잘 수도 없다.

◆

이제껏 선영의 인생에선 구간 반복 재생이 총 네 번 일어났다.

아홉 살 일요일의 핫케이크. 석 달 정도의 시간이 세 번 반복됐다.

열두 살 5학년 2학기 기말고사 수학 시험. 한 시간 정도의 시간이 다섯 번 반복됐다.

스무 살 가을. 나흘 정도의 시간이 여섯 번 반복됐다. 월요일에서 목요일 사이의 시간이 반복된 것이라, 시험으로 득을 볼 일도, 로또로 돈을 벌 기회도 없었다. 이쯤에서 선영은 완전히 생각을 굳혔다. 이 현상은 선영의 의지와 상관없이 일어나는 일이라고 믿게 됐다.

그리고 2021년, 선영은 한국 나이로 서른네 살이 되었다.

네 번째 구간 반복 재생의 시작은 선영과 희진의 결혼기념일이었다.

그날 아르바이트를 끝내고 돌아온 희진과 선영은 함께 나름대로 근사한 저녁 식사를 즐기고 돌아왔다. 다음 날, 그다음 날까지도 둘은 멀쩡했다. 겉보기엔 그랬다.

몸에 이상 징후가 온 것은 희진이 먼저였다. 다음이 선영이었다. 선영은 의사와 수의사의 조언에 따라 반려 토끼 두 마리를 다른 집에 임시 보호받도록 보냈다.

평소에 간 기능이 약했던 희진의 상태는 빠르게 악화했다. 담배를 피운 사람도 아닌데 폐가 너덜너덜해졌고, 숨을 쉬기 힘들어했다. 완치 판정을 받은 후에도 머리가 조금 빠진 것 외엔 큰 탈이 없던 선영과는 천지 차이였다.

넉 달 후, 희진은 죽었다.

선영은 희진의 마지막을 지키지 못했다. 가족이 아니었기 때문이었다. 희진의 장례식을 치를 수도 없었다. 14년을 연인으로 지낸 그들은 법적으론 아무 관계도 아니었다. 희진은 무연고자로 처리되었다. 가족이 아니었기에 선영은 희진의 장례식장에 들어갈 수조차 없었다. 그저 주변을 배회할 뿐이었다.

선영이 일하던 물류센터에는 선영이 확진자였다는 사실이 퍼졌다. 의사들은 선영에게 다시 일상생활로 돌아가도 좋다고 했지만, 선영은 그럴 의지가 없었다. 설령 의지가 있었다 한들 선영이 일상으로 돌아가는 일은 자신에게만 달린 문제가 아니었기에, 의지의 유무는 별 상관이 없었다. 그런 의미에선 '구간 반복 재생'과 아주 비슷했다.

선영은 두 마리 토끼, 꽁이와 참이를 다른 집으로 아주 입양 보냈다.

장례식을 마치고 두 달 후였다.

잠들었다 깨어나 보니 휴대전화 날짜가 달랐다. 수십 년은 더 된 것 같으나 실은 반년 전 그날이었다. 둘의 결혼기념일.

첫 번째 회귀에서 선영은 희진을 붙들고 울었다. 희진은 놀랐으나 평소처럼 쾌활하게 선영을 다독여 주고, 놀려 먹었다. 선영은 희진이 그리워서 꾸는 꿈이라고 생각하며 결혼기념일을 보냈다. 최대한 꿈에서 깨지 않도록 노력했다. 어떤 태클도 걸지 않았다.

그 이후로는 비슷했다. 두 사람은 아팠다. 그리고 희진은 죽었다.

두 번째 회귀에서 선영은 아르바이트 중이던 희진을 찾아갔다. 편의점 유니폼 조끼를 입은 채 어리둥절해하는 희진을 데리고 선별 검사소로 갔다.

검사 결과가 나왔다. 선영과 희진 모두 확진이었다. 희진은 구간 반복 재생이 시작되기 전부터 코로나바이러스에 감염되어 있었다. 편의점 아르바이트를 하면서 마주한 손님 중 확진자가 있었던 것이다.

결과를 받아 본 선영은 휴대전화를 던져 버렸다. 손에 잡히는 대로 전부 집어던지며, 머리를 쥐어뜯으며 울었다. 희진도 선영을 다독이며 울었다.

"괜찮아, 잘 치료받으면 나을 수 있을 거야. 우리 둘 다 괜찮을 거야. 울지 마…."

그리고 희진은 죽었다.

세 번째 회귀에서 선영은 뭐든 다 해 보려고 애썼다. 그러나 선택지가 별로 없었다. 이미 코로나바이러스에 감염된 후였으므로. 울기, 아니면 빌기 말곤 할 수 있는 일이 없었기에, 선영은 둘 다 했다. 어떤 것도 도움이 되지 않았다. 손 위의 모래 한 줌마냥, 희진은 이번에도 선영의 손가락 사이로 흘러내렸다. 잡을 수 없었다.

네 번째 회귀에서 선영은 아무것도 하지 않았다.

아르바이트를 마치고 돌아온 희진은 저를 맞이해 주지도 않고 거실에 앉아 텔레비전만 보고 있는 선영을 보고 화가 치밀었다.

"문자는 왜 안 봐?"

희진이 목소리를 높이자 토끼들이 땅, 소리나게 발을 구르곤 구석으로 숨어 버렸다. 항의와 두려움의 표시였다.

선영이 중얼거렸다.

"봐서 뭐 해."

"말을 왜 그렇게 해. 오늘 무슨 날인지 몰라? 일어나, 나가자. 너 오늘 연차 낸 날 아니야? 또 새벽까지 안 잤지? 그러니까 이렇게 피곤하…."

"희진아, 나 좀 놔 둬. 피곤해."

선영은 희진의 얼굴을 보지 않으려 애쓰며, 일어나서 제 방으로 들어갔다. 문을 닫자 잠기운이 싹 달아났다.

밖에선 아무런 소리도 들리지 않았다. 선영은 희진이 어떤 얼굴을 하고 있을지 궁금했다. 기가 찬 표정이려나, 아니면 울고 있으려나.

어찌 됐든 상관없잖아.

오늘은 우리 불행이 시작되는 날. 결혼기념일을 맞이한 우리는 바깥에 나가. 식사를 해. 그리고 병에 걸렸다는 걸 알게 돼. 나는 살아남지만 너는 살아남지 못해. 지금껏 네 번 모두 그랬어.

선영은 등을 문에 대고 주저앉았다. 밖에선 기어이 울음이 터진 모양이었다.

선영은 작게 중얼거렸다.

"울지 마. 넌 어차피 죽고, 난 혼자…."

모르겠다. 선영은 그렇게 생각하며 베개를 끌어당겨 머리를 파묻었다.

그 일이 가슴에 맺힌 건지, 희진은 죽기 전 선영에게 "결혼기념일에 화내서 미안했어."라는 말을 남겼다.

다섯 번째 회귀도 이전과 크게 다르지 않았다. 단, 결혼기념일엔 냉장고 재료만으로 선영이 서툴게 요리해 희진에게 대접했다. 그날 희진은 기뻐했다. 그 이후로는 다른 때와 같았다.

눈물이 나오고 나오고 또 나오는 것이 신기했다.

연인의 죽음은 몇 번을 겪어도 익숙해지지 않았다.

◆

"이번이 여섯 번째 회귀야."

선영이 말했다.

두 잔의 코코아는 식은 지 오래였다.

희진이 입을 열었다.

"그럼 난…."

그다음은 차마 입이 떨어지지 않았다. 아직 낯설었다. 나는 젊고, 그렇게 건강이 나쁘지도 않은데.

이렇게 살아 있는데.

희진이 꺼내지 못한 말을 선영이 대신했다. 선영의 얼굴은 한결 가벼워 보였다. 희진은 그것이 신기했다. 비밀을 털어놓았기 때문일까, 아니면 아직 이번 회귀에선 내가 죽지 않았기 때문일까.

"네 장례식장에 나는 여섯 번 다 들어가지 못했어."

희진은 입술을 달싹이다가 겨우 대답했다.

"그렇구나."

침묵이 흘렀다.

"나 이번에도 죽겠구나."

가슴께가 쿡쿡 찌르는 것처럼 아파 왔다. 죽어갈 땐 더 아프겠지. 그런 생각을 하면서도 실감은 나지 않았다.

희진은 알게 되었다. 왜 선영이 교양 철학 시간에 울음을 터뜨렸는지, 핫케이크를 싫어했는지, 초등학교 5학년 때 어떻게 수학 100점을 맞았는지, 왜 영화 보는 것을 싫어했는지. 기실 선영은 영화가 아니라 영화 감상자를 증오한 것이었다. 끊임없이 비디오테이프를 구간 반복 재생하는 이를. 다른 이의 운명을 즐겁게 관람하는 신과도 같은 이를.

그리고 희진도 신을 증오하기로 했다. 그러나 다음 순간 맥이 풀렸다. 신이… 있을까. 어쩌면 우리는 그냥 원망할 상대가 필요한 것은 아닐까.

어떻게 해야 하는 걸까, 이제. 무엇을 해도 죽음은 피할 수 없는데.

문득 희진은 깨달았다.

"너, 이 얘기. 나한테 처음 하는 게 아니겠구나."

선영이 고개를 들곤 미소를 지었다.

"너 말고 다른 사람들, 그러니까 친구들이나 부모님한테도 얘기했었지. 다들 정신과에 가라고 하거나 데려가려고 했어."

이야기하는 내내 선영은 손을 가만히 놔두질 못했다. 주먹을 쥐었다 펴기도 하고, 식탁 모서리를 움켜쥐기도 했다.

희진은 그런 선영의 손을 끌어다 잡았다.

선영의 눈에 눈물이 돌았다.

"너한테도 여러 번 얘기했어."

희진은 목구멍으로 치미는 울음을 삼키며 물었다.

"내가 뭐랬는데?"

"나는 너한테 말한 적이 있어. 내겐 가끔 이상한 일들이 일어난다고. 그리고 넌, 네가 기억할 수 없는 어느 역사에서, 나를 항상 믿어 줬어."

너는 기억할 수 없는 어느 역사에서, 너는 나를 항상 믿어 줬거든. 선영은 그렇게 말했다. 그러곤 희진의 손을 움켜쥐며 울음을 터뜨렸다.

"이렇게 손이 따뜻한데."

희진은 일어나 선영에게 다가가 끌어안았다. 그리고 머리를 쓰다듬어 주었다.

품 안에서 선영이 스무 살처럼 훌쩍거리는 것을, 희진은 가만히 듣고 있었다.

너는 언제나 해류를 거슬러 헤엄치려는 물고기처럼 몸부림쳤고, 나는 포기하지 않고 제자리걸음을 하는 그런 너를 사랑했고.

희진에게 선영은 언제까지나, 매사에 진지하고 조심스럽고 똥한 한편으론 세상만사 헛되다며 염세적으로 구는, 신을 증오하는 스무 살짜리 여자애였다.

선영에게 희진은, 언제나 제 곁을 지켜 주는 사람이었다. 괴팍한 자신에게 다가와 준 사람이었다. 선영은 희진이 얼마나 겁이 많고 상처가 많은지 알았다. 그런데도 선영과 두 마리 토끼에겐 다정하기 그지없는 사람이었던 것이다. 사랑하지 않을 수 없었다.

선영이 희진의 허리에 팔을 둘렀다.

"내가 미안해. 널 구할 수가 없어. 나한텐 아무 능력이 없어."

희진은 생각했다. 나도 미안해. 일자리를 잃었지만 일하는 걸 그만둘 순 없었어. 우리 토끼들은 지병이 있잖아, 나처럼. 돈이 많이 나가니까, 그래서 편의점 아르바이트라도 시작한 거였는데. 그러다가 감염이 된 거고, 너무 많은 사람이 나를 거쳐갔고, 넌 그 많은 사람을 전부 통제할 순 없었던 거야.

다시, 희진은 생각했다. 그랬던 거다. 우리가 불행한 이유는 어쩌면 우리의 가난.

네가 내 마지막을 지킬 수 없었던 이유는 우리가 법적으로 가족이 아니어서.

내 탓이 아니야. 네 탓도 아니야. 우리 잘못이 아니었어.

그런데 죽는 것은 나고, 혼자 남게 되는 것은 너구나.

희진은 이를 악물었다. 생각하지 말자, 화내지 말자. 시간을 아껴 써야 하니까.

희진은 감정을 갈무리하기 위해, 이마로 흘러내린 머리카락을 쓸어올렸다. 선영은 그런 희진을 지켜보았다. 마른 손가락 사이로 흘러내리는 새치가, 그간 희진이 선영과 함께 먹어 온 세월처럼 언뜻언뜻 빛났다.

우리가 함께한 세월을 증명하는 것은 기스가 많이 난 백금 반지 한 쌍뿐.

희진은 다시 울기 시작했다.

"나 부탁이 있는데."

"듣고 있어."

"앞으로 네가 몇 번이나 내 죽음을 볼지, 나는 모르지만…."

희진이 손등으로 눈가를 훔치며 물었다.

"장례식 못 오는 건 괜찮아. 근데 네가 나 안 잊어버리면 좋겠어. 그러면 네가 많이 힘들고 슬프겠지만, 그래도."

선영이 희진의 손을 구깃하게 움켜쥐었다. 그 손이 한 줌 모래의 알갱이 하나라도 되는 양, 놓치지 않겠다는 듯 그렇게 힘을 주었다.

"나는 너 안 잊어."

그것만은 신도 어찌할 수 없는 일이었다.

작가의 말

처음엔 희진과 선영을 좀 더 나이 많은 인물로 구상했습니다. 코로나바이러스로 사망한 동성 연인의 장례식장에 들어갈 수 없는 여자 이야길 쓰려 했는데, 좀 더 환상 요소를 넣고 싶었고 그래서 회귀 요소가 들어갔습니다. '구간 반복 재생' 설정이 흥미로워서 나중에 기회가 되면 다른 작품으로도 써 보고 싶네요. 그리고 선영의 무력감을 표현하고 싶어 몇 번의 구간 반복 재생으로도 희진을 구할 수 없게 설정했습니다.

죽음은 젊은이에게도 불시에 찾아오며, 불가항력이지요. 살아 있는 동안 서로 많이 사랑했다는 것을 최대한 표현하려고 애썼는데, 읽는 분들께 잘 가닿지 않았다면 전적으로 제 부족한 글솜씨 탓입니다.

이하 개인적인 감사의 말씀을 올립니다. 관심 없으신 독자분들은 건너뛰셔도 좋습니다.

얼른 작가가 되고 싶어 안달이 난 제게 "천천히 되어도 돼."라고 격려해 준 사랑하는 엄마, 그리고 아빠와 남동생과 막내에게 감사드립니다. 정신 사나운 제 곁을 지키며 응원을 아끼지 않은 친구들과 선후배들, 그리고 함께 행아웃을 해 준 트위터 친구분들께 감사드립니다. 또한, 이 단편에 직접 도움을 주신 현아 님, 제야 님, 그리고 구즈마 님께도 감사드립니다.

　마지막으로, 이 책을 사 주신 모든 독자분께 감사의 말씀을 드립니다. 모쪼록 다들 건강하시길.

방공호 안에는 구원이 존재하는가

코코아드림

글도, 음식도, 아이돌도 좋은 대학생. 1998년 1월에 태어났다. 최근의 목표는 30년 뒤에도 다양한 장르의 글을 쓰면서 사는 것. 좀비 아포칼립스 장편『살아 있는 시체들의 낮』(2018)으로 데뷔 후『에덴브릿지 호텔 신입 직원들을 위한 행동지침서』(2020)에 표제작 포함 세 편의 규칙 괴담을 실었다. '평범한 일상 속의 기기괴괴한 비(非)일상'을 주 소재로 삼는 글을 주로 쓴다.

미디어전북 김규민 기자님에게

　메일이나 문자, 혹은 전화로 연락드리려 했는데 상황 직후 바로
입원해서 휴대폰 개통을 못 한 것도 있고 현재 사용하는 공기계로는
짧은 문자 정도만 가능하고 긴 연락이 어렵기에 편지를 씁니다. 병
원 로비에 구비된 공용 컴퓨터를 사용할 수도 있겠지만 아무래도
개인용이 아니라서 혼자 오랜 시간 붙잡고 있기에는 난처한 감이
있습니다. 아무리 몸 상태가 괜찮아졌다 해도 사람들이 많이 오가
는 곳에 장시간 있기는 아직 부담스럽기도 합니다. 그래도 편의를
봐주신 덕에 이렇게 손 편지로 연락을 드립니다.

　우선, 저는 잘 지내고 있습니다. 아직 급변한 세상 분위기에 완전
히 적응하지는 못했지만 나쁘지 않게 살고 있습니다. 세상은 제가
없어도 잘 돌아가지만 저는 세상을 등지니 아무것도 아닌 사람이었
다는 점이 참 슬프고 우스울 뿐입니다. 의도하진 않았지만 전자기
기 사용을 자제하는 생활의 연장선이라 가끔은 심심하기도 합니다.
그래도 이곳에는 텔레비전이 있으니 버틸 만합니다. 요새 뉴스에는

저의 엄마가 자주 나오고 있습니다. 제가 입원 중이라 따로 면회를 간 적은 없지만 어쨌든 무죄를 주장하고 계신다는 뉴스가 자주 나오더군요. 사실 면회를 신청했다 하더라도 시국이 이래서 거절당했을 확률이 더 높긴 합니다. 이례적으로 빠르게 1차 재판이 진행된다던데, 제발 합당한 형을 받길 바랄 뿐입니다.

서론이 길었습니다. 사실 오늘 이렇게 편지를 보내게 된 이유는 기자님이 연락주셨던 건에 대한 답을 드리기 위함입니다. 제가 연락 두절이던 기간에 겪었던 상황에 대하여 얘기해 줄 수 있나 하시니, 솔직히 고민이 많았습니다. 처음에는 기자님도 지금 쏟아지는 여러 억측과 추측성 기사를 쓰지 않을까 하는 걱정이 컸습니다. 그래도, 병원 측을 통해 전해주신 진심어린 연락에 한번 용기를 내서 이 편지를 씁니다. 적어도 제게 보여 주신 진심이라면 왜곡된 기사를 쓰진 않으시겠지요. 최대한 기억을 더듬어서 편지를 써 보겠습니다. 생각 이상으로 긴 편지가 될 것 같으니 감안하고 봐 주시면 감사하겠습니다.

◆

이미 여러 언론에 나온 이야기지만 처음부터 얘기해 보자면, 엄마는 인터넷 카페를 운영하셨습니다. '슬기롭게 자가 치유하기.' 이름에서 알 수 있듯이 병원을 불신하고 자연 치료 요법을 맹신하는 사람들의 모임이었습니다. 엄마의 말에 따르면 어린 시절의 제가 초등학교 입학 후 유독 잔병이 늘어난 편이어서 같은 상황의 사람들을 찾아 도움을 받을 목적으로 만들었다 하는데, 진위 여부는 확실하지 않습니다. 여하튼 엄마는 카페 회원들에게 생전 처음 보는 재료들로 만든 약을 잔뜩 만들어 파는 것을 직업으로 삼으셨습니다. 지금도 그 일이 과연 직업의 범주 안에 들어갈 수 있는지는 의문이지만, 어쨌든 엄마는 당신의 행동에 상당한 자부심을 보이셨습니다. 덕분에 집 안에는 언제나 약 달이는 냄새가 가득했습니다. 방 두 개를 꽉 채울 만큼의 약재들이 들어왔다 일주일 안으로 사라지길 몇 번이고 반복했습니다. 물론 그렇게 수많은 약재들이 채워지고 비워지길 반복하던 것치곤 저는 집이 어렵다는 말 한마디를 끝으로 그 어떤 수학여행이나 학교 행사에 참여하지 못했지만요…. 자세한 내막은 엄마만이 알고 계시겠죠. 사실 따로 여쭤보고 싶지도 않습니다.

엄마는 늘 바쁘셨습니다. 약 제조와 카페 관리를 혼자 하시니 그런 거라 생각하지만 지금 이 시점에 생각해 보면 그 바쁨을 핑계로 저를 방치하지 않았나 싶습니다. "내가 너를 위해 이 일을 하는 거니 네 일은 네가 알아서 해야 한다." 하시던 것도, 제가 잘 때 누군가와 통화로 "쟤가 성인되면 나올 돈이 얼만데…." 하시던 것도 방치의 연장선이었고. 다만 지금 생각해 보면 나는 참 힘들게도 살았구나 싶을 뿐입니다.

상황이 그렇다 보니 한 열 살이 된 전후로 제게는 버릇 하나가 생겼습니다. 아멘. 무언가 바라는 일이 생기면 습관처럼 그 단어를 외기 시작했습니다. 사실 저는 천주교도, 기독교도 아닙니다. 다만 인터넷에서 그 단어의 뜻이 '이루어지기를 소망한다.'라는 걸 보고 마음에 들어서 어느 순간 입버릇처럼 중얼거리게 되었습니다. 이루어졌으면 하는 일이 생길 때마다 속으로 되뇌이곤 했으며 그 간절함이 커질수록 몇 번이고 반복했습니다. 아멘, 아멘. 그렇게 하면 정말로 불가능한 일도 일어날 수 있을 거라는 착각에 가까운 믿음이 스멀스멀 올라왔습니다.

2020년 들어서 엄마의 카페는 호황을 맞이했습니다. 분명히 기억합니다. 뉴스에서는 마스크 품귀 사태에 대해 연일 보도했는데 엄마의 약은 마스크도 아닌데 하루가 멀다 하고 주문이 밀려들었습니다. 보통 엄마가 카페 일을 혼자 처리하시는데 "알바생 고용하기는 좀 그렇고 네가 도와줘야 할 것 같다."며 제게 처음으로 주문 목록 정리를 부탁하실 정도였습니다. 그때 엄마의 카페를 우연히 보게 되었는데, 메인 화면에 이런 홍보 글귀가 내걸려 있었습니다.

코로나 제거 성분 약재 첨가한 특수 엑기스 한정 판매!
한 박스 단돈 250,000원!

대체 무슨 약을 팔길래? 텔레비전에서는 빨라야 내년이나 내후년에 관련 백신이 나온다는데 홍보에 따르면 엄마는 그보다 몇 년을 앞서신 겁니다. 의문이 들었지만 물을 수는 없었습니다. 엄마는 제가 철저하게 시킨 일에 집중하기를 원하셨거든요. 애초에 묻는다 해도 제대로 대답해 줄 사람은 아니셔서 저는 묵묵히 맡은 일을 했습니다. 지금도 아니라곤 못하지만 그때의 저는 무기력하고 엄마의 말에 거역할 의지조차 없는 인물이었습니다.

제가 아멘을 가장 많이 외친 날은 8월 어느 새벽이었습니다. 가을에 가까운 날씨였지만 무더위가 기승을 부리던 날이었습니다. 그날의 저는 약재에 손상이 간다는 엄마의 엄포 덕에 선풍기도, 에어컨도 제대로 켤 수 없어 땀을 삘삘 흘리며 간신히 잠든 차였습니다.
얼마나 잤을까, 급하게 흔들어 깨우는 손길이 느껴졌습니다. 갑자기 일어난 탓에 정신을 제대로 차리지 못하고 고개를 드니 그곳에는 엄마가 서 계셨습니다.
"…엄마?"
엄마는 대답 대신 다급한 손길로 옷장 안에 넣어 뒀던 큰 가방 하나를 꺼내셨습니다. 그리고 그것을 그대로 던지듯 안겨 주셨습니다. 저는 가방에 얼굴을 맞았지만 엄마는 그보다 더한 일이 있다는 듯 크게 신경 쓰지 않으셨습니다.
"빨리 옷 챙겨."

"…무슨 소리야, 우리 어디 가?"

"여기는 틀렸어. 우린 안전한 곳으로 갈 거야."

빨리 움직이지 않고 뭐 하냐는 듯 팔을 잡아끄는 엄마 때문에 저는 잠옷을 갈아입을 새도 없이 자리에서 일어났습니다. 아마 그때 저는 상황 파악도 하지 못해 넋이 나간 표정을 짓고 있었을 겁니다. 어쨌든 저는 옷장과 서랍 속에서 옷을 꺼내 가방에 담았습니다. 엄마가 시켰으니 그냥 따랐습니다.

엄마는 상당히 다급해 보였습니다. 그 모습은 마치 재난 영화에 나오는 피난민의 모습이었습니다. 어디서 사 온 것인지 사람도 들어갈 만한 커다란 캐리어 하나를 열고서 그 안에 옷가지들과 가재도구들을 넣다가, 갑자기 휴대폰을 꺼내 자판을 두들기고 화면을 보다가, 다시 휴대폰을 던져 놓은 채 누군가에게서 도망치려는 것마냥 옷을 캐리어 안으로 쑤셔 박기를 반복했습니다. 그 모습을 기점으로 본능적인 불길함이 스멀스멀 올라오기 시작했습니다.

저는 슬쩍 눈치를 보며 엄마가 던져 놓은 휴대폰을 집어 들었습니다. 비밀번호 설정을 안 해 놓으시는 분이라 잠금 자체는 쉽게 해결되었습니다. 화면에는 뉴스 기사가 떠 있었습니다. **"코로나 3차 대유행 우려, 백신 공급 내후년으로 미뤄지나?"** 그것이 제가 기억하는 기사 제목입니다. 오히려 엄마한테는 좋은 일이 아닌가 싶었는데 제 눈앞에 보이는 건 악재를 단단히 만난 모습에 가까웠습니다. 그때 문득 연관 기사에 엄마 이름이 보였습니다. 무슨 대규모 소송에 휘말리셨다는 제목이었는데, 자세히 확인하지는 못했습니다. 엄마가 그때 짐을 다 챙긴 후 휴대폰을 뺏어가셨거든요.

"다 챙겼어? 가자."

"어디로 가는데? 엄마, 말은 좀 해 주고."

"일단 엄마 말 들어! 너 왜 이렇게 말을 안 들어, 진짜!"

겨우 한 번 물었는데 졸지에 투정 부리는 아이가 된 저는 더 이상 할 말이 없었습니다. 엄마는 더 이상 토 달면 바로 손을 올리실 기세셨습니다. 그러니 별수 있겠습니까, 그대로 따라가야지. 저는 얼마 되지 않는 짐을 싸들고 부랴부랴 나가는 엄마의 뒤를 따랐습니다. 제발 엄마가 이상한 생각을 하고 계신 것이 아니게 해 주세요, 아멘, 아멘. 이 바람을 속으로 몇 번이나 말했는지 모르겠습니다.

그리고 슬프지만 기도는 정확히 제 기대를 빗나갔습니다. 처음 보는 봉고차를 타고 몇 시간을 달려 도착한 곳은 한 숲속이었습니다. 차에서 내리니 저희 엄마 또래의 어른들이 몇 계셨습니다. 저는 초면인데 엄마는 익숙한 듯 운전석에서 내려 짐을 꺼내셨습니다. 조금씩 해가 뜨고 있어 주변을 대충 살펴보니 어른들이 타고 온 것으로 보이는 차들과 웬 철문 외에는 무성한 나무들이 전부였습니다.

"회원님들, 벌써 오셨네요! 죄송합니다, 저희 딸이 또 투정을 부려서요…."

"아닙니다, 어린앤데 아직 그럴 수도 있지."

엄마가 어른들과 인사를 나누고 대화하는 사이 저는 꿔다 놓은 보릿자루처럼 가만히 서 있었습니다. 무슨 대화를 하는지조차 이해할 수 없었습니다. 이곳이 어딘지도 모르고 안다 해도 꽤 오랜 시간을 달렸으니 혼자 귀가하는 것은 사실상 불가능했습니다. 엄마가 나를 왜 데려왔는지조차 알 수 없었습니다. 결국 제가 할 수 있는 일은 하나, 가만히 기다리는 것뿐이었습니다. 그렇게 얼마나 시간이 흘렀을까, 엄마가 헛기침을 하시며 목을 풀었습니다.

"여러분, 제가 오늘 이렇게 VIP 회원분들만 모신 이유는 이미 말씀드렸듯이 저희의 자가 치유가 본격적으로 빛을 발할 순간이 왔기 때문입니다. 저희는 오로지 제가 오랜 연구 끝에 개발한 자연 약재와 백신 거부를 통해 코로나 감염을 예방할 것입니다. 그러기 위해서는 우선 우리의 자연 치유 요법을 믿지 않는 사람들과 격리될 필요가 있다고 생각해…."

그 순간 제가 몇 번이나 '아멘'을 외쳤는지 모릅니다. 기도 내용은, 말하지 않아도 짐작하실 수 있을 겁니다.

가장 먼저 저를 비롯한 어른들은 모든 전자 기기를 압수당했습니다. 바깥소식을 접하면 자가 치유에 방해가 되기도 하고 기존 회원들의 자격지심을 유발할 수도 있다는 이유에서였습니다. 저는 딱히 회원도 아니었는데 왜 뺏겼는지 알 수 없었습니다. 지금 생각해보면 엄마의 행동에 대한 신고를 막으려 했던 것 같습니다.

저는 어른들과 엄마의 잔심부름을 하며 지냈습니다. 미리 연락을 받은 것인지 어른들이 잔뜩 사 온 식량들을 정리하고 식사를 차려드렸으며 뒷정리를 하고 청소를 도맡고…. 휴대폰도 없고 도망칠 틈조차 없어서 계속 그렇게 살았던 것 같습니다.

방공호 내부에서 있었던 일들을 모조리 쓰자면 사전 두께의 책을 한 권 집필하고도 남을 것입니다. 관련 이야기는 너무 기니 생략하겠습니다. 결론부터 말하자면 엄마의 원대한 계획은 물거품으로 돌아갔습니다. 엄마의 태도에 질린 사람들이 하나둘 방공호를 나갔기 때문입니다. 그 어른들도 각자의 집이 있고 생활이 있는데 엄마는 자신의 말만 따르기를 원했습니다. 엄마가 종교 교주 정도라면 원하는 대로 가능했을지도 모르겠습니다만, 안타깝게도 엄마는 그럴 정도의 통솔력이 없었습니다. 잠을 자다 큰 소리에 놀라 깨어나면 엄마와 어른들 중 한 명이 언성을 높이며 싸우고 있었습니다. 주변 어른들은 말리지 않았고 저는 말려 봐야 소용이 없었습니다. 그러다 그 어른이 짐을 싸고 나가면 저는 뒷정리를 하고 엄마는 아무 일도 없었다는 듯 남아 있던 어른들에게 흔들리지 말자 말하는 일상의 반복이었습니다. 지금 생각하니 그렇게 밖으로 나간 어른들이 경찰에 신고하지 않은 것이 기적 같습니다. 방공호 안에 머물렀던 그 시간들이 창피하기라도 했던 걸까요?

시간 감각이 무뎌진 채 며칠이나 지났는지 모를 어느 날이었습니다. 저의 기도가 몇 번이나 무너지길 반복하고 방공호 안의 공기가 차가워져서 곧 겨울이라는 것만 대충 짐작할 수 있던 날이었습니다. 그리고 그 전날은 마지막까지 남아 있던 아저씨가 엄마 몰래 방공호 밖으로 나갔다 다시 돌아왔던 날이었습니다.

"여기가 어디라고 돌아와! 조 차장님, 아니 조 씨! 어딜 싸돌아다니다 들어오는지도 모르는 놈 받아 줄 생각 없어!"

"이, 이… 내가 여기다 바친 돈이랑 시간이 얼만데 말하는 게 그게 뭐야! 바깥이 어떻게 돌아가는지도 모르는 아줌마가 어디서…."

"여기 온 사람들 중에서 당신이 쓴 돈이 제일 적은데 어디서 그 푼돈 가지고 생색이야! 너도 좋아서 온 거잖아!"

한참을 그렇게 싸우다 아저씨는 결국 자신의 짐을 챙겨 나갔습니다. 그 순간의 엄마 표정은 참 복합적이었습니다. 방공호 철문이 쿵 하고 닫히는 순간 엄마는 아무 말도 하지 않으셨던 걸로 기억합니다. 대신 그날따라 일찍 잠자리에 드셨습니다. 전자 기기도 쓸 수 없고 주변 정리할 것도 없으니 저 역시 일찍 잠자리에 들 수밖에 없었습니다. 잔잔하게 켜진 전등불을 등지고 눈을 감았지만 쉽게 잠이 들지 못했습니다. 등지고 있어 제대로 볼 수 없었지만 엄마 역시 한참을 부스럭거리며 잠들지 못하셨던 걸로 기억합니다.

그리고 아침에 일어나 보니 방공호 안에는 저 혼자였습니다.

"엄마?"

돌아오는 대답은 없었습니다. 그것은 몇 번을 불러도 마찬가지였습니다. 그리 넓지도 않은 방공호 안이었지만 사람 목소리는 들리지 않았습니다. 그제야 엄마가 저를 두고 밖으로 나갔다는 사실을 알 수 있었습니다.

왜? 그 물음이 들자 저는 일단 좁디좁은 방공호 안을 뒤지기 시작했습니다. 떠올려 보니 그랬던 이유는 '엄마가 평소에 나한테 무심했어도 나가는 이유 정도는 남겨 두지 않았을까?' 하는 일말의 믿음 때문이었던 것 같습니다. 한참을 뒤지고 뒤지다 저는 엄마의 간이침대 아래에서 태블릿PC 하나를 찾아냈습니다. 어찌나 꼭꼭 숨겨 두셨는지 손을 아래로 뻗어 보지 않았다면 있는 줄도 몰랐을 정도였습니다.

태블릿PC 전원을 켜자 가장 먼저 날짜와 시간이 보였습니다. 11월 10일 오후 3시 16분. 벌써 날짜가 이만큼 지났는지도 모르고 있었습니다. 역시나 잠금 설정이 제대로 되어 있지 않은 화면을 풀자 그다음 보인 것은 인터넷 기사 창이었습니다. 여러 개의 창이 띄워져 있었는데 대충 기억나는 기사 제목은 이런 것이었습니다.

코로나 확진자 수 세 자리 접어들어

백신 보급 빠르면 내년 예상

인터넷 카페 운영자 신OO 씨 사기죄 및 식품위생법 위반으로 체포

위에 떠 있는 기사들보다 아래에 엄마의 이름이 박힌 기사가 저는 더 충격적이었습니다. 체포? 갑자기? 기사 내용은 대략, 오전 무렵 엄마가 보건소에 방문했고, 대기 중 먼저 왔던 행인과 다툼이 일어나 경찰이 출동했으며, 경찰서로 이동해서 조서 작성을 요구했지만 엄마가 거부했고, 한 경찰이 엄마를 알아보는 바람에 그 자리에서 체포되었다는 것이었습니다. 그 기사를 읽은 순간부터 제 머릿속은 극도의 혼란 상태가 되었습니다. 왜? 엄마가 왜 보건소에 간 거지? 이렇게 갑자기? 제대로 돌아가지 않는 사고를 간신히 붙잡고 본 기사의 끝에는 이렇게 적혀 있었습니다. **"신 씨는 체포 직후에도 자신의 무죄를 주장했으며 '나 살겠다고 하는 짓이 뭐가 문제냐'며 분노를 터트렸다."** 그 순간 저는 온몸에 힘이 빠져서 주저앉았던 것 같습니다.

정말로 아무도 없는 고요한 방공호 안에서 한동안 천장만 바라봤던 것 같습니다. 정말로 살고 싶었다 해도 당신의 딸인 나는 신경도 쓰지 않다니. 게다가 내가 어디 방에 들어가 있던 것도 아니라 마음만 먹으면 깨워서 바로 데려갈 수 있었습니다. 평소에도 내게 무심했던 분이지만 이럴 수가 있는지 의심될 정도였습니다.

그렇게 얼마나 정신을 놓고 있었는지 모르겠지만 저는 그 태블릿 PC를 다시 집어 들었습니다. 엄마는 이미 체포되었고 이곳에 과연 올 사람이 있을지도 의문이었으니, 나 스스로 뭐라도 해야 한다는 생각이 들었습니다. 정작 저는 방공호 밖으로 도망가야겠다는 생각

자체를 못하고 있었습니다.

태블릿PC에는 와이파이가 연결되어 있었습니다. 방공호 어딘가에 공유기가 있다는 소리였습니다. 아마도 이런 무선 연결을 숨기려고 전자 기기를 전부 다 압수한 것 같다는 생각이 들었습니다. 그다음 제가 한 일은 태블릿PC에 깔려 있던 어플을 다 뒤져 보는 것이었습니다. 은행 어플같이 비밀번호를 엄마만 아는 것은 제외하고 열어볼 수 있는 것은 전부 다 열어 봤습니다. 엄마가 알았다면 뒷목을 잡을 일이었지만 그 상황에서는 저 역시 뭐든 해야 했습니다.

그렇게 뒤지고 뒤지다 열게 된 것이 메일 어플이었습니다. 처음볼 때는 정말로 별것 없었습니다. 수많은 주문 메일들이 빼곡하게 정리되어 있었고 간간히 스팸이 섞여 있는 정도였습니다. 사실 평소라면 거기서 멈추고 창을 닫았을 겁니다. 그런데 그날따라 무슨바람이 불어서인지, 저는 '휴지통'을 눌렀습니다. 그러자 그곳에는 당연하지만 영구삭제를 기다리는 메일들이 잔뜩 있었습니다. 다만특이한 점은 버려진 메일들의 발신자가 전부 같다는 점이었습니다. 천세주. 아주 익숙한 이름이었습니다.

지금 시점에서는 이미 매스컴을 몇 번 탄 이름입니다만, 당시의저한테도 그 이름이 낯설지는 않았습니다. 당시 엄마가 운영하던카페가 호황기를 맞아 제가 주문 목록 정리를 돕던 중 주문 메일 사이사이에서 이 사람의 메일을 볼 수 있었기 때문입니다. 엄마가 차단 기능을 모르는 건지 수십 통에 가까운 메일이 왔음에도 이 사람은 차단되지 않았는데, 호기심에 열어 본 메일 내용들은 거의 비슷했습니다.

네가 지금 판매하고 있는 약품들은 식약청 허가도 받지 않은 불법이며 나는 이에 대해 주기적으로 신고를 넣고 있다. 네가 우리 부모에게 약 팔았던 것들도 전부 다 사기죄로 고소할 것이며 네가 나를 카페에서 제명한 후 침묵을 유지하는 것도 다 할 말이 없어서 그렇다는 걸 안다.

구체적인 논문까지 첨부한 이 메일에 대해 어떻게 할 건지 엄마에게 물어봤다가 일은 안 하고 쓸데없는 일에나 관심 가진다고 한 소리 들은 기억이 생생하기에 이름을 정확히 기억하고 있었습니다.

그런데 제가 방공호 안에서 찾은 이 사람의 메일 내용은 뭔가 제 기억과 달랐습니다. 뭐라고 설명해야 할지 모르겠지만… 태도가 이전과 완전히 바뀌어 있었습니다. 엄마가 이전에 일부 메일을 삭제한 것 같았지만 그걸 고려해도 이상했습니다. 마치 다른 사람이 계정을 도용해 보냈다 해도 반쯤 믿을 정도의 변화였습니다. 분명 자신을 의견을 확실하게 피력하던 사람이었는데, 제가 본 메일에는 "내 잘못을 인정할 테니 방공호 안에 들여보내 달라"고 써 있었습니다. 협박이라도 받아서 쓴 것인지 의심될 정도였습니다.

휴지통에 버려져 있던 메일을 반쯤 읽었을 때였습니다. 굳게 닫혀 있던 방공호의 철문을 쿵쿵 하고 두드리는 소리가 났습니다. 엄마인가 싶었지만 잡힌 지 몇 시간이나 되었다고 벌써 풀려날 리는 없을 것 같았습니다. 다시 한 번 문 두드리는 소리가 들렸을 때 저는 결국 태블릿PC를 내려 두고 조심스레 문 앞으로 향했습니다. 그렇게 방공호의 문을 연 것은 그 안에 들어간 이래 처음이었습니다. 천천히, 조심스럽게, 저는 생각보다 가벼운 철문의 잠금을 풀고 문을 당겼습니다. 제발 이상한 사람만 아니게 해 주세요, 아멘, 아멘. 문이 열리는 그 순간에도 저는 그 말을 속으로 몇 번이고 반복했습니다.

"…어."

"…안녕하세요?"

그것이 저와 세주의 첫 만남이었습니다.

어느새 날이 어두워져 가기에 일단 방공호 안으로 세주를 들여왔지만 저희 둘이 딱히 할 이야기는 없었습니다. 식량으로 쌓여 있던 라면 두 봉지를 대충 부숴서 먹은 뒤 우리는 서로의 눈치만 보기 시작했습니다. 서로에게 할 말이 없으니 너무나 당연한 수순이었습니다.

"…카페장님은, 어디 가셨나요?"

세주가 먼저 입을 열었습니다. 카페장이라 함은 엄마를 지칭하는 듯 싶었습니다. 분명히 기사가 뜬 걸로 아는데 아직 접하지 못했나 싶어서 물으려던 순간 세주가 자신의 휴대폰을 들어 보였습니다.

"여기 오다가 길을 좀 헤맸는데, 그 사이에 방전이 돼서요."

"…아, 그러시구나."

제 대답을 듣고 어색하게 웃는 세주에게 저는 순간 무슨 말을 해야 할지 감을 잡지 못했습니다. 엄마가 체포된 것이 제 잘못은 아니었지만 뭔가, 사실대로 말하면 세주가 실망할 거라는 생각이 들었습니다. 물론 실망한다 해도 그것 역시 제 잘못은 아니었습니다. 그래도 여기까지 온 것을 보면 무언가 기대하고 왔음이 분명한데 그걸 깨는 것 같아 내심 미안하기까지 했습니다.

저는 대답 대신 태블릿PC를 켜서 세주에게 내밀었습니다. 역시 말보다는 직접 보는 것이 더 낫겠다 싶어 내린 결정이었습니다. 의아한 표정으로 제가 건넨 것을 받아 든 세주는 점차 표정이 어두워지기 시작했습니다. 한참 동안 화면을 바라보던 세주는 이내 한숨을 내쉬며 태블릿PC를 제게 다시 건네주었습니다.

"…괜찮아요?"

제가 할 수 있는 일은 형식적으로나마 안부를 묻는 것밖에 없었습니다.

"…괜찮아요. 괜찮은데, 저… 조금만 쉬어도 될까요?"

저는 제 엄마가 눕던 간이침대를 내주었습니다. 세주는 몇 번의 잔기침을 하더니 그곳에 누웠습니다. 저를 등지고 누웠지만 잠든 것이 아님은 알 수 있었습니다. 무슨 일이 있었는지 몰라도 충격이 크긴 컸겠지 싶으니 더 이상 말을 걸 수도 없었습니다. 그날은 그래서 저도 평소보다 더 일찍 잠들었던 것 같습니다.

저는 다음 날 아침이 되면 세주가 방공호 밖으로 나갈 줄 알았습니다. 하지만 그런 예상을 깨듯 아침에 일어나 보니 세주는 잠자리를 정리하고 태블릿PC를 보고 있었습니다.

"저, 그거 충전기 없어서 배터리 아껴 써야 해요."

제 말에 세주가 급히 태블릿PC를 껐습니다.

"미안해요, 휴대폰이 안 돼서 뉴스라도 찾아본다는 게…."

"아, 괜찮아요. 심각한 문제도 아니고."

사실 찾아보면 충전기쯤은 이 좁은 방공호 어딘가에 있을 테지만 처음 뒤졌을 때도 안 나온 것이 두 번 뒤진다 해서 나올 확률은 적다 생각했습니다. 그리고 굳이 힘을 빼고 싶지 않은 것도 있었습니다. 미안해하는 세주에게 괜찮다고 말해 주고서 식량을 쌓아 둔 방공호 안쪽에서 빵 두 개를 빼 왔습니다. 원래는 반 개씩 먹었지만 엄마도, 다른 어른들도 없으니 인당 한 개씩 먹어도 되겠지 싶었습니다.

"…고마워요."

그리고 우리 둘은 묵묵히 빵을 먹었습니다.

빵을 다 먹었을 때쯤 이번에는 내가 먼저 입을 열었습니다.

"아까 뉴스는 뭐 봤어요?"

"이것저것 봤어요. 어제 카페장님 체포됐다던 거 후속 보도 있는지도 보고, 지금 바깥에서 속보라도 들어온 게 있는가 보고. 특별한 건 없네요."

"…엄마 일은, 제가 대신 사과드릴게요."

제 잘못은 아니었지만 왠지 그렇게 말해야 할 것 같아서 그렇게 말문을 열었습니다. 다만 말을 더 하려던 것을 세주가 가로막았습니다.

"…괜찮아요. 사과를 할 거면 카페장님이 직접 사과하는 게 맞지. 사과할 것도 없고 당신이 직접 죄 지은 것도 아닌데 너무 그러지 마요. 그러고 보니 통성명을 안 했네요? 이름이…?"

"최하나요."

"저는 천세주예요. 반가워요."

아, 친절한 사람이구나. 몇 마디나 대화를 나눴다고 저는 그렇게 생각했습니다.

저와 세주는 그 이후 계속해서 이야기를 나눴습니다. 외부와 소통할 수단도 없고 텔레비전 같은 유흥 수단도 마땅치 않으니 대화만이 시간을 보낼 수 있는 수단의 전부였습니다.

"세주 씨는 여기 어떻게 왔어요?"

"부모님이 보내서요."

세주의 동의하에 이야기를 해 보자면, 세주의 부모님은 저희 엄마 카페의 VIP 회원이셨다고 합니다. 당사자 말에 따르면 빚을 끌어다 엄마의 약들을 사들였을 정도로 광신도에 가까운 믿음을 가지셨다고 합니다. 집 안에 소비량을 훌쩍 넘는 약들이 쌓여서 썩어 가고, 세주의 적금에까지 손대려 하자 결국 안 되겠다 싶어 세주는 부모님을 설득해 보려 했다 합니다. 당연하게도 통하지 않았고 결국 최후의 수단이 직접 연락을 취하는 거였다고 합니다.

"카페에서는 당연히 제명되고, 글에다 '나는 여기 회원 누구의 자식인데' 하고 썼는데 그것 때문에 부모님도 제명되고, 나는 졸지에 후레자식 되고…. 내가 잘하고 있는 줄 알았는데 끝에는 나만 죄인이 되더라고요, 나만."

그때 세주가 한숨을 푹 내쉬다 잔기침을 했습니다. 그 모습이 안쓰러워 저는 제 침대 모포를 건네주었습니다.

"고마워요."

"…그러면, 여기 오시게 된 건…."

"부모님이 카페에 VIP 회원 대상으로 피난 비슷한 걸 했다는 글이 올라온 걸 보셨어요. 제명은 당하셨는데 어떻게 하셨는지 새 아이디를 파서 다시 가입하셨더라고요. 그걸 보시고 저 때문에 당신 인생 망했다며 엄청 갈구셨어요. 직접 보셨으면 하나 씨도 학을 뗐을 걸요."

거의 평생을 엄마가 만든 약 옆에서 살긴 했지만 그 약을 먹지 않았어도 건강하게 사는데, 세주의 부모님은 어째서 그런 반응을 보였던 것인지 저는 이해할 수 없었습니다. 사실 이 편지를 쓰는 지금도 이해가 되지 않습니다. 엄마가 세주의 부모님이 사들인 약에만 다른 성분을 섞었을 리도 없는데 말이죠.

"처음에는 정신 차리라며 맞서서 화도 내고 그랬는데, 두 사람과 싸우기엔 역시 정신적으로나 육체적으로나 무리더라고요. 그래서 꼬리 내리고 부모님 시키는 대로 싹싹 빌었죠. 근데도 답이 없으니 포기하자 했는데 그 VIP 관련 글 올린 사람을 어떻게 아셨는지 여기 주소를 받아 오셨더라고요? 가서 용서 빌고 우리도 그 안으로 들어갈 수 있게 만들라고 하시는데 어쩌겠어요, 가기 싫다고 해도 억지로 보내는데 가야지."

저야 이전에는 엄마가 태블릿PC를 관리했고 엄마의 체포 이후에는 카페를 확인할 생각까지는 못했으니 그런 글이 올라온 사실을 알 수 없었습니다. 듣고 보니 머리가 아득해지는 이야기였지만 세주는 아무렇지도 않은 듯 한숨만 조금 쉴 뿐 더 이상의 비관은 하지 않았습니다.

"어, 그러면… 부모님이 기다리고 계시는 거죠?"

"신경 안 쓰려고요. 돌아가 봐야 결국 허락 못 받았다고 혼내실 분들이라…. 아, 지금쯤이면 뉴스 보셨을 테니 좀 덜 혼내시려나."

그 순간 저도 모르게 손을 뻗어 세주의 손을 잡았습니다. 그것이

알량한 동정심이었는지는 모르겠습니다만, 어쨌든 손을 잡아 주고 싶다는 생각이 들었습니다.

"…음?"

"아뇨, 그냥… 고생했다고요. 여기가 산속인 걸로 아는데 찾아오느라 고생했고 부모님 부탁 들어주느라 고생했고…."

"아… 뭐, 그렇죠. 그래도 완전히 사람 없었으면 허탕이었을 텐데 하나 씨가 있어서 헛걸음까진 아닌 거 같고…."

잠시 어색한 웃음을 짓다 침묵이 흘렀습니다. 그리고 이번에 입을 연 것은 세주였습니다.

"하나 씨는, 여기서 안 나가요? 그래도 기다리는 다른 가족들이나 친구들이 있을 텐데."

친구와 가족이라. 그 말을 듣는 순간 많은 생각이 들었습니다. 아빠는 얼굴도 본 적 없고 집과 학교만 오가던 사람에게 친구가 있을 리 없었습니다. 애초에 수학여행비도 제대로 안 주던 엄마였는데 다른 여가에 필요한 돈을 대췄을 리가요. 다시 도시로 나간다 해도 방공호 안에서 사는 그 순간과 별반 다를 바 없는 인생이었습니다.

"글쎄요, 나가도 딱히 기다리는 사람이 있질 않아서…."

생각해 보면 저는 참 엄마 말을 잘 듣는 아이였습니다. 방공호까지 가던 그 순간에도 엄마의 고함에 바로 꼬리를 내릴 정도였으니까요. 세주는 더 이상 묻지 않았습니다.

"나랑 처지가 비슷하네요, 뭔가 반갑기도 하고 그러네."

그 순간 말은 안 했지만 세주가 저와 비슷한 상황이라는 것에 묘한 안도감을 느꼈습니다. 그때 저도 모르게 또다시 세주의 손을 꾹 잡았습니다. 속으로 무슨 소원을 빌었는지 기억나지 않지만 그때 확실히 '아멘' 하고 기도했던 것 같습니다.

세주와 저는 방공호 밖으로 나가지 않았습니다. 둘 다 나가 봐야 기다릴 사람도 없고 긍정적인 상황도 펼쳐지지 않을 것을 알았기에 그랬던 것 같습니다. 우리는 정말로 방공호 안에 틀어박혀 멍하니 누워 있다 대화를 하고 다시 잠들기를 반복했습니다. 태블릿PC는 배터리를 아낀다는 명목하에 거의 들여다보지 않았던 것 같습니다. 바깥 상황이 점차 나아지고 있다는 사실, 그리고 엄마가 체포된 이후의 후속 기사를 조금씩 찾아보고 끄는 것이 전부였습니다. 사실 도시로 돌아가지 않는다 해도 방공호 바깥으로 나가는 것 정도는 해도 됐을 텐데 저희는 신기하게도 그 철문 자체를 열지 않았습니다. 경찰이 찾아와도 이상하지 않지만 그 누구도 오지 않는 산속에서, 저희는 쟁여 놓은 식량을 먹고, 모아 둔 물로 몸을 씻고, 서로가 살아온 이야기를 나누다 잠들길 반복했습니다. 둘 다 비슷한 상황이었기에 살아온 환경은 달라도 나름대로 대화가 잘 통했습니다. 아멘, 아멘, 아멘. 그 순간에 저는 이 평화가 깨지지 않기를 몇 번이고 바랐습니다.

그 잔잔하다 못해 무기력한 일상에 금이 간 것은 정말 우연이었습니다. 아니, 우연이라 보기에는 조금 어폐가 있습니다만, 하여튼 그날은 아끼고 아껴도 점차 닳아가던 태블릿PC 배터리가 어느새 3퍼센트만 남은 날이었습니다. 그날 아침도 일어나서 저는 세주 몫의 빵까지 식량에서 꺼내 왔고 세주는 어쩌면 마지막이 될 뉴스 정독 시간을 가지고 있었습니다. 그러다 조작을 잘못한 것인지 기사에 첨부되어 있던 영상이 재생되었습니다.

지난 11월경 사기죄 및 식품위생법 위반 혐의로 체포된 모 인터넷 카페 운영자 신 씨가 코로나 양성 판정을 받으면서 교도소 내에 비상이 걸렸습니다. 경찰은 현재 신 씨의 동선 자백을 받아낸 상태이며 신 씨는 A 식품 회사 차장 조 씨에게서 코로나가 감염된 것이라 주장….

본명 전체가 나오지 않았지만 수식어가 너무나도 익숙했습니다. 아주 잠시지만 잊고 있었던 사람. 예, 그 '신 씨'는 분명히 제 엄마였습니다. 놀란 마음에 들고 있던 빵도 떨어트린 채 급히 세주가 들고 있던 태블릿PC를 가져와 보니 영상 속에는 자료 화면으로 너무나도 익숙한 카페 화면이 나오고 있었습니다. 모자이크 처리가 되었지만 저는 알 수 있었습니다. 그리고 나온 다음 자료 화면에는 그 '조 씨'라는 남자로 추정되는 사람이 인터뷰를 요청하는 기자들을 따돌리며 달리고 있었습니다. 역시나 얼굴이 모자이크 처리되어 있었지만 체격은 너무나 낯익었습니다. 네, 몰래 밖에 나갔다 왔다가 엄마에게 들켜 마지막으로 방공호에서 나간 그 남자였습니다. 때마침 배터리가 다 된 것인지 화면이 그대로 암전되었습니다. 그때 그 까만 화면에 비친 제 모습은 지금 생각해도 '내가 그런 표정까지 지을 수 있나?' 싶었던 표현하기 힘든 복잡한 심경의 표정이었습니다.

그러니까 당시의 상황을 정리해 보자면 대충 이랬습니다. 엄마가 운영하던 카페의 VIP 회원들 중 한 명이 나와 엄마, 그리고 다수의 사람들과 같이 방공호에 머물렀다. 그런데 중간에 나갔다 오면서 코로나에 감염되었고 나와 엄마는 그 사실을 몰랐다. 엄마는 이후 밖에 나갔다 체포되었고 나는 방공호에 머물다가 세주와 같이 지내게 되었다. 그리고 방금 전 그 중간에 나갔다 온 사람이 양성 판정이라는 뉴스를 봤다. 만약 이 정리 내용이 맞다면 저 역시 안심할 수 없는 대상이라는 의미였습니다.

"…어떻게 하죠?"

바보 같지만 그것이 뉴스를 본 후 제 입에서 나온 첫마디였습니다. 정말로 어떻게 해야 할지 알 수 없었습니다. 일단 머릿속으로는 당연히 밖으로 나가서 검사를 받아야 한다는 생각이 들었습니다. 하지만 그에 버금가는 불안함 역시 제 머릿속을 기어올라왔습니다. 운이 좋으면 음성 판정을 받겠지만 만약 내가 양성이라면? 무증상 확진자라 여태 티가 나지 않았던 거라면? 만약 밖으로 나가 이동하는 동안 우연이라도 지나가는 사람들과 마주친다면? 그 사람들은 정말로 나와 관계가 없는데? 아니, 나도 애초에 일단 어떻게 나가지? 나는 운전면허도 없고 일단 차는 엄마가 가져갔을 텐데?

"…씨. 하나 씨!"

간신히 정신을 차린 것은 세주의 외침 덕분이었습니다. 저는 그 순간 잠시 잊고 있던 것 한 가지를 떠올렸습니다. 그러고 보니 세주는 저와 2주 가까이 같이 지내왔다는 사실을요. 만약 제가 양성이라면 잠복기 내내 저와 신체적 접촉을 하고 같은 공간 안에서 지낸 세주에게도 문제가 될 터였습니다.

"…세주 씨. 지금이라도, 저희 따로 떨어져야…."

저는 뒤로 물러서려 했지만 오히려 그런 저를 붙잡은 것은 세주였습니다.

"지금 하나 씨는 제가 뒤로 가면 안 될 거 같거든요? 정신 차려요, 하나 씨."

"세주 씨, 지금이라도 밖에 나가요. 혹시 모르잖아요, 아니, 이건 무조건일 거예요. 저 그동안 마스크도 제대로 안 했고, 나 진짜, 지금 무슨 말을 해야 될지도 모르겠는데…."

"하나 씨!"

정말로, 세주의 외침이 아니었다면 저는 정신없이 횡설수설하다 그대로 패닉 상태에 빠졌을 거라 확실할 수 있습니다. 세주는 숨을 크게 들이마셨다 내쉰 뒤 제 손을 잡았습니다.

"일단, 조금 쉬었다 얘기해요. 저 여기 있을 테니까 숨 좀 골라요."

"…세주 씨, 그래도 잠깐 나가 있는 게…."

"나가든 어쩌든 그건 제가 알아서 할게요. 어쨌든 하나 씨는 못 두고 갈 거 같아."

그 순간 제 손을 잡고 있던 세주의 손이 참 다정하다 싶어서 저도 모르게 울 뻔한 것을 참아야 했습니다.

몇 십 분 정도 말없이 숨 고르기를 하니 그나마 혼란스러웠던 정신이 돌아오는 것 같았습니다. 세주는 그 순간까지도 제 손을 잡고 조용히 제가 입을 열기를 기다리고 있었습니다.

"…뭘 해야 할지 모르겠어요"

정말로 그때의 저는 뭘 해야 할지 알 수 없었습니다. 죄를 저지른 것도 아닌데 도망치고 싶지도 않았고, 그렇다고 이곳에 계속 머물고 싶지도 않았습니다. 엄마가 나에 대해 어떻게 증언했을지는 의외로 두렵지 않았습니다. 이전에는 그것이 가장 두려운 사항이었을 텐데, 그 부분은 저 스스로도 놀라웠습니다. 세주는 가만히 제 말을 듣다 무언가를 생각하는 듯 잠시 말을 잇지 못했습니다. 많은 고민을 하는 듯 보였습니다. 솔직하게 말하자면, 저는 그 순간 세주가 홀로 떠나겠다 선언해도 막을 자신이 없었습니다.

"…같이 갈까요?"

세주가 오랜 침묵 끝에 꺼낸 말이었습니다.

"내일 아침 일찍 일어나 병원에 같이 가요. 저 산 아래에 제가 운전하고 온 차가 있으니까, 그걸 타고 가요. 시동이 잘 걸릴지는 모르겠지만 어쨌든 그걸 타고 바로 병원으로 가는 거에요."

"…만약에 갔는데 저도 엄마처럼 체포되면요? 아니, 가다가 전혀 관계 없던 사람들을 만나는데 그 사람들을 감염시키면요?"

"그럴 일 없다는 거 알잖아요. 휴게소 안 들르고 바로 병원으로 갈게요. 체포돼서 법정에 서게 되면 내가 증인도 할 수 있어요."

"병원 가서 양성 판정 받으면요? 세주 씨도 똑같이 양성 판정 받으면요? 아니, 판정 받고 치료 중에 안 좋은 일이라도 생기면…."

"하나 씨… 왜 그렇게 불안해해요?"

세주는 이제 걱정된다는 표정이었습니다. 저도 그 순간 제가 왜 그렇게 불안해한 것인지 이해를 못할 정도였습니다. 세주가 작게 한숨을 내쉬었습니다.

"그냥 가지 말까요?"

"…."

"동선 자백 다 했다고 아까 뉴스에서 말했잖아요. 그러면 경찰이든 누구든 머지않아 여기 곧 올 거라는 소린데. 차라리 불안하면 가지 마요, 우리. 그냥 여기서 기다려요."

저는 세주의 손을 꽉 잡았습니다. 스스로도 이해할 수 없는 이 불안함이 다른 사람의 손을 잡는 단순한 행위만으로 사그라든다는 것이 참 신기했습니다. 세주는 별말 없이 잡힌 손을 바라보았습니다.

"…저도 솔직히 무서워요. 안 무섭다면 거짓말이거든요? 이제 경찰이든 누구든 와서 병원에서 검사받으면 정말로 양성이 뜰 수도 있고 치료받는 과정도 겁나요. 어쩌면 부모님은 저랑 연을 끊겠다고 하실지도 몰라요. 그러고도 남으실 분들이죠, 언제나 본인들의 말을 따르지 않으면 불호령을 내리셨던 분들인데."

떨림이 느껴져도 이상하지 않을 법하지만 여전히 담담한 세주의 목소리에 저는 홀린 듯 귀를 기울였습니다.

"그래도, 저는 하나 씨가 무서워하지 않았으면 좋겠어요."

그 순간 저는 제 과거를 떠올렸습니다. 언제나 본인의 일과 돈에만 눈이 멀어 있던 엄마를, 그리고 그 엄마 밑에서 보냈던 시간들을 말입니다. 과연 내게 이렇게 다정하고 진심이 담긴 말을 해 준 사람이 있었나? 세주가 다정한 목소리로 하는 모든 말들은 제게는 낯선, 하지만 싫지 않은 말들이었습니다.

"하나 씨."

"…세주 씨."

"무서우면, 나 생각해 주면 안 될까요? 정말, 내가 별거 아닌 사람이긴 한데 그렇게라도 하나 씨한테 도움되는 사람이 되고 싶어요."

그 순간에 정말로 무슨 말을 해야 할지 머릿속이 하얘졌습니다. 안 좋은 의미로 하얘졌다는 것은 아닙니다. 그냥, 기뻤습니다. 그 심각한 상황에 왜 기뻐했는지는 저조차 뭐라 표현할 수가 없습니다.

"세주 씨."

울음은 나오지 않았지만 목소리가 묘하게 떨렸습니다.

"네, 하나 씨."

"…저 한 번만 안아 주세요."

세주는 말없이 손을 놓고 저를 끌어안아 주었습니다. 그 어떠한 문제도 없다는 것처럼 조용히 제 등을 토닥여 주었습니다. 이런 다정함을 느낀 지 얼마나 되었다고 이 감정이 익숙해진 것인지, 저는 역시나 손을 뻗어 세주를 끌어안았습니다. 무서웠지만 놓고 싶지는 않았습니다.

"참 신기해요. 사람 때문에 몇 번이고 죽고 싶다 생각했는데, 지금은…."

정말 신기했습니다. 세주의 말대로 나는 사람에게 몇 번이고 상처를 받았는데 그 상처를 또 다른 사람으로 메우고 있었습니다. 그것이 비정상적인 관계라 하더라도 저는 그것을 절대 놓고 싶지 않았습니다.

그때 마침 밖에서 인기척이 들렸습니다. 한 명이 아닌 다수의 인기척이었습니다. 말없이 세주의 토닥임을 느끼며 저는 제발 소원을 이루어 달라고 기도했습니다. 제발 아무 일도 없게 해 주세요. 나에게 무슨 일이 있어도 세주에게는, 제발. 아멘, 아멘, 아멘, 아멘, 아멘. 그리고 그대로 힘이 빠졌고 철문을 두드리는 소리만 아련하게 들렸습니다. 정말로 모순 그 자체인 소원을 빌면서 제 기억은 거기에서 끊겼습니다.

여기까지가 제 모든 이야기의 끝입니다. 긴 이야기의 끝이 조금은 허무하게 느껴질 수도 있다고 생각합니다. 하지만 제게는 그것이 이 상황에서의 가장 최선의 결말이었음을 이해해 주시면 감사하겠습니다.

저는 즉시 병원으로 이송되어 검사부터 받았습니다. 하필 그 순간에 긴장이 풀려서 온몸에 열이 오른지라 집으로 돌아가지 않고 격리와 치료를 병실 안에서 진행했습니다. 휴대폰 개통도 제대로 하지 못해서 뒤늦게 안 사실이었지만 병원 측으로 상당한 인터뷰 요청이 들어왔었다고 합니다. 기자님 요청도 그중 하나였고요. 그런데 제가 정신이 없어 대답이 없자 바로 추측성 기사가 쏟아져 나왔다 하니, 참 웃을 수가 없습니다.

기사가 아마도 인터넷으로 나올 것으로 아는데, 앞에 말했다시피 현재 제 상황이 여의치 않아 나중에서야 볼 수 있을 것 같습니다. 퇴원 후 휴대폰을 새로 개통하게 되면 바로 찾아보도록 하겠습니다. 부디 기자님만은 왜곡된 기사를 싣지 않길 바랄 뿐입니다.

세주와는 현재도 문자로 연락을 주고받고 있습니다. 여러 사정으로 전화는 저도 하지 못하고 있습니다. 세주는 저와 같이 병원에 실려와 검사를 받은 후 음성 판정을 받고 먼저 퇴원했기 때문에 지금은 먼저 사회로 돌아간 후입니다. 부모님 곁으로 돌아가진 않았고 따로 집을 얻어서 살고 있다고 합니다. 본인이 밝혀도 된다고 한 부분이 여기까지이니 더 이상의 사생활은 언급 불가한 점 이해 부탁드립니다.

그날 이후 상황이 상황이라 세주가 면회를 오지도 못하고 서로 얼굴을 마주하지도 못했지만 연락은 꾸준히 주고받는 중입니다. 최근에는 퇴원 후 뭘 할지 계획을 세워 보고 있습니다.

문자를 주고받으며 계획을 짜던 중 세주가 문득 물었던 적이 있습니다.

"하나 씨는 방공호 안에서도 밖으로 나오지 않았고 지금은 병원 밖으로 나오지 못하는 상황인데 갑갑하지 않아요?"

사실 생각 외로 갑갑함을 느낀 적이 없습니다. 아마 방공호에서는 '그 안에 있는 것이 당연하다 믿었기에' 그랬던 것일 테고 병실에서는 '이 순간을 버티고 이겨내면 된다'는 희망이 있기 때문이겠죠. 아직 많은 곳을 돌아다닐 수는 없지만 저희의 계획은 상당히 장대한 지도를 그리고 있습니다. 굳이 지금이 아니더라도 나중에 같이 다닐 시간이 더 길다 믿기에, 그리고 곧 만날 수 있다 믿기에 마음이 조급하진 않습니다. 세주도 비슷한 마음이라 저희 계획은 순항하며 세워지고 있습니다.

♦

방공호 안에서 무슨 일이 벌어졌는지에 대해서는 너무 이야기가 길어지기에 쓰지 않았습니다만, 따로 연락주시면 말씀해 드리겠습니다. 만약 쓰게 된다면 일부 이름을 익명 처리해서 지금처럼 손 편지로 써야 하기에 이 편지보다 더 기나긴 이야기가 될 것 같습니다. 참고하시고 연락주시면 감사하겠습니다. 만약 이야기를 하게 된다면 보수는 이번처럼 왜곡 없이 기사를 실어 주시는 것으로 대신 받겠습니다.

그럼 이만 줄이겠습니다.

새해 복 많이 받으세요.

202X년 12월 31일
최하나 씀

작가의 말

'코코아드림'이라는 필명을 사용하며 다양한 사람들을 만나 수많은 일들을 겪었습니다. 그중에 느낀 건 '사람에게 상처를 입어도 그것을 위로해 주는 대상 역시 사람일 수 있구나'라는 사실이었습니다. 너무 당연한 일일 수도 있는데 저는 그것을 최근에서야 깨달았습니다. 확실히 최근에 있었던 크고 작은 다툼과 화해들을 떠올려 보면 악의를 가진 사람에게 상처입었을 때 이를 위로해 주고 그 마음을 다독여 주던 것 역시 사람이었습니다. 그리고 그런 다독임 덕분에 저의 세상이 조금 더 넓어질 수 있었다고 생각합니다. 이 글을 완성시키기까지 수많은 위로와 격려를 보내 준 분들에게 다시 한 번 감사를 보냅니다.

끝으로 저의 든든한 후원자 같은 소중한 사람들을 적고자 합니다. 언제나 저를 '작가님'이라 부르며 응원해 주는 내 동생들, 희정이, 예은이, 가온이에게 감사하고 항상 사랑한다는 말을 하고 싶습니다. C양, 알파카님, 새님, 유기농 볼셰비키 작가님, 영고님 등 '대환장 인외종 작가 모임' 오후의 티파티 사람들에게도 고맙다는 말을 전하고 싶습니다. 같은 취미를 공유하면서 친해진 개떡(별명)에게도 매번 놀아줘서 감사하다는 말 하고 싶습니다.

좋은 사람을 사귀면 성공한 인생이라는데, 여러분들 덕분에 성공한 인생을 살게 되었습니다. 그리고 이곳에 미처 적지 못한 모두에게도 제가 항상 감사하고 있고, 늘 행복하길 바란다는 말을 적어 봅니다.

비대면 로맨스의 함정

정엘(정라윤)

쓰지 않고는 못 견디는 이들을 딱하게 여겼는데 내 얘기였다. 브릿G와 네이버에서 《망국의 황녀님에게》를 연재 중이다. 온라인 플랫폼을 유령처럼 배회하며 원고를 남발하고 다니는 이상한 사람.

—프랑스 사람들은 사랑에 기꺼이 목숨을 걸죠.

　제일 좋아하는 노래를 기상 알람으로 설정해 둔 건 역시 현명한 선택이 아니었다. 영진은 자꾸만 애틋하게 서로 들러붙는 눈꺼풀을 억지로 떼어 놓으려 애썼다.

　허영진, 정신 차려. 진한 꿀을 굳혀 사람 모양으로 빚으면 정확히 〈신사는 금발을 좋아해〉에서 달콤하게 노래 부르며 춤추는 마릴린 먼로 모습 그대로일거라고 줄기차게 주장해 왔잖아.

　노래를 듣다가 충치가 생길 것처럼 아찔하고 사랑스러운 먼로 님의 목소리로 하루를 열면 분명 즐거울 거라고…. 그러니까, 부엉이 족에게는 꼭두새벽이나 다름없는 아침 9시여도.

　"언니… 조금만 더 잘게요…. 진짜 조금만."

　그러나 끈적하게 녹아 내린 솜사탕처럼 달고 녹진녹진한 마릴린의 목소리는 발랄한 재즈 리듬에 맞추어 착실히 가사를 따라 부르기 시작했다.

　—손등의 키스는 꽤 유럽스럽긴 하지만,

　다이아몬드야말로 여자에게 최고의 친구랍니다.

키스는 황홀할지라도 당신의 허름한 아파트 집세를 내주진 못해요….

언니 말이 다 맞아요. 설렘과 두근거림이 너무 좋은데 그것들이 월세도 세금도 내주지 않아서 저는 어제 새벽까지 일했단 말이에요…. 스퀘어 컷 다이아몬드도, 피어 쉐이프 다이아몬드도, 난 없으니까 열심히 노동해야 했다고요….

—그는 잘나갈 땐 당신의 남자겠지만, 추락하기 시작하면 조심해요. 그 망나니들은 아내에게 돌아가 버릴 테니까요.

다이아몬드야말로 여자의 최고의 친구랍니다!

아내, 배우자. 그 단어에 영진의 눈꺼풀이 기적처럼 번쩍 치켜올라갔다.

역시 먼로 님은 현명하셔. 2세기나 전에 이렇게 중요한 조언을 남겨 두셨다니.

"포드! 알람 읽어 줘."

—다이아몬드! 다이아몬드! 짝퉁이 아니라 진짜요! 다이아몬드가….

(마릴린 먼로의 노래 'Diamonds are a girls best friend' 가사 일부)

—안녕히 주무셨나요? 너무 짧게 주무셔서 걱정스럽네요. 주무시는 동안 〈우체통〉을 통해 받은 메시지가 세 건 있어요.

현대 사회의 맞춤형 AI 단말이라고는 믿기 어려울 정도로 느리게 재즈 연주를 멈추고는 느긋하게 아침 인사나 건네는 '포드'의 마이페이스. 포드 시대 직후 이어진 대중문화 부흥기를 사랑한 탓에 그렇게 이름을 붙인 게 화근이었을까. 점점 더 '무형 단말'이라는 위명에 가까워지는 신종 모델 기기들에 비해 확실히 직물적이라 좋다는 이유로 낡디 낡은 구형 기계를 꾸역꾸역 쓰고 있기 때문이겠지. 포드 시대의 기계들도 이렇게까지 답답하진 않았을 텐데.

영진은 참을성 있게 포드의 페이스를 기다리는 데에 익숙한 편이다. 천천히 눈을 꿈뻑이며 포드의 느릿느릿한 안내에 귀를 기울이던 영진이 의아하게 되물었다.

"…세 건?"

—첫 번째 메시지입니다.

—네잎 클로버: 이 편지는 영국에서 최초로 시작되어….

"… 스팸."

복고풍과 구식을 예찬하고 살아 있는 지난 세기의 화석이라고 불리는 영진이지만, 데이트 파트너 매칭 서비스를 운영하는 메신저 채널에서 복고풍 스팸 메시지까지 좋아할 까닭은 없었다.

—두 번째 메시지입니다. 1일 1록비버거….

"스팸!"

그 총천연색 햄버거 좋아하는 사람? 절대 사절. 궁금한 메시지는 따로 있는데! 하지만 포드는 언제나처럼 명령어를 빠릿하게 입력하지 못했고, 록비버거 중독자의 메시지 도입부가 빠르게 흘러나오기 시작했다.

—안녕요, 조향사? 그게 뭐예요?

"…너는 나보다 최신형 단말 쓸 거면서, 검색해 달라고 하면 1초도 안 걸려서 구구절절 참고 자료까지 눈앞에 띄워줄 텐데. 요즘 놈들은 성의가 없어, 성의가."

이십 대 후반에 걸친 나이면서도 걸핏하면 동시대 젊은이들에게 혀를 끌끌 차는 영진의 미리 늙은 말버릇이 또 시작됐다.

"다음 메시지 읽어 줘."

—세 번째 메시지입니다.

—[르네]

아, 커징 패키지를 갖고 계시구나. 저도 잔향이라도 맡고 싶어서 아쉽게 열어 보는 병이 몇 개 있어요. 너무 즐거운 대화인데 답장이 느려서 미안해요. 늦게 잠드네요. 당신에게 가장 잘 어울리는 향을 입고 달게 잠들었길 바라요. 내일, 일어나면 답장 줄 거죠?

"…메시지 띄워 줘."

영진은 허공에 띄워진 여섯 문장을 읽고 또 읽었다. 아, 세상에. 향기가 사라진 이 세계에서, 좋아하는 꽃향기가 배인 편지지에 직접 쓴 것처럼 AI 메신저로 문자를 보내는 사람이 있다니.

"…이 매칭 서비스, 유료 구독해야겠어."

마침 구형 모델 단말을 쓰는 걸 귀신같이 알아챈 맞춤형 광고가 시도 때도 없이 떠올라 성가시던 참이었다. 자연스러운 낭만을 찾고 싶어서 파트너 매칭 소셜 네트워크 서비스 인기 차트를 훑고 훑어, 고작 플랫폼 이름이 구시대의 공공 우정 서비스 오브제라는 이유로 별 특색 없는 메신저에 체험판 가입을 한 보람이 있었다.

"답장 보낼게."

─[지붕 위 정원]

굿모닝. 알람 끄는 걸 잊어버리는 바람에 좀 일찍 깨 버렸네요. 르네 님도 늦게 잠든 것 같은데, 메신저 알람은 잘 꺼 두고 자고 있겠죠? 제 기상송은 'Diamonds are a girl's best friends'예요. 좋아하는 노래를 들으며 일어나는 게 영 즐겁지는 않았나 싶었는데 르네 님 메시지 덕분에 완벽한 초이스가 됐어요. 무슨 뜻인지 알죠?

─전송되었습니다.

그래, 일어나자.

영진은 무거운 몸을 일으켜 욕실로 향했다. 욕실, 신형 주택에서는 간소화되거나 아예 사라지기도 하는 이 공간이 있는 아파트를 구하기 위해 영진은 애를 써야 했다. 린스 프리(Rinse Free), 즉 헹굴 필요가 없는 청결 용품들이 등장한 이래 욕실이 불필요한 공간이 된 지 벌써 오래였기 때문이다.

"다른 알람은 없어?"

귓바퀴 뒤에 연결되어 있던 AI 칩을 떼어 세면대 위에 올려 두며 포드에게 물었다. 구형 모델이라 페어링이 조금 느리기는 했지만, 포드는 잠깐 뜸을 들인 뒤 본체와 집 안 곳곳에 연결된 스피커에서 대답을 들려주었다.

─'업무' 카테고리로 분류하신 알람이 네 건 있습니다.

오, 길게 자지도 못한 새벽이었는데 꽤 반가운 숫자였다.

"읽어 줘. 볼륨 키워서."

마릴린 먼로가 당대 자신이 모델이던 향수만 '입고' 잔다고 대답한 인터뷰 이야기가 어째서 그토록 화제가 되었는지, 그게 얼마나 관능적인 답변이었는지, 요즘 시대 사람들은 모를 것이다.

증상과 치사율을 포함한 양태를 변덕스러울 정도로 달리하며 변이를 거듭한 코비드 바이러스, 그 마지막 변종 바이러스의 대유행은 인류 대다수의 후각 기능 상실이라는 결과를 초래한 후 막을 내렸다.

영진은 그 비극을 겪지 않은 아주 극소수의 인류 중 하나였다. 그것이 마지막엔 그저 계절성 비염 증상에 가까운 가벼운 감기 몸살 후에 후각 이상을 겪고 나서야 코비드였다는 것을 알 수 있었던 바이러스에 전염되지 않아서인지, 어떤 유전적 수혜인지는 아직 명확하지 않았다. 그렇다고 해도, 추위를 많이 타는 영진은 관능적인 지지난 세기의 섹스 심볼 배우처럼 알몸에 향수만 뿌리고 잠을 자는 걸 즐기지는 않았지만.

영진은 얇은 긴팔 원피스와 속옷을 훌렁 벗은 후 욕조에 쏙 들어가 샤워 커튼을 꼼꼼히 쳤다.

욕조까지 있는 집을 찾기는 정말 어려웠다. 그나마도 간소화된 트렌드의 애매모호한 반영처럼 건식 욕실이었지만, 이게 어딘가.

오래된 구식 단독주택에서 자란 영진은 본가의 습식 욕실에 익숙한 편이었고, 처음 자립해 겨우 자신의 까다로운 조건을 모두 만족한 이 아파트에서 산 후에는 몇 번이나 샤워 커튼을 제대로 치지 않는 실수를 저질렀다. 한참 씻다가, 혹은 샤워 후에 물이 흠뻑 고인 욕실 바닥을 이를 갈며 닦아낸 경험 후에는 강박적인 습관이 되기는 했다.

　─'맞춤형 향수' 고객 만족 평가가 한 건, 신주문이 한 건, '오 드 퍼퓸' 주문이 한 건, 건의 접수가 한 건 있습니다. 먼저 고객 만족 평가는….

포드가 읽어 주는 지난번 발송 제품에 관한 평가를 들으며, 영진은 잠시 욕조 한구석 선반에 나열된 온갖 색색 병들을 바라보았다.

기분도 좋은데, 오랜만에 거품 목욕이나 할까.

　─'맞춤형 향수' 주문서입니다. "안녕하세요, 저는 센서인데요. 보타닉 파라디의 오랜 팬입니다. 기성품만 가끔 구입하다가, 드디어 여유를 마련해 맞춤 향수를 주문하려고 해요. 오래 꿈꿨던 일이라 정말 설레네요…."

아, 그럴 시간은 없겠구나. 빠르게 단념하고 칫솔에 치약을 짜 올렸다. 영진이 '린스 프리'를 기피하는 주된 이유는 꼭 물을 동반하는 구시대적 위생 습관만을 선호해서는 아니었다. 물 헹굼 없이도 깔끔한 청결과 위생을 유지할 수 있는 제품군이 대중화되며 수질 오염은 혁신적으로 개선되었고, 영진이 생각하기에도 그건 멋진 발명이었으니까.

단지… 영진과 같이 후각 수용체 퇴행을 겪지 않은 사람들, 통칭 '센서'들에게 린스 프리 제품들은 대개 불친절한 방식으로 제조된 것이 많았다. 헹굴 필요 없는 치약 제품들에는 그나마 대부분 스피

아민트가 그대로 첨가되어 있는 게 다행이었다. 스피아민트가 청량 감을 주기 때문이었는데, 다른 화학물로 그 효과를 대신하거나 아예 청량감을 뺀 대신 특이한 컬러나 모양으로 승부하는 제품들은 센서들이 감당하기 어려운 역겨운 향이 나는 경우도 있었다. 스피 아민트는 이런 난감함을 해결할 제법 좋은 방법이었다.

　문제는 후각 대신 통각을 자극해 청량감을 선사하는 스피아민트 의 효과가 너무 남용됐다는 것이다. 린스 프리든 아니든 청결과 관련된 모든 소모품에 스피아민트가 들어가거나 역한 냄새가 났다. 이번 세기 초반까지 이어진 인구 그래프의 극적인 변화 결과, 센서 가 차지한 인구 비중은 아주 적었다.

　미식과 조향 산업이 대중 시장에서 소멸한 지 오래였다. 처음은 로마네 콩티. 몇 해 전에는 대기표를 받아야 경매에 참여라도 할 수 있었던 프리미엄 빈티지 와인들이 해마다 최저가로 낙찰되고 있었 다. 전례 없는 최저가 기록을 세운 어느 해, 개중에 가장 고가에 낙 찰된 와인은 총천연색의 화려한 컬러 플레이팅 대중화를 내세운 패 스트푸드 브랜드 '록비버거'의 최고 경영자에게 돌아갔다. 향도 맛 도 즐길 수 없는 이들을 위한 새로운 식생활 방식이 얼마나 대세가 되었는가를 상징하는 사건이라고들 꼽았다.

　뒤이어 '메종'급의 초고가 향수 브랜드가 차례차례 몰락했다. 향수 라인이 차지한 매출 비중이 컸던 명품 브랜드들의 아성이 휘청거렸다. 마릴린 먼로의 잠옷 이야기로 관능적인 꽃향기를 연결 지을 수 있던 시대는 끝난 지 오래였다.

그런 시대에 조향사라는 낡은 직업을 선택한 청년 세대 영진이었다. 맞춤형 향수 제작을 의뢰하는 센서 고객의 주문서는 느긋하고 향기로운 거품 목욕으로 시작하는 아침 따위 깔끔하게 포기하고 얼른 작업실에 틀어박혀야 한다는 걸 의미했다.

'장인' 향수 브랜드가 깔끔하게 사멸한 시대다. 후각 수용체 마비는 유전 확률이 압도적인 후유증이었기 때문에 센서들의 수는 갈수록 줄어들고 있었다. 그런 세상에서 사치스러운 라벨이 붙은 와인이나 향수, 혹은 과거에 고가로 거래되던 향수—혹은 향수병—을 구입하는 사람들이 꼭 센서라는 보장은 없었다. 당장 로마네 콩티 경매장에서 당해 최고가를 지불한 유명 경영인만 해도 말할 것도 없이 센서가 아니었다.

그나마 어떤 과거의 향기로운 유산들은 부유층의 수집품 항목에 속해 명맥을 유지할 수 있었던 것이다. 영진의 자체 브랜드 '보타닉 파라디'만 해도 점포 없이 홀로 운영하는 온라인 매장으로, 주문이 들어오면 그때그때 상품을 제작해 배송하는 방식으로 근근히 영진 한 명 몫의 생을 책임지는 정도였다.

보타닉 파라디의 상품은 아무래도 가격이 높을 수밖에 없었는데, 영진이 구시대의 향수들에서 영감을 얻거나 창의성을 발휘해 조합한 고정 상품들만 해도 호기심에 사 볼 가격은 되지 못했다. 원료가 되는 에센스 오일이나 프래그런스의 거래가 쉽지 않았기 때문이다.

간단한 얘기였다. 굴을 먹고 싶은 센서는 아무리 돈이 많아도 바다에 가서 직접 어부에게 의뢰하거나 직접 굴을 따서 먹어야 한다. 혹은 그렇게 하도록 누군가에게 돈을 엄청 쥐여 주어야 했다. 한때 매력적인 '향' 때문에 미식의 척도로 꼽히던 식재료였더라도 후각이 사라진 사람에게는 괴상한 식감의 해산물일 뿐이다. 시장에서의 수요가 소멸하다시피 했기 때문에 아예 유통 자체가 사라진 것들이 아주아주 많았다.

그러니 영진이 만드는 향수도, 향수를 담기 위한 유리병 패키지도 아주 비싸질 수밖에 없었다. 센서가 아니지만 괴팍한 올드 스쿨 취향을 과시하고 싶어하는 부유층들이 그나마 '맞춤형 향수'라는 극도로 사치스럽고 의미 없는 소비를 즐겼다.

―메신저 〈우체통〉에서 르네 님의 새 메시지가 도착했습니다.

―[르네]

그럼요. 정원 님이 제 은근한 농담을 이해하신 것 같아서 저 역시 기뻐요. 우연히 저도 일찍 눈이 떠졌는데, 정원 님 메시지로 기분 좋게 일어났네요. 덕분에 달게 잔 기분이에요.

아, 오늘은 아끼는 과일향 샴푸를 쓰지 않아도 아침이 달콤한 기분이라니까. 시각을 뺀 모든 공감각적 표현이 문학 박물관에나 남은 시대에 이렇게 풍부한 언어를 쓰는 사람이라니.

'르네'라는 닉네임의 유저를 만난 것은 요즘 영진의 일상에서 가장 기쁜 사건 중 하나였다. 오늘처럼 맞춤형 향수를 주문하는 센서 고객이 등장만 해도 며칠을 즐겁게 연구실에서 조합에 몰두하는 영진이었으니까.

　─[르네]

실은 어제 〈바람과 함께 사라지다〉를 보다 잠이 들었거든요. 드넓은 목화나무가 펼쳐진 초원에 있는 꿈을 꿨어요. 정원 님과 계속 향수 이야기를 한 덕도 있는 것 같아요. 정원 님이 향수의 향 진행을 구성하는 게 일종의 연출 같다고 하셨잖아요?

　─[르네]

첫인상을 주는 탑 노트, 그리고 미들 노트, 베이스 노트… 잔향까지 이어지는 구성은 시간순이라서 드라마틱한 구석이 있다고요. 진한 장미향으로 시작해 달콤한 과일향과 꽃향기가 훅 풍겼다가 살짝 달큰한 코튼향이 은은하게 남는… 그런 꿈을 꾼 것 같았어요. 요즘 이렇게 향기로운 꿈을 꾸는 건 다 정원 님 덕분이에요.

당신 덕에 꿈을 꾸지 않을 때도 내 일상이 향기로운 건 알고 계시나요? 마음에 드는 상대와 두근거리는 탐색의 대화를 나눌 때는 조금 뜸을 들이는 것이 좋다는 게 상식이었지만, 영진은 도무지 참을 재간이 없었다.

"답장! 답장!"

몸에서 빠르게 거품을 씻어 내며 영진이 조급하게 포드에게 외쳐댔다.

—[정원]

정말, 아침부터 기분이 고공비행하네요. 르네 님은 어떻게 그렇게 제 마음에 드는 단어만 골라서 말씀하시는지 모르겠어요.

—[정원]

그렇게 폼을 잡긴 했지만, 사실 센서가 아닌 고객님들의 맞춤 향수를 조합할 때보다 센서인 고객님들의 의뢰에 더 공을 들이고 신이 나는 어쩔 수 없는 사람이라는 고백을 드려야만 하겠네요. 그리고⋯ 오늘 그런 주문을 받아서 잔뜩 신이 났다는 이야기도요.

너무 조바심 내는 걸 티냈나, 그런 고민을 할 틈도 없이 르네의 답은 빨랐다.

—[르네]

축하해요! 그야 누구라도 그렇지 않을까요? 관객석에 안목 있는 비평가가 있다거나, 좋아하는 감독이 앉아 있는 걸 안다면 연극의 연출자도, 배우도 힘이 더 들어갈 테니까요. 우리는 늘 자기를 알아주는 사람을 찾아 헤매잖아요. 정원 님처럼 향수를 예술의 영역으로 대하는 분이라면 자연스러운 반응이라는 생각밖에 들지 않는 걸요.

—[르네]

아, 그럼 정원 님이 바빠지실테니 저에게만 시간을 내어주실 수 없으려나 싶어 조금 아쉽긴 해요. 하지만 정원 님의 기쁨을 이해한다고 알은 체할 제 몫을 포기하고 싶지는 않네요. 그건 정원 님의 좋은 고객들도 쉽게 차지할 수 없는 역할이니까요!

반투명하게 떠오른 메시지 홀로그램과 함께 거울 속 자신이 새빨갛게 달아오른 얼굴로 멍청하게 크림을 바르던 손을 멈춘 것이 눈에 들어왔지만, 영진으로서는 불가항력이었다.

◆

르네, 아이디 Le nez. 최고의 향수 장인들을 부르던 호칭이자 '코'라는 뜻의 불어 단어를 아이디로 고른 사람에게 호기심이 생긴 것은 너무나 당연했다. 그가 센서였다는 사실은 놀라울 것도 없는 대목이었으나, 마니악한 구석이 있는 영진의 고전적인 취향에 조목조목 들어맞는 대화까지는 정말 기대 밖이었다.

처음 조향사라는 장래희망을 품게 했던 향수 장인의 고급 브랜드에 대해서도 빠삭하게 알고 있다는 점이 가장 인상깊기는 했다. 영진은 가장 뒤늦게 1층과 지하 1층의 구성을 대폭 개편한 갤러리아 백화점을 기억하는 마지막 세대로 스스로를 분류한다. 코를 찌르는 백화점 1층의 화장품 향기, 각양각색의 식품 코너와 부스들로 채워진 지하 1층. 어려서 부모님과 함께 갔던 백화점 1층에서 우연히, 그야말로 '천국 같은' 향을 내던 장인 향수를 처음 경험한 뒤로 영진은 줄곧 장래성이 사장되다시피 한 조향사를 꿈꿨다.

소실된 장래성에 대한 불만 때문이었는지 후각이 만연했다는 점

말고도 불안정하고 시끄러웠던 과거 세계에 대한 영진의 동경은 그 자신과 더불어 나란히 성장해 나갔다.

　오래된 영화가 좋았다. 오래된 물건도, 오래된 디자인과 오래된 음악과… 모든 것들. 지금 시대에는 사라진 정취를 사랑했다. 그러니까 향기를 완전히 향유할 수 없는 사람들을 위해서도 정성스럽게 비싼 원료들을 낭비해 가며 향수를 만들고 있는 것이다. 이 최첨단 기술들로 무장한 시대에 기어코 타임머신을 발명해 낸다면 영진은 앞뒤 가리지 않고 제일 먼저 뛰어들 것이다.

　그런 영진에게 오래되다 못해 케케묵은 듯한 감성의 데이트 파트너 매칭 플랫폼이 소개해 준 상대는 타임머신에서 갓 내린 듯한 감수성의 소유자였다. 사랑하는 지난 세기와 지지난 세기의 잡다한 콘텐츠들과 이야깃거리에 대해서는 절대 물러섬이 없는 영진이었지만 르네가 더 자세히 아는 주제도 있었다.

　뼈기거나 잘난 척하지도, 부자연스럽게 자기가 아는 지식들을 나열하지도 않았다. 르네는 위트가 있었고 적절한 대목에서 딱 맞는 레퍼런스를 인용하면서도 시종일관 다정하고 부드럽게 영진에 대해 궁금해했다.

　워낙 영진 위주로 대화가 이어지다 보니 영진은 르네에 대해서 아는 게 적었다. 연령이 영진과 엇비슷하고, 마찬가지로 불규칙한 생활 리듬으로 산다는 것. 센서이며 올드스쿨 취향에 고전 영화를 특히 좋아하는 시네필. 오래된 레코드 플레이어를 가지고 있으며 재즈 음악을 가장 사랑하고….

그리고 르네는 아주 과거에서 온 사람처럼 자연스럽게 공감각적인 표현을 쓴다는 것을 알았다. 옛날 문학 작품에서나 나올 것 같은 어휘들 말이다. 영진만을 위해 오래된 시나 노래 가사를 연상하게 하는 메시지를, 시시콜콜한 자신의 일상을 담아 적어 보내 주는 사람이 이 세상 어딘가에 있다. 그 생각만으로도 영진은 마음 한켠이 따뜻하고 몽글몽글해지는 것만 같은 기분에 휩싸였다.

—[정원]

아무리 집중하고 싶어도 일을 하다 보면 꼭 쉬어 줘야 해요. 계속 향을 맡다 보면 코가 적응해 버려서 감이 둔해지거든요. 환기도 해야 하고 리프레시를 위해 원두나 페퍼민트 오일 향을 맡아요. 그냥 내처 쉬어야 할 때도 당연히 있고요. 그런 김에 작업실에서 나와 스트레칭도 하고….

잠깐 뜸을 들인 후 영진은 새 메시지를 입력하기 시작했다.

—[정원] (입력 중…)

—[정원]

르네 님 메시지가 궁금해서 좀 더 부지런히 쉬어야 할 것 같은데요?

편한 옷을 찾아 입고 간단히 끼니를 해결한 후 작업실로 향하면서도 영진의 신경은 온통 메신저 〈우체통〉을 향해 있었다.

느릿느릿하게 내키지 않는 발걸음을 옮겨 작업실 문을 막 열던 찰나, 새 메시지 알람이 떠올랐다.

—[르네]

다정하고 반가운 말 고마워요! 그럼… 기다리고 있을게요. 원두라, 아로마가 훌륭한 원두는 구하기 좀 어렵지만, 저도 작업 시간이 불규칙적이라 커피를 자주 찾아 마시게 되거든요. 다른 각성제들이 간편하고 효과도 좋은 거 알지만, 그 번거롭고 성의 가득한 향기가 주는 행복을 포기하기 싫잖아요. 마침 모닝 커피를 내리고 온 참이었어요. 오늘은 유독 향이 만족스럽네요. 아껴 뒀다 정원 님이 쉴 때 보내 드리고 싶을 만큼.

—[르네]

너무 유혹적인 얘기 미안해요. 그러니까 너무 오래 기다리게 하지 말고 커피향처럼 저를 떠올리고 나와서 이야기를 나눠 주세요.

정말, 마음 같아선 우리 사이의 모든 기다림을 다 집어치우고 싶네요. 영진은 아찔한 한숨을 애써 참으며 작업실 안으로 들어섰다. 자신의 일을 향한 애착이 엄청난 영진의 단순하던 일상은 르네의 등장으로 분명히 달라지고 있었다. 새 향수를 만들러 가면서 이토록 내키지 않을 수도 있다니. 이런 색다른 감정을 포함해, 요즘의 모든 변화는 영진이 그토록 꿈꾸던 낭만에 확실히 근접해 있었다.

즐거워.

영진의 입가에는 행복한 미소가 가실 줄을 몰랐다.

♦

"…후우."

평소 맞춤 향수 의뢰를 염원해 왔다는 말이 무색하지 않게, 이번 고객의 주문서는 아주 상세한 편이었다. 너무 무겁게 달짝지근한 향은 별로 좋아하지 않고, 우디한 첫인상을 선호하는 편이라고 했다. 하지만 오래 지속될 향은 머리를 좀 가볍게 해 줄 만한 산뜻한 느낌이면 좋겠다고….

인생 향수.

보타닉 파라디의 시그니처 상품인 퍼스널 향수를 설명할 때 자주 쓰이는 표현이었다. 당신 자체를 나타내는 향. 당신이 가장 만족스러워할 향. 당신만을 위한 향.

사람의 체취가 변할 수 있는 것처럼 어떤 향을 가장 좋아하는가도 얼마든지 변할 수 있는 지점이다. 그래서 맞춤 향수를 여러 번 주문하는 고객은 좀 더 즉흥적인 요구 사항을 이야기할 때가 많았다. 고객이 센서가 아니라면 향을 묘사하는 단어도 거의 쓰이지 않고 최근의 자기 기분과 일상에 관한 이야기가 주를 이루었다.

반면 이번 고객은 센서이고, 향수도 좋아하지만 가격 부담 때문에 벼르고 별러 큰맘 먹고 맞춤 향수를 의뢰한 사람이었다. 영진 못지않게 만족스러운 결과를 얻고 싶어서 필사적으로 노력할 수밖에 없다는 의미였다.

'그래서 이런 식으로 무리하게 자기 취향의 향을 전부 나열하고야 말지.'

우디한 느낌을 좋아하지만 계속 맡기엔 부담스럽고, 산뜻한 느낌이 계속되면서 전반적으로 달콤한 향의 존재감은 약했으면 좋겠고….

까다로운 주문인 만큼 도전 정신도 불타올랐다. 값비싼 오일과 프래그런스 조합을 시험하고 또 시험하는 내내 점차 흥분이 치솟아 올랐다. 말초 신경이 뻣뻣하게 곤두서는 것처럼.

여느 때와 다름없는 과정이었지만, 한 가지 차이라면 작업 테이블 위의 스포이드와 유리 용기들 위에만 집중력을 온전히 할애할 수는 없었다는 점이었다.

지난 세기를 인류는 팬데믹의 시대라고 불렀다. 꼬박 100년을 조금 넘게 이어진 전염병과의 지난한 싸움은 역사에서 뒤에 '혁명'이라는 단어가 붙은 커다란 사건들 못지 않게 인류의 생활 방식을 바꿔 버렸다.

산업 혁명이나 정치 혁명 못지않은 거대한 사건이었지만, 진보라고 이름하기는 조금 어려운 일련의 시대가 있었다. 그 혼란의 시기에서 가장 먼저 사라진 것은 광장이었다. 사람들 사이의 직접 대면은 백해무익했다. 전자 통신 기술과 의학을 중심으로 한 과학 분야는 그야말로 절박한 수준이라 할 만큼 진보했다.

소규모든 대규모든, 대다수의 사람들이 규칙적으로 오가던 집합 공간들에서 이루어졌던 행위 전반이 점점 더 사적인 영역으로, 가

정과 주거 공간으로 잘게 잘게 쪼개져 갔다.

전염병 퇴치와 함께 '가상의', '디지털'로 모든 것을 대체하려는 시도는 지난 세기 인류의 지상 최대 목표였다. 뒤이은 식습관의 변화 이후 인류의 생활상은 100년 전 사람들이 상상조차 하기 어려웠던 방식으로 완전히 변해 버렸다.

어느 세기에서나 지난날을 돌아보며 그리 여기기 마련이라고 해도 말이다.

계산기에서 퍼스널 컴퓨터, 휴대폰, 스마트폰…. 그렇게 탈바꿈하던 통신 매체의 첨단에 자리하며, 사람들은 전염병 파도에 쓸려 나간 사람들이 떠난 자리에서 좀 더 듬성듬성 지냈고 물리적 실체 없는 사회의 구성원으로 살아가는 데 익숙해졌다.

정부 공식 플랫폼, 기업 플랫폼, 교육 플랫폼, 의료 서비스 플랫폼, 상업 서비스 플랫폼, 친목 플랫폼…. 수많은 목적의 가상 공간이 생겼고, 서비스의 '카테고리'가 명백하게 나누어진 만큼이나 구성원들의 행동 양식도 좀 더 분명해질 필요가 있었다. 플랫폼의 카테고리가 사람들의 의사소통을 결정지었다고 할까.

그러니 일하는 공간에서 만난 사람과 관계가 발전한다든가, 길에서 우연히 마주친 사람에게 관심을 표현한다든가 하는 일들은 '부자연스러운 접근'으로 여겨졌다. 자연스러운 만남이란 정해진 공간에서 정해진 신호를 보냄으로써 이루어지는 일이었고, 그런 사회적

욕구를 위한 (가상) 공간도 이미 마련되어 있었다.

이런 규범은 제법 빠르게 공고해진 축에 속했는데, 최대한 수명이 다한 문화유산을 향유하려고 기를 쓰는 영진조차 거스를 발상조차 해 볼 수 없을 정도였다고 하면 충분히 설명이 될까.

르네의 등장은 그런 의미에서 영진에게 '더더욱 오래된 발상'을 제시했다는 면에서 무엇과도 달랐고, 무엇보다 새로웠다. 천편일률이던 파트너 매칭 서비스 시장의 경쟁은 플랫폼별로 독특한 콘셉트를 추구해야만 살아남을 수 있다는 룰을 낳았다.

〈우체통〉은 두말할 것 없이 '편지'가 콘셉트였고, 그 자체로는 새로울 게 없어 보였는데 영상 통화를 제공하지 않는 것은 확실히 특이했다. 하긴 편지와 영상 통화는 조금 뜬금없는 느낌이기는 했다. 그것마저 고전적이라고 맘에 들어했던 영진이지만, 지금은 조금….

"목소리도 궁금하고, 얼굴도 궁금하다고요…."

며칠이 지난 어느 날, 점심을 먹으러 작업실을 빠져나온 영진은 그 말을 어떻게 전할지 골몰하다가 결국 식탁 위에 흐물흐물 엎드리고 말았다.

―피곤하신가요? 전날 밤 수면 데이터를 분석하자면….

"아니니까 그만해…."

―오늘 저녁으로 등록해 두신 '동창 모임' 일정에 관해서 따로 일러 두고 싶은 사항은 없으세요?

아, 까맣게 잊고 있었다. 영진은 비교적 늦게까지 유지된 지역의 초등학교를 졸업했다. 고학년에 이르러서야 정부의 전면적인 온라인 교육 시스템 시행 정책에 굴복한 사립학교였다. 변종 바이러스의 치사율도 감소했으니 아이가 전통적인 방식의 교육 방식과 그 혜택을 누리길 바랐던 영진 가족들의 방침 때문이었다.

꼬박 한 세기를 접촉 전염의 악몽에 시달린 정부의 모든 변수를 줄이고 싶다는 강한 의사에 거의 마지막으로나마 굴복하고야 만 것이다. 그래도 영진은 그 덕택에 함께 '학창 시절'을 좀 더 다채롭게 공유한 소꿉친구들이 있었고, 그들과 정기적으로 만나서 온갖 일상에 대한 수다를 나누는 걸 꽤 좋아했다.

그 모임조차 잊고 있었다니, 영상 통화로 다짜고짜 상대를 랜덤하게 매칭해 주는 서비스가 요즘 최신 인기 메신저라는데 영진은 얼굴도 본 적 없는 사람에게 새삼 자기가 얼마나 혼이 팔려 있었는지 실감했다.

하지만 고소하고 쌈싸름한 원두커피 향이 얼마나 좋은지, 중고 시장에서 고가에 거래되는 앤티크 향수 패키지가 정작 내용물은 무게 때문에 버려지는 게 얼마나 가슴 아픈지, 또 옛 시절 영상물에서 느껴지는 정취 구석구석에 대해서 열을 올리며 르네와 대화하다 보면 "그런데 우리 다른 메신저로 영상 통화해 볼래요?"라고 운을 띄우는 게 너무 뜬금없게 여겨졌다.

르네와의 대화는 그야말로 도끼자루 썩는 줄 모르고 온갖 주제로

끝도 없이 이어졌고, 그게 너무 황홀하고 즐겁기 때문에 영진이 정신차리고 타이밍 재 볼 여력도 없다는 것도 솔직한 진단일 것이다.

"…한 시간 전에 외출 준비하라고 알려 줘."

디너 타임 예약을 위해 참석비도 이미 낸 터였다. 기왕 늦게까지 작업에 집중하지 않고 일을 일찍 마친다면, 요즘 온통 신경을 쏟고 있는 르네와의 오붓한 대화 쪽이 훨씬 구미가 당기기는 했다. 느긋하고 긴 호흡으로 이야기를 나눌 시간이 주어진다면, 영진도 좀 더 정신을 차리고 "나도 당신이 궁금해요. 당신 이야기를 좀 더 들려주세요. 무엇이든 다 좋으니까요." 하고 운을 뗄 수 있을 것이다.

'그 사람은 언제나 내 일과에 맞추어 순식간에 답을 보내 주고는 했으니까.'

요즘 세상에 흔치 않게도 영진은 직업이 하나뿐이고, 그 직업이 사멸하다시피 한 조향사였기 때문에 둘의 대화는 지나치게 영진과 영진의 일상, 영진의 작업에 대한 이야기에 편중된 편이었다. 성실한 장문의 답신들은 영진이 관계를 어떻게 여기는지 나타내기에 부족함이 없을 테지만, 아니 그렇게 애가 닳아 있다고 보여 주고 싶은 마음이 굴뚝 같아서, 영진은 좀 더 관계를 진전시킬 만한 기회를 잡고 싶었다.

—[르네]

맛있는 점심 먹었어요? 지인이 오랜만에 연락을 했는데, 큰 경사가 있었다기에 축하해 주느라 조금 답이 늦었어요. 사실… 정원 님 점심 식사 시간에 저도 리듬을 좀 맞추려고 모처럼 애쓴 보람이 줄어 조금 아쉽기는 하지만.

"아우…!"

내 식사 패턴에 슬쩍 자기 일과를 맞추고 있었다니, 지인의 희소식 때문에 그렇게 한 보람이 줄어 아쉽다니. 뭐 이렇게 다정하고 귀여운 말이 다 있담. 입을 꾹 다물어도 행복에 겨운 목소리가 흐느낌처럼 이상하게 새어 나가는 것을 다 막을 수가 없었다.

그나저나 지인의 경사라. 영진이 동창 중에서도 절친인 기선의 가족 관계 이야기까지 시시콜콜 조잘대는 동안 르네는 다른 사람 이야기를 거의 한 적이 없었다는 것이 문득 떠올랐다. 영진에 관한 오만 가지 주제가 그들 사이에서 언제나 첫 번째였다는 것을 누구보다 잘 아니까 섭섭하게 느껴지지는 않았지만.

'관심사가 비슷한 친구가 있다는 건 늘 일상을 좀 더 윤택하게 해 주잖아요. 정말 공감해요. 정원 님이 이렇게 다채로운 영역에 섬세한 안목까지 가질 수 있었던 건 본인만큼 멋진 친구가 있었기 때문이겠구나 싶어요.'

'정원 님 친구분들이 좋은 사람들이라는 이야기는 별로 놀랍지 않네요. 그분들에 비하면 제가 정원 님을 본 기간은 아주 짧지만, 당신이 좋은 사람이니까. 정원 님과 함께 긴 시간을 보내는 가까운 분들도 그만큼 좋은 사람인 건 당연한 얘기잖아요? 어떤 사람이랑 어울리는지 보는 것보다 누군가의 됨됨이를 살피기 쉬운 방법은 또

없을 걸요? 하물며 친구 먼저 치켜세우며 빈틈없이 자랑을 늘어놓는 정원 님이 이렇게나 다감한데.'

'정원 님이 정성스럽고 고운 것만 전해 주는 마음을 제대로 읽어 주고 기꺼워하는 분들 같아서… 듣는 제가 기뻐요. 이렇게 말하면 조금 과할까요?'

이처럼 녹아 버릴 듯 달콤한 말들에 허둥지둥하느라 영진은 르네에게 당신 친구들도 좋은 사람들이겠죠, 하고 화제를 전환할 여력이 없었다. 하지만 진심이다.

그러는 당신의 친구들이야말로, 다감하고 섬세한 사람들이겠죠.

다른 이들의 곱절은 고상하고 선량하게 태어난 이들도 그 마음을 자꾸 곡해당하다 보면 주저하기 시작하고, 세상을 좀 더 견딜 만하게 해 주는 상냥한 목소리들은 그런 식으로 작아지고 만다고, 영진은 그렇게 생각했다. 처음부터 뻔한 계산으로 상대가 맘에 드는 걸 숨길 도리도 없이 다가왔다 해도, 르네는 유별날 만큼 영진에게 다정하고 또 다정했다.

순진해 보일 만큼 타인에게 한없이 너그러운 사람이 되려면 타고난 것만으론 부족했다. 답답하게 여길 수도 있는 그런 올곧은 마음을 그 자체로 소중히 여겨 주는 사람들이 주변에 많아야 했고, 지나치게 고된 삶을 사는 사람들에겐 그럴 여유가 부족했다. 고운 심성을 갖고 태어나 삶의 부드러운 부분만 겪으며 살 수 있는 일종의 행운이 필수였다.

한결같이 달콤하고 상냥한 르네의 말들에 속절없이 휘둘리느라
고 그에 관해 캐물을 틈을 찾지 못하는 와중이었지만, 그럼에도 두
사람은 온종일이라고 불러도 좋을 만큼 일상의 대부분 동안 대화
를 나누었다. 그런 지도 몇 주가 지났으니, 영진 나름으로도 그에
대해 어렴풋하게 확신할 만한 부분들이 있었던 것이다.

—[정원]

르네 님 주변 분들 얘기는 처음 듣는 것 같아요. 그러고 보니 시시콜콜
제 얘기는 빠짐없이 들어주시면서 당신에 관한 얘기 자체를 별로 못 들
은 것 같기도 하고. 일부러 신비주의 하는 건 아니죠?

허공에 띄운 디스플레이에서 상대방이 입력 중이라는 것을 보여
주는 움직이는 연필 모양 아이콘이 잠시 멈추었다. 영진은 축복처
럼 만나게 된 상대에게 너무 짖궂게 굴지 않기 위해 키득이며 얼른
다음 메시지를 적어 보냈다.

—[정원]

농담이에요. 르네 님이 워낙 다정하게 제 말을 하나하나 들어주시니
까, 제가 정신없이 수다를 늘어놓게 되는 것뿐이잖아요. 하지만 새삼, 의
식적으로라도 당신 얘기를 물어야겠다는 생각을 한 건 맞아요. 지인의
경사를 본인 일처럼 이렇게 기뻐해 주는 당신에게 저도 좀, 마땅히 다정
한 사람이고 싶어서.

굳어 있던 연필 아이콘이 잠시 뜸을 들이다 다시 바지런히 움직
이기 시작했다.

—[르네]

정원 님도 참.

—[정원]

지인분에게 저도 축하의 마음을 전하고 싶은 걸요. 잘 모르지만, 르네 님이 이렇게 기뻐하는 걸 보는 제가 다 기분이 좋아지니까.

—[르네]

전해줄게요. 오랫동안 바라던 꿈을 이뤘거든요. 여러 사람의 응원이나 축하하는 마음이 모이면 그 친구도 더 힘을 얻을 테니까. 게다가 그게 정원 님처럼 특별한 사람의 몫이면 더더욱이요.

—[정원]

와아, 듣기만 해도 설레는 소식이네요, 정말.

—[르네]

그렇게 말해 줄 줄 알았어요. 아무리 냉소적으로 굴기 쉬운 세상이라도, 남들이 이해해 주든 말든 나름의 꿈이 있는 사람이라면 설렐 수밖에 없는 이야기니까. 저와 비슷한 처지의 지인인데, 저도 가끔 막막하고 불안할 때가 있어요. 그래도 끈질기게 버티면 되겠구나 싶기도 하고…. 더군다나 정원 님이야말로 생면부지 타인의 일인데 이렇게 당신 일처럼 축하해 주시는 걸 보니 정말 제가 위안을 얻게 되는 걸요.

하긴 조향사로서 성공하고 싶은 영진의 꿈 역시 이 세계에서는 참 이해받기 어려운 것이기는 했다. 그런 동질감 때문에 건넨 축하였는지, 긴가민가했지만—르네는 언제고 영진의 의도를 가장 좋은

쪽으로만 읽어 주는 이였기 때문에—르네가 영진에게 그렇게 공감하고 있다면 아무래도 상관 없다고 생각했다.

르네와 비슷한 처지의 지인이라. 좀 더 자세히 알고 싶은데. 영진이 그런 질문을 적어 전송하려는 찰나, 르네의 두 번째 메시지가 한 발 앞서 도착했다.

—[르네]

그런데, 정원 님 점심시간은 거의 끝나 가는 거 맞죠? 좀 더 잡아 두고 싶은 제 욕심만 생각하기는 미안하니까…. 우리도 꿈을 위해 노력하는 서로에게 응원이 되는 사이였으면 좋겠거든요. 무엇보다, 저에게 당신의 일상 한 켠을 나누어 주는 일이 조금도 난감한 것이 아니기를 바라고요.

"이런 게 어른스럽고 성숙한 연인들의 자세일까?"

너무 앞서 나간 소리인 걸 알고 있는데도, 영진은 자기도 모르게 그렇게 행복하고 아쉬움에 가득 찬 넋두리를 늘어놓았다.

—[정원]

그래요. 서로가 서로에게 시너지가 되는 게 가장 이상적이고 멋진 거겠죠? 슬쩍 대화를 연장하며 농땡이 피우고 싶다는 유혹을 느끼던 참이었는데, 꼼꼼히 제 일정을 기억하고 챙겨 주는 르네 님의 마음 씀씀이에는 당할 재간이 없겠어요!

반 정도는 진심 섞인 장난기 어린 투정이었지만, 영진은 이미 둘의 관계를 주도하는 르네에게 저항할 의사라곤 눈꼽만큼도 없어진 지 오래였다. 르네의 이야기 속에서 영진 자신은 언제나 실제보다도 멋지고, 야무지고, 훨씬 훌륭한 사람처럼 느껴지곤 했다.

르네의 기대에 못 미쳐 그를 실망시키는 것은 상상만 해도 끔찍했을 뿐더러, 더 나아가 그 기대에 부합하는 사람이 되고 싶은 욕심까지 들었다. 영진이 추구할 법한 자아상을 영진 스스로보다 잘 알고 있는 것만 같은 사람.

—[정원]

그럼 일하러 갈게요. 오늘은 집중해서 얼른 일을 해치워 두어야 하는 날이거든요. 깜빡했는데, 동창 디너 모임이 오늘인 거 있죠? 실은 알람 설정을 잘못해서 너무 일찍 일어났다고 투덜거리고 있었는데, 오히려 평소처럼 늦게 깼으면 아쉬웠을 뻔했어요. 잠들기 직전까지 르네 님과 이야기 나누는 게 얼마나 좋은데, 그럴 시간이 한참 부족했을 테니까요.

딴에는 나름 회심의 일격이었다. 사람 혼을 쏙 빼놓다가도 이렇게 냉정하리만치 지당한 말씀으로 맺고 끊음이 확실한 르네를 보면, 이 관계에 애가 닳아 휘청거리는 건 자기뿐인가 싶었다. 유물에 가까운 오래된 것들에 관해서라면 열정적이다 못해 집착적이기까지 하면서, 사람을 만나고 관계를 쌓아가는 일에는 무심해 보일 정도로 느긋하던 영진을 아는 사람들이라면 기막혀 할 노릇이다.

심지어 기선은 허영진이 드디어 적수를 제대로 만났노라며 쾌재를 불렀다. 인정사정 봐주지 않는 연애 시장에 뛰어들어 기 빨리는 눈치 싸움에 임하는 일 따위 저와 무관하다는 듯 초연하던 것이 얼마나 약올랐는지 아느냐며, 너는 청춘의 의무를 등한시한 대가를 치러야 한다고 일장연설까지 늘어놓았다.

"영진아, 너도 좋아하는 사람 마음에 들고 싶어서 통째로 휘둘리는 경험도 해 보고 그래야 한다. 지금이 마지노선이야. 때맞추어 사랑의 단맛도 쓴맛도 봐 둬야 나중에 정말 갑갑하고 억울한 지경이 되는 연애는 미리미리 피하는 요령도 배울 수 있단다."

자타가 공인하는 구식 취향 친구 앞에서, 구식이다 못해 우스꽝스러울 정도로 촌스러운 연애론을 설파하셨더란다. 연락을 주고받기 시작한 뒤 달이 몇 번을 차고 기울었는데, 아직까지 직접 만나기는커녕 영상 통화도 한 적 없다는 말에는 도통 이해할 수 없다는 표정을 지었지만.

"뭐, 너는 그거잖아. 영혼 지상주의자? 영혼이 들어맞는다면 다른 건 부차적인 문제라고 노래하는…. 그러니까 그런가? 하여튼, 유별나다."

연애 지상주의자 기선이 그렇게 말했을 때, 영진은 새삼스럽게도 기선과 알고 지낸 시간이 가끔은 징그러울 정도로 오래되긴 했다는 걸 실감했다. 종알종알 된통 놀려 먹고도 영진의 기분을 순식간에 누그러뜨릴 수 있는 류의 말이 무엇인지, 기선은 너무나 잘 알고 있었다.

영혼 지상주의자라. 영진은 앞서 뒤집어쓴 온갖 억울한 혐의—청춘을 방조했느니 하는—에도 불구하고 오랜 친구가 저를 수식한 그 단어가 퍽 마음에 들었다.

그래. 요즘 사람들은 자기 영혼을 돌보는 일이 얼마나 중요한지 잊어버리고 산다고. 만약 영진이 바깥의 아무나 붙잡고 자기 영혼을 돌보고, 타인의 영혼을 살펴야 한다고 말한다면 열에 아홉은 그제서야 제게 영혼이 있다는 사실을 처음 알게 된 얼굴을 할 것이다.

하지만 눈에 보이지 않는 가치가 있다는 것. 그것이야말로 우리의 삶을 가장 풍족하게 가꾸는 방법이라는 것. 얼마나 운치 있고 낭만적인 이야기인가. 마치 향수처럼….

단출한 영진의 연애사에 관해 절친이 매정하게 평한 말들을 떠올리던 것이 늘 그랬듯 현 시대에 대한 조소 섞인 불만으로 이어지려던 찰나였다.

—[르네]

설마. 제게는 정원 님과 이야기하며 보내는 시간은 일분 일초도 늘 아쉽고 소중하다는 거, 모르는 거 아니죠? 요즘 저는 일상의 매순간이 전부 기적 같은데. 그래서 더 조심스러워요. 당신을 당신이게 만드는 정원 님의 일상을, 제 조바심을 핑계로 함부로 휘두르고 싶지 않아서요.

—[르네]

그런데… 저와 이야기할 저녁 시간이 줄어들어서 아쉽다는 말 들으니까 솔직히, 좋네요. 저도 비슷한 마음이에요. 그래도 오랜만에 아끼는 친구들 만나는 거죠? 힘내서 일 마무리하고, 즐겁고 따뜻한 시간 보내고 오기를 기다릴게요.

"…이런 게 휘둘리는 거라면 아주 제 영혼 끝까지 휘둘러 주셨으면 좋겠는데요."

차마 전송하지 못한 노골적인 소망이 나직한 혼잣말로 튀어나오는 것까지는 막을 수 없었다.

◆

영진과 동창들은 늘 같은 식당에서 모이곤 했는데, 이는 고집스럽게 목석 같은 취향을 자랑하는 영진 탓만은 아니었다. 신기하게도, 보통 다섯 명에서 일곱 명 정도의 고정 멤버가 모이는 영진의 동창 모임 구성원 대다수가 센서인 탓이었다.

인기 많은 현대식 레스토랑이라면 보통 화려한 플레이팅과 컬러 조합으로 시각을 통해 입맛을 돋우는 쪽이라는 뜻이었고, 센서들이 먹기엔 고문이나 다름없는 음식을 내놓는다는 의미였다. 따라서 그들의 모임 장소는 센서 손님들 위주의 보다 고전적인 메뉴를 내놓는 예약제 식당일 수밖에 없었다.

"맨날 비싸게 굴어도 식사 모임엔 필참하지. 역시 그래야 내가 아는 허영진이지."

"비싸게 군다는 말에는 할 말이 없긴 한데, 정확히 말하자. 인간 허영진, 다이닝 랑그를 마다하는 법은 모른다네. 사장님, 제가 여기 이렇게 사랑하는 거 아시죠? 절대 닫으시면 안 돼요."

약속 시간을 조금 넘기고도 느적느적 입구에 들어서는 영진을 가장 먼저 발견한 기선이 핀잔 겸 인사를 건넸다. 반쯤 회원제에 가깝게 알음알음 소개로 찾아오는 손님들 위주로 운영하는 작고 폐쇄적인 식당이지만, 영진과 친구들은 제 집 안방처럼 편하게 바 테이블에 둘러앉아 자기들 아지트마냥 노닥거리고 있었다.

"어이구, 말은 항상 청산유수야. 그러는 것치고 영진이도 요즘 좀 뜸했지?"

한참 어릴 때부터 드나드는 바람에 까다롭고 괴팍한 성미의 셰프라고 이름난 사장도 직원들도 단골손님보다는 놀러온 조카처럼 대하는 편이었다. 뭐, 계산은 칼같이 하지만.

"아휴, 사장님. 늦바람이 무섭다고. 쟤 요즘 썸 타느라 바빠요. 허영진답게 오래오래 대화하면서 천천히 서로를 알아가는 중이라나."

"어? 영진이 드디어 연애해?"

한둘씩 짝지어 저들끼리 조잘대느라 여념이 없던 친구들이 차례로 고개를 쭉 빼며 알은 체를 해왔다.

"뭐야, 이런 대형 특종을 예고해 놓고 입 싹 닫기?"

"영진아, 루머와 가십 없는 로맨스가 어딨니? 그러는 거 아니지. 네가 진정 고전적 낭만주의자라면 얼른 우리에게 먹이를 줘야지."

"영진이 연애한 적 없었던가?"

"얘는 무슨 딴 세상 다녀온 얘기를 하고 있어. 영진이가 은근히 시도는 열심히 했지. 세상과 불화해서 노력의 결실을 얻기가 좀 힘들었어서 그렇지."

삽시간에 작은 식당 안이 왁자지껄해졌다. 기선의 왼편 옆자리까지 가는 내내 장난스레 매달리는 친구들의 손을 매몰차게 털어 낸 영진이 털썩 주저앉고는 기선을 흘겨봤다.

"이해해라. 세상에 영원한 비밀이 어딨냐."

"그게 베스트 프렌드가 되어서 할 말이냐?"

"어휴, 이 언니는 그저 우리 순진한 영진이가 되도록 많은 어드바이스를, 어? 참고하길 바라는 갸륵한 마음에서."

"너희는 어째 세월을 내 어그로 끌기 스킬에만 몰아준 것처럼…. 야, 야, 됐고."

성의없이 손을 휘휘 내저은 영진이 목소리에 힘을 주었다. 미어캣들. 고개를 쏙쏙 내밀 때도 그렇고, 영진이 목소리를 높이자마자 약속한 듯 조용해지며 눈동자를 굴리는 것도 그렇고, 영락없는 미어캣들이었다.

"연애는 아직 아니고. 나 안 떠들 거야. 또 말하게 잔뜩 부추겨 놓고 그럴 줄 알았다느니 아직 아무것도 아니지 않냐느니, 너네 잔소리 뻔하지. 절대 사절이다."

가끔 보면 누가 구닥다리인지 모르겠다니까. 작게 한숨을 내쉬며 중얼거려 봐도 소용없었다. 어느 시점부터 다들 당연한 것처럼 얼 빠진 첫사랑을 시작하더니 연애를 당연하게들 해대기에 이런저런 환상을 품고 저 역시 청춘 사업에 나섰던 것은 사실이었다. 하지만 정말 느낌이 확 오는 것도 아니라면 굳이 억지로 스트레스 받아가며 자기를 끼워 맞추는 대신 유유자적 혼자 지내는 게 더 편하다는 게 영진의 지론이자 결론이었다. 아무리 주장해 봐야 가까운 친구들은 도통 본심이라고 믿지를 않아서 그렇지.

하필 이 패거리 안에서도 영진이 어려서부터 지금껏 찰싹 붙어 가장 친하게 지내는 친구가 기선이었다. 고만고만한 꼬꼬마들 사이에서 가장 먼저 어른의 영역으로 성큼성큼 나아간 이기선. 적절한 나이 차였는지 상당히 모호한 연상의 상대와 소꿉놀이처럼 첫 연애를 시작하는가 싶더니, 그 사람이랑 떨어지고는 못 산다며 부모님과 드라마틱한 대거리까지 이어졌었다. 잔잔하게 시작해 폭풍 같은 전개를 거치고는 어처구니없을 정도로 싱겁게 이별해 버리는 기선의 연애 패턴은 이후로도 쭉 한결같았다.

"야, 내가 아무리 날고 기어도 천하의 이기선 옆자리에 앉아서 주름잡겠냐?"

다년간의 경험으로 친애하는 동창들이 절대로 적절한 연애 상담 상대는 아니라는 것은 알고도 남았다. 게다가 영진의 동창들은 기선의 다사다난하고 소란스러운 연애사에서 지나치게 깊은 감명을 받은 것 아닌가 하는 의심이—사실상 확신에 가까운—들 정도였다. 기선이 한시도 싱글로 있는 걸 견디지 못해 이별이 끝나기도 전에 새로운 사람을 찾아 헤매는 것처럼 연인 유무로 지나치게 많은 것을 단정 짓는다는 인상이 들고는 했다.

여하튼 그런 기선의 연애담은 흡사 영웅담처럼 늘 인기 있는 주제였고 영진의 근황에 대해서 누설한 장본인이 기선이기까지 했으니, 죄책감 없이 화살을 성공적으로 돌릴 수 있을 거라는 익숙한 계산의 결과였다.

영진을 마지막으로 예약 인원이 다 도착한 것을 확인한 셰프가 슬슬 전채요리를 각자의 앞에 내어 주기 시작했기 때문에 타이밍도 딱 적절하다고 생각했다. 호사스러운 요리 앞에선 구제불능의 수다쟁이라도 입을 다물기 마련이니까.

게다가 세상에, 향으로 즐기는 식재료들이 시장에 유통조차 되지 않는 이 시대에 무려 생굴이었다. 먹지 않아도 배가 부른 것처럼 느끼게 해 주는 다정한 르네 님과의 대화도 잠시 미뤄 두고 영진이 오늘 모임에 기필코 와야 했던 목적.

"너희들 이거 맛보여 주려고 발품깨나 팔았다. 굳이 더 생색내지 않아도 어련히 알겠지?"

"알다마다요. 마스터 정성을 우리가 모르면 누가 알겠어요?"

장단을 척척 맞춰 친구들이 늘어놓는 너스레 사이에서 영진의 방향을 비튼 화살의 주인공 목소리가 갑자기 끼어들었다.

"사실 난 요즘 사람 만나고 다니는 거 좀 시들해져서. 싱글 라이프를 즐길까 하는데."

믿기 어렵게도 그 목소리는 언제나 뜨거운 연애담을 한가득 몰고 나타나는 연애의 화신, 기선의 것이었다.

"…네가?"

도무지 혼자로 사는 방법 같은 건 모르는 것 같다고 생각한 절친의 갑작스러운 선언에 영진이 저도 모르게 되묻고 말았다.

기선은 여느 때처럼 태평하게 웃으며 어깨를 으쓱했다.

"뭐, 그럴 때도 됐지."

"지난번에 기선이 너, 이번에 만나기 시작한 사람은 진짜배기라고 호언장담하지 않았어?"

"그러게. 한참 자랑 늘어놓더니, 벌써 헤어진 거야?"

"그런 얘기 안 했잖아. 왜? 나쁘게 헤어졌니?"

과연 모두의 관심이 순식간에 기선에게로 집중되기는 했다. 영진이 예상한 전개에서도 한참 빗나간 이야기이긴 했지만.

"아, 그 사람?"

잠시 뜸을 들인 기선이 장난스럽게 고개를 절레절레 흔들었다.

"아니, 딱히 나쁘다 말다 할 것도 없고. 계기가 있는 건 아니야. 그냥 나한테 좀 집중하면서 지내는 것도 좋을 것 같아서 그래."

기선이 늘상 그러듯 가볍고 태연한 어조였는데, 말하는 내용은 낯설기 짝이 없었다. 기선은 예상도 못한 돌발 선언에 저를 멍하니 바라보는 친구들의 시선에도 아랑곳하지 않고 제 접시를 오물오물 비우기 시작했다.

만족스럽게 요리를 음미하느라 여념이 없어 보이던 기선의 입에서, 모두를 깜짝 놀래킨 방금의 선언과는 조금도 관련 없는 말이 튀어나왔다.

"역시 나는 화이트 와인이랑 굴 조합은 잘 모르겠더라."

"…그랬어?"

영진이 의아하게 되물었다. 지나 버린 시대의 흔적을 찬미하는 건 주로 영진이었고 동창들도 자주 혀를 내두르며 놀리기 일쑤였지만, 예외가 없지는 않았다. 센서들이 대다수이니만큼 일상에서 겪는 불편함이나 불쾌함을 보상받듯 명맥마저 사라진 예전의 미식 문화를 갈구했다.

마지막 변종 코비드 대유행 시기의 끄트머리쯤 태어나, 연관 산업을 비롯한 인류 문명의 한 켠이 몰락할 때 유년기를 보낸 세대. 그래서 센서이자, 전통적인 맛을 추구한다고 해도 실은 비교해 볼 풍부한 기억도 경험도 얄팍하다는 점은 그들을 껄끄럽게 했다. 그때는 이걸 최고로 사치스러운 먹거리로 쳤다더라, 진정한 진미였다더라, 그런 말들을 절대적인 기준으로 삼았다.

그렇게 전래동화처럼 들은 기준이 그들에게 절대적인 지표였고, 여전히 그것을 향유할 수 있다는 것이 그들의 자부심이었다. 예전에 미식으로 여겼다는 것을 이해하지 못한다면 볼품없어 보일까 봐 모두 전전긍긍하며 내색하지 않으려 했다.

그리고 기선은 조금이라도 낮잡아 보이는 것을 누구보다 견디지 못하는 사람이었다. 굴과 화이트 와인. 상식처럼 최고의 조합이라는 찬사를 얻어온 음식을 앞에 두고 미적지근한 평을 하리라고는 상상도 할 수 없을 만큼.

연애 중단 선언 못지않게 낯선 말에 영진을 비롯한 동창들이 다시 한 번 당황한 참이었다. 기선은 주변의 표정들을 보고는 어깨를 으쓱이고 평소처럼 너털웃음을 터뜨렸다.

　"왜 그래? 그냥, 요즘 와인 구하기는 또 쉽나. 이게 유독 내 입엔 안 맞나 보지."

　그야 로마네 콩티 경매장에서 벌어진 사건은 말할 것도 없고, 많은 와이너리가 문을 닫는 실정이었으니 틀린 말은 아니었다. 어색해진 공기에 분위기를 잘 띄우는 동창 하나가 화제를 돌리려는 듯 다른 이야기를 던졌다.

　"아, 너희 그거 봤어? 가족들 중에 센서가 많은 케이스, 원인 밝혀졌다던데."

　"우리 다 그렇지 않나? 진짜? 뭔데?"

　"그 왜, 코비드 변이 시작되고 얼마 안 됐을 때 백신 개발에 성공했던 적 있었다잖아? 시범 접종 시작하자마자 또 변이하는 바람에 보급은 흐지부지됐던. 그때 그 백신을 맞은 사람들이나 자녀들은 마지막 대유행 때 면역이 생겼거나 후유증은 안 생기거나, 그런 것 같대. 워낙 당시 접종자가 적고 시간 차가 있어서 추적 결과와 완전히 확실한 건 아니라지만."

　"어, 그거 그 백신 아니야? 코비드 사망자는 무조건 화장이 방역 원칙이라 한동안 알게 모르게 다른 원인으로 사망한 사람들 무작위로 냉동 보존 처리했다가 거기서 채취한 유전 정보로 만들었다고 잠깐 시끄러웠던 거."

"아, 맞아. 냉동 보존 인체 소생 실험 성공했을 때 깨어난 사람이 자기는 동의한 적 없다고 소송해서 밝혀진 거라고."

"뭐야, 그럼 우리 할아버지쯤 맞은 백신 덕분이라는 건가?"

"근데 그 소생했다는 사람이 소송까지 했었어? 난 몰랐는데. 야, 웃긴다. 좋아할 일 아냐? 운 좋게 전염병 안 걸려서 죽은 덕분에 얻어 걸린 거잖아. 겸사겸사 최신 과학의 수혜도 누리고."

"남의 일이라고 말 너무 쉽게 한다, 너."

몇 명인가 낄낄 웃으며 동조하는 와중 누군가 찬물을 끼얹었다.

"멋대로 인체 실험당하고 자기 아는 사람들은 한 명도 살아 있지 않은 시대에 부활시켜 달라고 부탁하고 싶어? 난 아닌데."

"…에이, 우리끼리니까 웃자고 하는 말인데 왜 그러냐."

"틀린 말은 아니지. 야, 그때 그 냉동 보존이라는 거 진짜 당하기는 싫겠던데? 온몸에 동결 보호 약품 처리를 해서 다시 살아나도 뇌 세포가 엄청 손상되고 어떤 상태일지 모른대. 완전 현실 좀비잖아."

"아, 그건 끔찍하다. 인정."

"…적어도 그 사람들 덕분에 지금 이런 데서 희희낙락할 수 있는 거면, 우리끼리니까 더 그렇게 함부로 말하면 안 된다는 뜻 아냐?"

농담으로 무마하는 듯하던 분위기에 재차 찬물을 끼얹은 건 다시 기선이었다.

"양심이 없나."

마지막으로 툭 떨어진 기선의 혼잣말 같은 핀잔에 결국 살얼음판이 되고 만다.

"기선, 왜 그래?"

영진이 슬쩍 낮은 목소리로 조심스레 물었다.

"뭐가?"

"그냥… 너 오늘 좀."

—〈우체통〉에서 새로운 메시지가 도착했습니다.

포드의 알림음이 영진의 말을 멈췄다. 영진에게만 보이는 AI 패널 위로 르네의 메시지가 떠올랐다.

—[르네]

즐거운 시간 보내고 있어요? 저도 저녁 식사 중. 방해하고 싶은 건 아닌데, 모임 끝나고 확인했을 때 정원 님이 부재중 메시지 있는 거 보면 기뻐해 줄까 싶어서요. 조금 조바심도 나고요. 아, 정원 님이랑 맛있는 식사하면서 보내는 시간은 정말 즐겁겠죠? 친구분들이 부럽기도 하고…. 그냥, 갑자기 저에게도 언젠가 그런 행운이 있을까, 문득 궁금해져서요.

대박.

르네가 먼저 만남에 관한 이야기를 꺼낸 건 처음이었다. 이렇게 자기를 이해해 주는 사람은 처음이라고 기뻐하며 르네에게 섣불리 운을 띄웠다가 점수를 깎이는 게 두려워 망설이던 그 주제를.

"어, 아니야."

자기를 빤히 쳐다보는 기선에게 대충 둘러댄 영진은 식사에 몰두하기 시작했다.

만나 보고 싶어. 어떻게 생겼을지, 어떤 목소리일지…. 궁금한 게 산더미 같았다. 어딘지 자꾸 불편한 동창 모임을 최대한 빨리 마치고 돌아가 약속을 잡고 싶은 마음만 한가득이었다.

◆

만날 약속을 잡는 것은 일사천리였다. 영진은 구태여 만나기 전에 화상 통화라든지, 사진 같은 걸 교환하자고 요구하지 않았다. 막연히 근사한 모습일 거라는 확신 어린 기대가 들기도 했고, 우연히 만나 첫눈에 사랑에 빠진 연인들을 그린 고전 영화에서처럼 실제로도 진행되기를 고대하는 마음도 있었다.

그런 기대를 전하자 르네가 수줍게 건넨 답장은 영진의 확신에 힘을 실어 주었다.

—[르네]

저도… 같은 마음이에요. 확신이라고 해도 좋아요. 우리는 비슷한, 아니 너무 닮은 사람이니까. 이런 식으로 사람을 만나기로 하는 게 경솔하고 부주의할 수도 있다는 거 모르지 않지만, 그냥 알 수 있어요. 믿는다고 해야 할까요? 당신을 만나면 진정으로 제 삶의 자리를 찾을 수 있을 것 같다는 믿음이 있어요.

그 어느 때보다도 진심이 듬뿍 느껴지는 고백에 영진은 초조하고 즐겁게 약속일을 기다렸다. 서로에게 집중할 수 있는 장소면 좋겠다는 르네의 희망에도 적극 동의했기 때문에 신중하게 물색하느라 시간이 더 걸렸다.

—[르네]

아, 여기는 어때요? 저는 가 본 적 없지만, 주변 얘기로는 프라이빗 룸도 있고 괜찮다고 하더라고요.

르네가 제안한 장소는 그 말대로 작게 공간이 구분되어 있고, 스태프들이 방문객에게 최소한으로 관여해 사적인 시간을 즐기기 좋다는 평이 많이 남아 있는 바였다. 비밀 엄수를 원칙으로 내세워 유명인들도 즐겨 찾는다는 평도 눈에 띄었다. 여럿이 모이는 사교 생활이 흔하지 않은 시절이지만, 통신 매체가 워낙 발달하다 보니 여전히 사생활 보호에 예민한 사람들은 이런 곳을 찾는 모양이었다.

영진의 단골 레스토랑처럼 아는 사람들만 아는 업장인 것 같았다. 르네는 어떤 사람이기에 이런 곳을 찾아 다니는 사람들과 알고 지내는 걸까. 두근거리는 마음이 한층 강해졌다.

르네가 예약을 맡기로 하고, 가장 가까운 날로 부탁을 해도 꽤 걸리겠다는 답변이 돌아왔다. 영진은 온통 대망의 약속 날짜만을 손꼽아 기다리며 하루하루를 보냈다.

약속 장소에 먼저 도착한 것은 영진 쪽이었다. 데스크에 약속 코드를 인증하고 안내된 룸에서 영진은 쿵쿵 뛰는 심장을 좀처럼 주체하기가 힘들었다. 기다림은 길지 않았고, 얼마 지나지 않아 복도에서 조용히 대화를 주고받는 목소리가 가까워지기 시작했다.

"먼저 도착했다고요?"

"네. 안내해 드렸습니다."

"고마워요. 소개받아서 온 건데, 부탁드린 뒷처리는 확실하겠죠?"

"그럼요. 염려 마세요. 저희 의뢰인분들 만족도 아시잖아요?"

대화 내용상, 기다리던 사람이 아닐 거라고 생각했는데도 영진은 홀린 것처럼 그 대화에 귀를 기울일 수밖에 없었다. 좀 전에 영진을 안내해 준 직원의 목소리, 그리고….

"…내 목소리?"

익숙하디 익숙한 자기 자신의 목소리. 자기 것이라고밖에 생각할 수 없는 목소리로 낯선 말을 하는 사람. 영진은 앉아 있던 테이블에서 일어나 홀린 듯이 문 쪽으로 다가갔다. 그때, 문이 열렸다.

"…이런."

바로 앞에서 마주친 사람의 눈이 크게 뜨였다가, 둥글게 미소를 그렸다. 머릿속이 하얗게 질려 그가 다가서는 발걸음대로 엉거주춤 영진이 뒤로 물러났고, 직원은 아무것도 보지 못했다는 듯 문을 닫았다. 그런 직원의 반응을 이해할 수 없었다. 그가 안내해 온 사람은, 그러니까….

"…나잖아?"

황망함에 탁하게 꺾인 영진의 중얼거림에 이번에는 상대도 흥미

롭다는 듯 고개를 까딱였다.

"이것 봐라. 목소리까지. 음성 변조기를 따로 사지 않아도 되는 건 편하겠다만, 진짜 꽤씸하네."

"무슨… 누구, 누구야?"

"나? 당연한 걸 왜 묻지? 깨어난 뒤로 줄곧 머리가 흐리멍텅하고 둔탁해서 기분이 더러웠는데, 그런 나보다도 좀 멍청한 거 보면 그 자식들이 훔쳐 간 내 유전 정보가 네 지능엔 별 영향을 못 준 모양이야."

"무슨, 무슨 말이야?"

"내 삶을 찾으러 오겠다고 했잖아."

—'당신을 만나면 진정으로 제 삶의 자리를 찾을 수 있을 것 같다는 믿음이 있어요.'

"내 유전 정보로 무신경하고 얼빠진 낭만이나 읊어 대면서, 재미 좀 보고 살았어?"

거울이 평생 비춰 준 것과 똑같이 생긴 얼굴이 성큼성큼 다가왔다. 영진이 무어라 말하려 입술을 달싹였지만, 시야가 온통 검게 암전되는 것이 먼저였다.

"그래도 덕분에 내 자리를 찾는 게 힘들진 않을 거 같아. 고맙다?"

◆

몇 주가 지나고, 지난번의 껄끄러운 분위기에도 불구하고 영진의 친구들은 애써 관성을 지키려는 듯 평소와 같은 모임을 이어가기로 결정했다. 평소처럼 가장 늦게 도착한 영진을 두고 핀잔을 겸한 인사가 쏟아졌다.

"허영진! 연애한다고 바빠서 늦은 거야?"

"아무리 아날로그 속도로 만나더라도 지금쯤은 들려줄 얘기가 확실하겠지!"

"연애는 무슨, 일하느라 바빴어. 내 삶에 적응하기도 벅차서 매일 새로 태어나는 기분이네요."

"뭐야, 허영진이 그러면 그렇지. 기선이가 설레발친 거…."

저번 이후 걸핏하면 분위기를 얼어붙게 만드는 기선과 몇몇 친구들을 의식한 탓인지 김빠진다고 말하던 동창 하나가 힐끗 기선 쪽을 살피는 게 보였다. 기선이 '뭐?' 하는 얼굴로 장난스레 웃으며 어깨를 으쓱였다. 영진도 피식 웃으며 여느 때처럼 기선의 옆자리에 앉았다.

—다이아몬드! 다이아몬드! 짝퉁이 아니라 진짜요! 다이아몬드가….

"어, 알람 설정 뭐가 잘못됐나. 고물은 어쩔 수 없나 봐. 미안."

난데없이 모두에게 들리게 울려 퍼지는 마릴린 먼로의 열창에 영진이 쯧, 혀를 차며 제 디스플레이를 조작해 멈추었다.

"허영진 알람도 너무 자기 같네."

안심한 친구들이 다시 왁자지껄 떠들기 시작하고, 기선이 낮은 목소리로 영진에게 속삭였다.

"지난번에는 고마웠어. 너도 해냈구나?"

"별말씀을. 봤겠지만, 은근히 까다로워서 고생은 좀 했지."

오래 알고 지낸 막역한 지기답게, 더 긴 말은 필요없었다. 두 사이 좋은 친구가 서로를 향해 씩 웃어 보였을 뿐이었다.

작가의 말

존재 투쟁 앞에서 가장 초라해 보이는 단어는 사랑이고 그러다 결국 다시 찾는 답도 사랑이라고 굳게 믿는다. 하지만 때로 몰이해와 조금 무신경한 낭만 앞에서 화가 치미는, 그 인간다운 감정에 관해서도 이야기하고 싶었다.

로맨스란 기본적으로 피도 눈물도 있는(!) 냉정한 정치질이다. 몰이해와 몰이해를 건너 이어지는 사랑은 언제나 가장 흥미로운 이야기 주제인데, 굳이 이어지지 않는 (때로는 삶조차) 이야기도 나쁘지 않을 거라 생각했다. 많은 로맨스가 인생 마지막 사랑을 찾아 나서는 모험담이지만, 실상 우리는 실망과 이별에 좀 더 익숙하니까. 실존에 대한 얘기 중인데 "자기, 그러지 말고 뽀뽀나 할까?" 하는 연애(정치) 트롤들에 대한 은유나 서늘한 경고로 읽혀도 재미있을 것 같다.

대면이 모두에게 연애 혹은 사랑의 필요충분조건일 필요는 없지만, 상대의 삶이 사회라는 거미줄 어디쯤 매달려 있는가 하는 맥락을 이해하려는 노력은 필수라고 생각한다.

마지막으로, 꼭 여기에 쓰게 되겠구나 예감했던 이야기가 있다.

마감 중에 변이 바이러스 뉴스를 보고 눈물이 났다. 안티 백서 아닙니다. 백신 접종합시다.

전파와 꽃

헤이나

브릿G에서 판타지와 SF를 쓴다. 인외(人外)를 좋아하지만, 항상 사람 사이에 있는 것들을 이야기한다. 여러 가지 문화를 가상의 세계에 녹여 내는 걸 즐거움이라고 생각한다.

1

녹빛이 눈에 가득했다. 숲의 요정들이 축복을 내리는 것처럼 눈부셨고 귓속에는 통통 튀는 음이 울려 퍼졌다. 문득 눈이 부셔 손을 눈 위로 들면, 나무 사이로 삐져나온 햇빛이 싱그럽게 비춘다. 그 사이로 나비를 닮은 작은 존재들이 까르르 웃으며 날아간다. 픽시들이다.

목 뒤에 꽂힌 커넥터가 내게 환상의 세계를 보여 주고 있다. 이 환상적인 풍경은 전부 작은 기계가 전송한 정보를 뇌에서 재구성한 모습이었다. 나는 눈을 감은 채 꿈을 꾸고 있는 것이나 다름 없었다. 고도로 발달된 과학은 마법과 구분할 수 없다는 말을 어디서 들은 것 같았는데, 그렇다면 이건 기계가 부리는 환상 마법이 아닐까. 나는 마법에 걸려 있는 게 아닐까.

가상 현실 판타지 RPG, 제미니움의 세계는 비현실적으로 구성되어 있어 아름답게만 보였다.

인위적인 빛과 만화적으로 그려진 사람들, 그리고 그런 사람들보다 더 흉측하게 그려진 몬스터들. 그럼에도 목 뒤에 꽂힌 커넥터를 통해 정보가 직접적으로 들어오기 때문에 또 다른 현실을 겪는 것처럼 실감 났다. 바람이 불면 피부에 찬 공기가 스치는 것처럼. 같은 게임을 하고 있을 뿐인데, 고개를 돌리면 다른 사람들의 아바타가 있고, 그들의 목소리가 전부 크고 작은 소음으로 들려오는 것처럼.

"빨리 와! 늦으면 학교 지각해!"

은하가 저 멀리서 나를 부르고 있었다. 아무런 생각 없이 구경하던 나는, 그의 목소리에 현실을 자각해 버리고 만다. 오늘은 금요일이고, 우린 세계를 구하는 영웅들이 아니라 집에서 밥을 먹고 원격으로 수업을 들으며 평범하게 생활하는, 2040년의 중학생이란 걸.

아침 8시인데도 사람이 많았다. 초보자 옷을 입은 사람도 있었고, 이 평화로운 판타지 세계에 어울리지 않게 현대적인 복장을 갖춘 사람도 있었다. 우리가 향하고 있는 마법의 숲 하르타니아는 게임을 막 시작한 사람에게도, 기존 유저들에게도 찾을 일이 많은 지역이었다. 각종 편의 시설과 NPC, 그리고 무엇보다도 게임을 끝내는 포털이 이 주변에는 하르타니아밖에 없기 때문이다.

나는 이 이른 시간에 게임에 접속해 있는 사람들을 보며 동질감을 느꼈다.

"아침 먹어야 하는데… 졸려…. 그냥 자고 싶다…."

문득, 옆에 있던 은하가 하품하며 말했다. 여우 귀와 꼬리가 바람에 따라 살랑였다. 현실과 다르게 보랏빛 눈동자를 반짝이면서.

"아…. 우리 몇 시간 했어?"

은하의 말에 나는 시야 한구석을 바라보았다. 눈에 가볍게 떠오른 숫자는 6:52였다.

"여기 보이는 플레이 시간으로는 여섯 시간인데 중간에 껐다 켠 거 생각하면 열 시간은 족히 넘을걸?"

아무리 재미없는 수업이 있는 날이라고 해도, 평일에 이건 좀 아니지 않나? 은은한 자괴감이 덮쳐오는 것 같았다.

"우와."

은하가 감탄하자 나는 그를 빤히 보았다. 경매장에서 갓 구한 귀여운 룩과 그렇지 못한 스펙이 충돌해 꽤 우스꽝스럽게 보였다. 문득 웃음이 났다.

"오늘 졸아서 선생님한테 혼나도 솔직히 난 할 말 없다고 생각해."

"그러게…."

재밌긴 했어도 마음 어딘가는 조금 공허했다. 부캐를 키운다고 가볍게 말한 게 나인데 거기에 은하가 붙었고, 우리 둘이 일단 게임을 시작하면 멈추는 법이 없었다. 처음 시작할 때의 두근거림은 사라지고 모든 게 빠져나가 말라비틀어진 지푸라기가 된 것 같은 착각만 남았다.

눈앞에 스트레칭을 하고 물을 마시라는 경고 메시지가 떠올랐다. 이 가상 세계에 몇 시간이나 더 갇혀 있을 테니 합당한 경고였다.

모든 걸 온라인으로 하는 시대니까. 물론 학교 가는 것도.

"아, 온라인 수업 그만했으면 좋겠다. 뉴로월드에서 수업하는 게 대체 뭐가 이득이라고."

은하가 투덜거렸고 나는 옆에서 그저 웃기만 했다. 하르타니아로 통하는 숲에서 본격적으로 마을로 들어서자, 하프가 주선율을 이루는 음악이 귓가에 울려퍼졌다. 고개를 들자 나무 위에서 악기를 연주하는 것처럼 보이는 요정들을 볼 수 있었다. 이런 디테일이 나를 계속 게임 속에 잡아 둔다.

하르타니아는 마법사들의 마을을 테마로 한 곳이다. 하늘에는 길고 울창하게 뻗은 나무들이 보이고, BGM은 통통 튀지만 고요하고 아름다운 전형적인 마을이다. 인디언 텐트를 모사한 천막, 설정상으로는 마법사들이 새겼다던 (실제로는 디자이너들이 꽤 고생했을) 기하학적인 무늬가 그려진 나무, 로브를 쓴 귀가 뾰족한 NPC들….

아름다운 만큼 압도적인 기분밖에 들지 않지만, 정겹다. 가끔 여기가 집이 아닐까 하는 기분이 들 정도로.

우리는 계속해서 나아갔다. 마을 가장 안쪽에 위치한, 게임 밖으로 나가는 포털 앞에 섰다. 제미니움은 특이하게도 게임을 종료하려면 마을마다 있는 포털에서 밖으로 나가야 한다. 게임과 현실을 구분하는 차원에서 그렇게 만들었다고 하는데, 나름대로 마음에 드는 시스템이다. 학교도, 친구와의 만남도, 즐거움도 의무도 모두 온라인에서 처리하는 세상에서 유일하게 이것만이 그 둘의 경계를 확실히 정하는 것 같았다.

눈앞에 황금빛으로 주변의 것을 모두 빨아들일 듯한 형상을 한 둥근 원이 나타났다. 이곳에 발을 디디면 현실에서 눈을 뜨고 지루한 일상으로 돌아간다.

옆에는 이제 몇 시간 동안은 볼 수 없는 은하의 아바타가 있다. 평소 그가 키우는 본캐는 여우 수인이지만, 이번에는 키가 작은 엘프의 모습이었다. 엄청나게… 조그맣다.

"제나야."

내 닉네임을 부르는 은하의 말에 고개를 숙여 눈을 맞추었다.

"응?"

"오늘 저녁에도 들어올 거야?"

단순한 질문. 그는 둘이 있으면 조곤조곤 말하는 버릇이 있다. 그 목소리와 나긋한 말투에 난 항상 뒤를 생각하지 않게 되어 버린다.

"그러지 뭐."

보상도 없다. 뭔가 좋은 걸 주는 것도 아니다. 그냥 그곳에는 은하가 있다. 그뿐이었다.

다른 게임을 하면 더 재밌을 텐데, 난 은하 때문에 제미니움에 꼬박꼬박 접속하고 있었다.

매일 하지 않아도 되는 걸 굳이 하게 만드는 것이 애정이라면, 은하를 좋아하기 시작한 때는 그때부터라고 자신 있게 말하겠다.

2

"지금은 우리가 모두 가상 현실에서 생활하는 시기죠? 수업도 지금 이렇게 온라인으로 하고 있고요. 이제 일상 속에서 뉴로월드는 당연한 것이 되었습니다. 그렇지만 우리 나라에 가상 현실이 도입된 건 생각보다 오래되지 않았어요."

교실에는 수업을 제대로 듣는 아이 절반, 제대로 들으려고 노력하는 아이가 나머지 절반의 반 정도였다. 나머지는 꾸벅꾸벅 졸거나 떠들거나 딴짓을 했다. 수업이 지루한 건 온라인, 오프라인의 여부와는 별 관계가 없다.

그래서 사회 수업은 인기가 없었다. 선생님이 부임한 지 얼마 안되신 분이라 열정적이고 재치 넘쳤지만, 그래서 더 역으로 조는 애들이 많았다. 과목이 그렇게 재밌진 않은데, 앞에서 열심히 설명하면 되레 피곤해지기 마련이다.

나도 그랬다. 수업을 '들으면서' 딴짓을 하는 게 내 최후의 양심이었다. 나는 눈앞에 작은 스크린을 띄워 시간을 보내고 있었다.

온라인 수업의 장점이라면 티 나지 않게 딴짓을 할 수 있다는 것이었다.

"약 20년 전, 2019년 겨울에 처음으로 발생한 COVID-19 바이러스는 끈질기게 살아남았어요. 연구진들은 백신을 개발하려고 애썼지만, 당시 상황은 정말 좋지 않았어요. 바이러스가 변화하는 속도, 가짜 뉴스가 퍼지는 속도와 여러 산업이 망해가는 속도가 거의 똑같이 빨라졌거든요."

이즈음에서 들키지 않기 위해 다시 수업을 듣는 척해야 한다. 나는 선생님이 뉴로월드 이전의 삶을 설명하는 것을 보았다. 그의 앞에서 여러 가지 사진과 글자들이 홀로그램으로 지나갔다. 사람들이 마스크도 쓰지 않고 거리에서 시위하는 모습이나, 여러 극장이 폐업하는 모습이 대표적이었다.

"그래서 그 이전 시대 사람들이 살아왔던 대면 생활이 끝을 맺게 됩니다. 사회적 거리두기 4단계 시행 개시. 그때 세상이 멸망한다는 사이비 종교도 유행했고…. 어두운 시대였죠."

나는 어두운 이야기가 싫어서 딴짓을 하기로 했다. 창밖에는 햇빛이 비치는 풍경이 있지만, 모두 가짜 그래픽이었다. 평면으로 이루어진 그림이라고 해도 좋을 정도였다. 책상과 의자는 실감 나는 모델을 썼지만 실제로 쓰지 않는 사물함은 조금 어색하게 보였다.

은하는 창가에 앉아 있었다. 주변에 나름대로 친한 애가 있었는데도 조용했다. 쉬는 시간에 애들과 이야기할 때나 제미니움을 할 때는 그렇게 밝게 웃는 애인데. 완전 딴판이었다.

사람이 어떻게 저렇게 모습을 획획 바꾸지.

"바이러스가 계속 변이를 거듭하고, 팬데믹 상황은 끊길 기미를 보이지 않았어요. 산업이 망해가고, 여러 가지 거짓 정보 때문에 혼란스러운 와중에 기후 변화까지 닥쳤거든요. 마스크는 이제 인간들의 필수품이 되었죠."

"선생님은 밖에서 학교 다닌 적 있어요?"

어떤 애가 손을 들고 질문했다. 수업을 듣지 않으려는 대표적인 꼼수다.

"초등학생 때요. 나도 내가 중고등학교 다닐 즈음엔 팬데믹이 끝날 줄 알았어요. 다 똑같아요, 다 똑같아. 선생님도 어렸을 때는 통일될 줄 알았고 바이러스가 사라질 줄 알았다고요."

억울한 선생님의 목소리에 모두가 키득거렸고, 내가 생각해도 이건 좀 웃겼다.

"하여튼, 기후 변화가 한국에 끼친 대표적인 영향은 미세먼지가 아주 심해졌다는 거였죠. 만나면 바이러스에 감염되지, 사람 안 만나도 밖에 나가면 호흡할 수 없을 정도로 뿌옇지, 산업은 점점 망해가지… 그야말로 난국이었어요. 그래서 특단의 조치로 사람들은 아예 안 나가기로 합니다."

선생님은 설명하면서 홀로그램을 계속 바꾸어 시각 자료를 보여주었다. 픽토그램 인간들이 평화롭게 생활하다가 그 위에 바이러스를 상징하는 어두운 색의 구체가 나타난다. 사람들은 마스크를 쓰고 일정한 거리를 두고 떨어지기 시작한다. 사람들 사이의 거리가 점점 벌어지다가… 집에 들어간다. 그리고 문에 자물쇠가 채워진다.

"정부가 사회적 거리두기 4단계를 선언한 결과, 대한민국의 확진자 수는 눈에 띄게 줄었지만 많은 곳에서 부작용이 터져 나왔어요."

아이들은 고개를 끄덕였다.

내가 넋을 놓으면서 산만한 눈빛이 되자, 선생님이 나를 타깃으로 삼은 듯 시선을 보내왔다.

"연아."

"…네?"

"사회적 거리두기 4단계의 부작용이 뭐였지?"

"어… 문화 산업 붕괴?"

"맞혔지만 아직 얘기 안 했어요. 수업 똑바로 들으라니까! 게임만 하니까 계속 졸지!"

몇몇 아이들이 키득거렸다. 은하의 웃음소리가 제일 컸다. 자업자득에 탓할 사람이 누가 있겠어. 나는 앞을 바라보았다.

"한편 당시 VR 산업에서 새로운 지평의 기술이 열리기 시작했어요. 음, VR은 잘 모르죠? 구식 뉴로월드 접속 장치 비슷한 거예요. 옛날 영화 보면 머리에 쓰는 기계가 가끔 나오잖아요? 그게 바로 지금 우리가, 목덜미에 장착하고 있는 커넥터의 원형이에요. 손으로 쥐는 물리적인 컨트롤러와…."

어차피 알고 있는 내용의 반복이다. 뉴로월드에서 사는 만큼 이미 찾아본 정보들이다.

많은 산업이 망해가는 와중에 기술의 발전으로 화면 속에만 존재하던 '인터넷 세계'를 실제로 구현하는 데 성공했다. 단추, 혹은 여드름 패치처럼 생긴 동그란 '커넥터'를 목 뒤에 붙이기만 하면 눈앞에 가상 세계가 펼쳐진다. 마치 꿈을 꾸는 것처럼.

버추얼 월드, 어나더 월드, 매트릭스 등 다양한 용어가 후보에 올랐지만, 옛날 SF 소설의 제목을 따 '뉴로월드'가 되었다.

내가 알기로 뉴로월드의 알파 버전은 미국 정부와 이름이 기억나지 않는 거대한 IT 기업이 손을 잡고 탄생시킨 것이었고, 일단 이것이 시중에 나오자 사람들의 관심은 온통 그곳에 쏠렸다. 선진국부터 시작해 빠른 속도로 뉴로월드 커넥터가 보급되었다. 사람들은 눈에 보이지 않는 가상 세계인 월드 와이드 웹보다 눈에 보이는 뉴로월드에 적응하기 시작했다.

가상 회사와 가상 학교, 5D 게임, 재난 시뮬레이션, 촉각 영화 등이 등장했다. 그리고 이 분야가 일으킨 신사업은 경제 활성화의 물꼬를 텄다.

각 기업이 여러 가지 형태의 커넥터를 출시하고, 각 가정의 경제적 형편을 고려하여 성능이 차별화된 커넥터가 보급되었다. 일단 보급이 되고 나자 정부를 비롯하여 다양한 기관과 기업에서 뉴로월드를 이용한 서비스를 발표했다.

한국에서 이 멋진 가상 세계를 사용하지 않는 사람은 거의 없다. 아마 전 세계에서도 그럴 것이다.

선생님은 이전 시대는 지금과는 정말 다른 모습을 띠고 있었다고 설명했다. 한 사십 대쯤 되시니까, 아마 '코로나 이전의 시대'를 경험한 마지막 세대겠지. 그러니까, 아직 사람들이 밖에서 생활하는 걸 최후로 경험한 나이가 선생님 또래다.

"나는요, 아기 때부터 스마트폰을 쥐고 놀았다고 우리 엄마한테 들었거든요. 뽀로로 같은… 아, 이제 뽀로로도 모르죠? 핑크퐁 같은 만화도 보고 그랬었어요. 여러분도 뉴로월드를 거의 아기 때부터 접하지 않았나요? 유치원 선생님이 인형 탈 같은 걸 쓴 아바타로 나와서 놀아주고 그랬다고 들었는데. 그거랑 비슷하지 않을까요?"

실제로 그랬다. 엄마와 같이 유치원 서버를 이용했던 걸 기억한다. 그때 마주친 인형 탈을 쓴 외부 강사님이 트라우마가 되어 광대 비슷한 모양새를 지금도 잘 못 본다.

다른 애들이 손을 들며 그런 경험을 하나둘씩 말할 때 난 가만히 있었다. 사회 선생님은 마지막으로 이렇게 말했다.

"이렇게 기술은 발전하면서 사람들의 생활을 바꿔요."

나는 은하를 바라보았다. 수업을 듣는 은하의 모습은 익숙하지 않았다. 뉴로월드가 우리의 관계를 어떻게 바꿔 버린 것만 같았다.

8

크게 기지개를 켰다. 쉬는 시간마다 커넥터 전원을 잠시 끄고 스트레칭을 하긴 했지만, 이제부터 제미니움을 켜고 계속 뉴로월드에 있어야 하므로 몸을 충분히 풀어 줘야 한다.

목덜미에 다시 동그란 커넥터를 붙이자 따끔한 감촉이 느껴졌다. 평범한 방을 담던 시야가 순간 검은색으로 암전되고, 뉴로월드의 상징이라고 할 수 있는 새파란 화면이 떠올랐다. 바탕화면이다.

나는 생각만으로 마우스 커서를 옮겨 제미니움 아이콘을 클릭했다. 파란 화면이 다시 싱그러운 녹빛으로 바뀐다. 제미니움 특유의 아기자기한 로고와 싱그러운 녹빛 세상이 날 반긴다. 나는 내 캐릭터를 고르고, 이내 곧 그 세계로 들어간다.

현실의 나와 제미니움의 내 아바타인 '제나'를 구분하는 건 쉽다. 귀가 평범한 인간처럼 머리 양옆에 있으면 게임을 하지 않고 있다는 뜻이고, 토끼처럼 머리 위에 길게 쫑긋 나 있으면 게임에 들어와 있는 상태다.

길을 걷는다. 실제 내 몸은 움직이지 않고 있지만, 게임 속의 나는 움직이고 있다. 발을 디디면 흙의 감촉이 느껴지고 바뀐 귀 덕분에 소리도 여러 영역으로 들려오며 커스터마이징한 키의 눈높이대로 볼 수 있다.

나는 조금 더 높아진 시야로 주변을 둘러보았다. 오늘은 은하가 돈벌이할 재료를 채집해야 했다. 귀찮은 작업이었지만 할 일은 해야 한다.

좋아, 오늘도 일하러 가자.

제미니움은 '추억 속의 판타지 세계'를 구현하는 RPG를 표방하고 있었고, 다양한 유저층을 공략했기 때문에 기본적으로 할 것들이 매우 많았다. 주요 콘텐츠는 캐릭터를 키워가며 게임에서 제공하는 스토리를 따라가는 것이다. 플레이어는 세계를 구하는 용사중 한 명이 되어 이곳저곳을 다니며 문제를 해결하며, 이 환상적인세상을 체험한다. 맵에서 모을 수 있는 재료를 통해 다양한 아이템을 제작할 수도 있다.

그 외에도 연합 숙소를 열어 사람들과 대화하는 공간을 꾸리거나, 제작한 아이템을 경매장에 내놓아 게임 내 재화를 벌거나, 높은레벨에 좋은 장비를 갖춘 캐릭터로 실력과 전략을 시험하는 하드콘텐츠에 도전하거나…. 그러니까 RPG에 있을 건 제법 다 있었다.

제미니움은 뉴로월드에서 펼쳐지는 RPG라는 점에서 특이했다. 어떤 콘텐츠로 플레이해도 정말 내가 이 세계에 사는 용사가 된 것같은 느낌을 주었다.

손에 든 방패의 묵직함, 몬스터의 포효, 마을로 돌아올 때마다 들려오는 마을 사람들의 환영 소리, 다른 용사들과 힘을 합쳐 거대한용과 골렘들을 무찌를 때의 아찔함, 신기한 재료들, 동료들과의 연대와 소속감…. 파밍과 경제가 몰입을 방해하긴 했지만, 사실 그게없었다면 정말 이게 현실이라고 착각했을지도 모를 정도로 몰입할수 있는 게임이다.

나는 하루 동안 모아야 할 재료를 다 모으고 연합 숙소로 가고 있었다. 친목 연합 '초록달'은 은하의 소개로 들어간 곳이었고, 이곳이 곧 내 제미니움 생활에 중추가 되었다. 숙소는 같은 연합에 있는 사람들이 함께 지낼 수 있는 공간이라 모두 이곳에 모여들곤 했다.

오늘은 딱히 잡혀 있는 일정도 없으니 다른 곳으로 가서 쓸데없이 힘을 뺄 이유가 없다. 무엇보다 은하가 그곳에 있는데, 다른 이유가 뭐가 더 필요하겠어.

연합 숙소의 문을 열자 다양한 사람들이 보였다. 큰꽃 형은 구석에서 다른 사람들과 이야기를 나누고 있었고, 은하는 연금술 테이블에서 뭔가를 만들고 있었다. 저번에 같이 던전을 돌았던 닉네임이 몇 개 보이기도 했다. 모두가 내게 가볍게 인사했다.

나는 숙소 공용 냄비에 온갖 재료를 넣고 거대한 주걱으로 휘젓고 있는 은하 옆에 쪼르르 걸어갔다.

"뭐 해?"

"돈벌이…."

아래쪽이 불룩한 검은색 냄비에서 보랏빛 액체가 반짝이며 끓고 있었다. 나는 웃으며 그의 옆에 있는 탁자에 재료를 올려 두었다.

부직업이 연금술사인 그는 포션을 직접 만들 수 있다. 이렇게 만든 엘릭서를 경매장에 올려 두면 사람들이 사 가고, 은하는 게임 내에서 돈을 번다.

우리는 이걸 보통 포션 노가다라고 부른다. 내가 새로 가져온 재료 덕분에 은하의 할 일이 또 늘었고, 그는 신경질적인 소리를 냈다. 숙소에 있는 모두가 웃었다.

"게임은 재밌는데 매번 이 짓을 해야 하는 건 지친다고! 이 망겜아! 부캐 장비 맞추려면 대체 이걸 몇 번이나 해야 되는 거야!"

"노가다 싫으면 나랑 레이드나 돌래? 이번에 드랍 확률 높였대."

"그거도 또 다른 노가다잖아요!"

근처에 있던 큰꽃 형이 장난스럽게 말하자 은하는 미간을 찌푸리며 고개를 저었다. 근처에 있던 디나가 큰꽃 형의 머리를 후려쳤다. 형과는 다르게 그는 성별을 밝히지 않은 검술사로, 직설적이고 농담을 잘 하지 않는 성격이었다. 형과 반말하는 걸 보면 대학생이거나 휴학생인 것 같았다.

"저번에 데인 적 있는 애한테 왜 그래, 자꾸. 힐 부족하면 내가 힐러 캐릭터 들고 와서 간다니까. 내가 가 줘?"

연합에서 큰꽃 형과 비슷하게 나이가 있는 디나가 그를 나무라듯이 말했다. 나는 은하를 보았다. 정말로 질색하는 표정이었다.

"농담으로도 그런 말 하는 거 아니에요, 형…."

은하가 직접 말하자 형은 심각성을 깨닫고 사과했다.

"말버릇이 되어 버렸어, 미안…."

제미니움 플레이어 중에서 게임을 좀 한다는 사람은 항상 괴수 퇴치전을 간다. 용사들이 단체로 모여 세계를 파괴하려는 괴수를 막아야 하는데, 퇴치하려는 괴수의 종류에 따라 참여할 수 있는 인원과 공격 패턴, 상대해야 하는 방법도 다 다르다.

최소 여섯 명부터 최대 스물네 명까지. 어떤 콘텐츠든, 적지 않은 인원이 모여서 가는 만큼 자신이 할 일을 정확히 파악하고, 임기응변과 계획에 없는 기지를 발휘하는 센스가 중요하다.

한마디로 말하면 엄청 어렵다는 뜻이다.

알아둘 것도 많고, 그날 컨디션이나 확률에 따라 어떤 일이 일어날지 모르니까. 그래서 필수 콘텐츠는 아니었다. 도전할 사람만 도전하도록 마련되어 있지만, 제미니움에서 가장 재미있고 짜릿하다는 평가도 받아서 많은 초보자가 그곳에서 좌절을 겪는다.

은하 역시 그런 레이드가 어렵고 무섭다고 했다. 한번은 큰꽃 형이 꼬드겨서 은하도 나와 함께한 적이 있었는데, 형의 지인의 지인이 힐러가 왜 이렇게 힐을 못 넣냐고, 이렇게 못하는 뉴비 데리고 올 거였으면 미리 말이라도 하지 그랬냐고 짜증을 부렸었다.

어떤 게임이든 어려운 콘텐츠에는 실수하면 짜증 내는 몇몇 참을성 없는 사람들이 있기 마련이었다.

"은하 울었잖아, 그때. 아무나 하드 콘텐츠 데려가지 말라고 몇 번을 말했는데. 필수도 아닌 걸 왜 자꾸 약을 팔아요?"

"울었다고? 진짜?"

은하는 조용히 고개를 끄덕였다. 그의 표정이 점점 굳어가는 게 보였다. 뉴로월드에서는 캐릭터가 느끼는 감정이 그대로 아바타에 표출되기 때문에, 그가 느꼈던 게 정말 큰 아픔이었다는 걸 안다.

"그래도… 아니다, 내가 잘못한 게 커. 은하 템 상태랑 실력을 고려했어야 했는데…."

"은하도 그때 못한 게 맞으니 은하도 잘못했다는 뜻이에요?"

"아니, 내가 언제 그랬대! 그냥… 모르겠다. 내가 사람을 잘못 데려왔어. 미안. 은하는 잘못한 거 없어."

디나는 당연히 그런 것이라면서 투덜대며 고개를 끄덕였다. 나는 은하와 눈을 맞추었다. 은하는 고개를 숙인 채로 뭔가를 생각하고 있는 것 같았다. 나는 괜찮냐는 말을 하지도 못했다.

그때 옆에서 말리지 못한 게 나였으니까.

"…그렇게 간단한 문제가 아니에요."

은하가 어렵게 입을 열었다. 그 말에 아무도 쉽게 대답하지 못했다. 나는 막막한 기분이 들어 가볍게 한숨을 쉬었다. 그는 냄비 젓는 것을 멈추었다.

"지금 가면, 그때보단 잘하겠지만…. 그래도 그 사람이 잘못하긴 했어요."

은하의 말에 모두가 끄덕였다. 반박할 수 있는 사람은 아무도 없으리라. 그렇지만 그의 표정은 여전히 나아지지 않은 것 같았다. 나는 불안함을 느꼈다. 이대로 그가 사라질 것만 같았다.

"제나야, 오늘 서브 퀘스트 다음에 할게. 좀 쉬어야 할 것 같아서."

은하는 그 말만을 남기고 자리에서 일어서서 숙소 바깥 문을 향해 달렸다.

"잠깐, 은하야!"

모두가 그를 막지 않았다. 나는 주위 사람들을 보았다. 디나는 큰꽃 형을 째려보았다. 나머지 연합 사람들은 제각기 의견을 내놓았다. 벨제붑 레이드 난이도 언제 낮추냐, 입문하려는 뉴비들이 대체 얼마나 이렇게 갈려야 되는 거냐. 콘텐츠에는 문제없고 그냥 유저들이 말을 좀 부드럽게 하면 된다. 당장 급한 하드 콘텐츠에서 대체 얼마나 부드럽게 하라는 거냐. 어차피 첫 레이드인데 초보는 게임을 하지 말라는 거냐.

숙소 내부가 금세 시끄러워졌다. 나는 아무런 말도 할 수 없었다. 오직 내가 그를 붙잡아도 되었을지만 생각하고 있었다. 연합 내부에서 목소리가 격해지는 게 들려왔고, 연합장인 디나는 그걸 필사적으로 말리려고 했다.

그동안 은하가 메시지를 보냈다.

—미안.

—**당분간 좀 쉴게.**

그날 이후로 은하는 제미니움에 들어오지 않았다. 학교에서 나는 일부러 그에게 다가가지 않았다. 그게 내 최선이었다.

4

거의 매일 같이 붙어 있었는데도, 은하의 실제 첫인상을 막상 떠올리려고 하면 생각이 잘 나지 않는다. 은하가 게임에 들어오지 않은 몇 주 동안 그의 모습을 떠올리려고 했다. 우리가 어떻게 만났더라. 은하가 제미니움을 어떤 방식으로 좋아했더라.

나는 은하가 수업이 재미없다고 칭얼대거나, 내일 또 보자고 하굣길에서 사라지는 모습보다 게임에서 허둥지둥 힐을 넣고 한 박자 늦게 스킬을 쓰는 모습을 훨씬 많이 보았다. 가만히 수업을 듣는 모양보다는 양손에 꼭 쥔 스태프로 빛의 마법을 쓰는 모습이 더 눈에 익었다. 자연스러운 갈색 단발보다는 데이터가 만든, 쫑긋거리는 여우 귀가 더 인상 깊었다.

은하는 사람들과 잘 어울리다가도 마음에 안 들면 가볍게 거리를 둘 줄 알았고, 그것이 불쾌하게 여겨지지 않도록 하는 재주를 가지고 있었다. 제미니움 내에서 다양한 사람들과 어울리고, 새로운 콘텐츠가 열리면 사람들을 빠르게 모으고, 그게 끝나면 바로 미련 없이 헤어지거나 그중에서 마음에 드는 애가 있으면 친구 추가를 해서 연합으로 초대하고. 그 뒤에는 심심할 때마다 말을 걸고 필요한 게 있으면 도와주고 도움받고.

그렇게 그는 자신만의 영역을 넓혀가는 사람이었다.

반면에 이 게임, 저 게임 전부 다 하는 나는 한 곳에 정착해서 친한 사람 만들기가 어려웠다. 그래서 제미니움을 시작할 때에도 맨땅에 헤딩하는 기분이 들었다. 다른 사람들은 다 지인한테 뭔가를 받는데, 나만 혼자 게임 사이트를 뒤져가며 불친절한 시스템을 암호 해독하듯이 배웠으며 뉴로월드에 널린 팁을 참고해가며 나만의 공략을 습득했다.

우리는 게임이 아니라면 평생 만날 리 없는 부류의 사람들이었다. 공통된 점이라면 똑같은 음악을 좋아하고, 같은 게임을 했으며, 한 번 잡은 것에 대한 애정을 쉽게 놓지 못하는 사람이라는 것뿐이었다.

그것만으로는 친구가 되지 못한다고 생각했다. 그러니까 중학교 2학년 기말고사 날에 은하가 처음으로 말을 건 것은 어떤 변덕인 게 틀림없었다.

"너도 제미니움 해?"

가족 외의 다른 사람에게 직접적인 말을 들은 게 참 오랜만이었었다. 중학교에 들어오자마자 비대면 수업을 시작했고, 의무적으로라도 밖에 나가는 애들과 달리 나는 최소한의 운동도 취미도 수업도 모두 집에서 처리하려 했다. 그런 와중에 은하가 말을 걸어왔다.

마스크를 쓴 그의 얼굴은 기억나지 않지만 들려온 목소리는 확실히 기억했다. 높지만 나긋나긋한 목소리.

"아, 응. 시작한 지는 얼마 안 됐지만…."

그렇게 자연스럽게 대화를 이어갔다. 일방적으로 이야기를 듣는 것도 대화라고 한다면.

"그럼 직업 뭐 키워? 레벨 몇이야? 서버는 어디고?"

애초에 말을 잘 안 하는 성격이었는데 은하가 그런 식으로 계속 말을 걸어왔다. 나는 그에게 휘말리듯 잠자코 들으며 고개를 끄덕이다가도 "그렇구나, 으응, 그래?" 같은 말로 맞장구를 쳐 주었다.

결국, 나는 무슨 직업을 키우고 어떤 성향의 게이머인지 다 말해 버리고 말았다. 하드 콘텐츠 입문을 목표로 하고 있다고 하자 은하는 꽤 놀랐다. 우리 나이대 중에 거기 가려는 사람 흔치 않다면서.

"그냥 해 본 말인데 뭐 그렇게 놀래. 그전에 게임 안 접으면 다행이지."

"그래도 시도해 보려는 것 자체가 대단해. 안 무서워? 막 나이 많은 사람들한테 욕 먹을지도 모르는데…."

"어차피 실제로 만나는 사람들도 아닌걸."

기말고사를 보는 동안 나는 쉬는 시간마다 그와 얘기를 나누었다. 물론 주로 게임 얘기를. 시험이 완전히 끝나고 난 뒤, 집으로 가는 길에 우리는 친구 코드를 공유했다.

은하의 프로필은 포근한 색으로 칠해진 구름 사진이었다. 역시 내가 다가가지 않는 부류의 사람이라고 생각했다. 밝고, 귀엽고, 뉴로월드에서 자신을 꾸미고 홍보하는 데에 열심인 사람. 프로필 사진에 자랑스럽게 인디 음악을 올려놓는 사람.

그 이후 내 휑했던 뉴로월드 친구 창이, 은하의 친구들로 점점 채워지기 시작했다. 연령층이 다양했다. 우리보다 어린, 게임을 막 시작한 초등학생도 있었고 직장을 다니는 것 같은 이십 대 초반도 있었다. 전부 은하가 뉴로월드에서 만난 사람들이라고 했다. 그들과 계속 친분을 이어가면서 자연스럽게 은하가 다니는 연합에도 들어갈 수 있었다.

친목 연합에는 절대 들어가지 않던 내가, 초록달에는 들어간 이유는 그래서였다. 나는 전적으로 은하에게 휘말리듯이 빨려 들어간 셈이었다.

5

간만에 연합 숙소에 은하가 들어왔다. 모두가 그를 걱정했고, 나는 눈치를 보고 있었다. 다른 사람들이 다시 못 볼 줄 알았다며 그동안의 인사를 건네고 난 뒤, 나는 그에게 쭈뼛쭈뼛 다가가 말했다.

"저번에 못 했던 거, 마저 하자. …다른 거 하지 말고. 레이드나 던전 말고. 구경만. 괜찮아?"

다행스럽게도 은하는 미소를 지으며 괜찮다고 했다. 그렇게 우리는 동부 대륙 쪽 퀘스트를 쭉 깨며 구경하기로 했다.

해가 지고 있었다. 게임 시간으로는 밤이었다. 오른쪽 위에는 실제 시간을 나타내는 'RT(Real Time)'가 떠 있었고, 그곳의 숫자는 P.M. 6:50이다.

"나 근데 오래는 못해. 부모님이 일찍 퇴근해서 고기 먹재. 그냥 잠깐 들어온 거야."

그의 가족은 바깥으로 출근해서 일찍 퇴근했다. 요즘에는 귀한 타입이다. 밖으로 나가야만 하는 직업이 아니면 전부 뉴로월드를 통해 일하니까. 보통 그런 집은 아이들이 제멋대로 튀어 나가는 걸 막기 위해 커넥터에 접속 시간 제한을 거는 방식으로 새벽까지 게임하는 걸 엄격하게 막던데. 은하는 귀하게 자란 건지 아니면 부모님과 말 없는 투쟁이라도 하는 건지 밤을 새는 경우가 많았다.

그의 귀가 바람에 살랑이는 걸 눈에 담으며 난 고개를 끄덕였다.

"너는?"

상냥하게 묻는 목소리에 나는 담담하게 답했다.

"아까 들어오기 전에 샌드위치 먹고 왔어. 그리고 오늘 늦게 퇴근하신대."

우리는 가상의 바닷바람을 맞으며 즐거워하고 있었다. 은하가 갑판에 기댄 채로 저 너머를 바라보고 있었다. 이미 이 게임의 세계는 익숙해질 대로 익숙해졌고, 이 광경에 의미 있는 것이라고는 아무것도 없었다.

"여기 건너뛰는 사람들 이해 안 돼. 몇 번을 봐도 질리지 않는데."

그렇지만 왠지 모르게 은하는 이런 것들을 즐겼다. 콘텐츠도 뭣도 아닌, 주변을 둘러보면서 자유를 만끽하는 것을.

"그냥 이러고 있기만 해도 재밌어?"

"채집도 대충하고 레이드도 안 도는데 이런 거라도 재밌어해야지. 그리고 난 원래 좋아하는 사람이랑 같이 구경하는 거 좋아하거든."

은하는 좋아하는 누구에게나 표현을 잘하는 타입이었다. 나는 기대하지 않고 그렇구나 하며 고개를 끄덕였다.

"예전에 부모님이랑 여행 간 적 있었는데, 그때도 꽤 재밌었거든. 마스크 쓰고 가서 불편하긴 했지만…. 그래서 여기가 더 좋은가 봐."

게임을 끌 때마다 매번 회의감을 친구처럼 맞이하는 나와 다르게, 은하는 이런 가짜 세상에서도 항상 진심이었다.

바람이 불면 공기가 시원하게 뺨을 스친다. 전자 데이터가 뇌로 흘러 들어가 현실적인 감촉으로 바꾼다. 0과 1로 이루어진 태양을 보면 눈이 부시고, 자신의 피부를 만지면 종족에 따라 북슬북슬하거나, 매끈하거나, 혹은 인간의 피부처럼 부드러운 감촉을 느끼기도 한다. 마을 바깥으로 나가 몬스터들과 싸울 때는 방패의 묵직한 무게감과 검의 날렵함, 마력의 흐름을 느낄 수 있다.

그러나 이 모든 것은 컴퓨터가 만든 세상에 불과했고, 현실이 아니었다. 그런데도 은하는 그런 걸 쉽게 무시하는 것 같았다. 이쪽이 자신의 현실인 것처럼.

그런 생각을 하던 참에 뱃고동 소리가 귀를 울렸다.

우리는 배에서 내려 해안가 마을인 라트반의 경치를 감상했다. 그리스의 어떤 마을을 모티브로 만들어진 이곳은 하얗고 파란 건물이 많았다. 갈매기 소리가 꽤 자주 들려오고 생선 냄새가 나며 길거리에서는 맛은 안 나지만 이동 속도 증가 효과를 주는 정체 모를 음료수를 팔고 있었다.

은하는 언젠가 여기만 오면 여름이 생각난다고 했다. 그때는 아직 여름이 아니었으니까, 이번에는 계절에 맞게 온 셈이었다.

"누가 연주하나 봐. 노랫소리 들린다."

분수대가 있는 쪽으로 가자 악기를 들고 신나게 연주하고 있는 사람들이 있었다. 어떤 RPG든 항상 악기와 악보를 수집하고 마을에 서서 노래를 틀어 주는 사람들이 있다. 게임에서 즐길 걸 다 즐긴 사람 중 한 부류였다.

우리는 그들 앞에 가서 앉았다. 백파이프와 바이올린, 이국적인 피리가 어우러져 금방이라도 춤을 추고 싶었다. 실제로 판타지풍 옷을 입고 춤추는 유저들이 몇 명 있었다. 쿵, 짝, 쿵, 짝하는 리듬에 맞추어 스텝을 밟고 서로 돌며 까르르 웃었다. 거리에는 행복함이 가득했다.

나는 은하를 힐끔 곁눈질했다. 그는 앞을 바라보고서 무슨 생각을 하고 있는지 모를 표정을 짓고 있었다.

"실제로 콘서트 가 본 적 있어?"

나는 문득 은하가 가 본 적 있다고 한 여행이 일본 여행인지 궁금해졌다. 그는 미나미(美波)나 YOASOBI 같은 옛날 일본 아티스트나 밴드를 좋아했기에, 마땅히 떠오른 곳이 그곳밖에 없었다.

"아니. 대신 비대면 콘서트는 몇 번 본 적 있어."

그 말을 듣고 조금 놀랐다.

"네가 가족들이랑 일본 가서 몰래 빠져나와서 콘서트 보고 온 거로 생각했어."

"진짜?"

그냥 아무 이유 없이, 은하라면 그럴 수 있다고 생각했었다. 그렇게 말해주자 그는 킥킥 웃었다.

"진짜 그러려고 했었는데 그땐 너무 어렸어. 초등학생이었잖아."

순수하다고 해야 할까, 아니면 감상에 잘 젖는다고 해야 할까. 비범한 면도 있기도 하고. 내가 그를 좋아하는 이유가 그런 걸지도 모른다. 내가 할 수 없는 걸, 아무렇지도 않게 해내는 사람이라서.

우리는 퀘스트를 하겠다는 일정도 잊고 그곳에 앉아서 계속 노래를 들었다. 나중에 안 사실인데, 라트반 분수대의 그 밴드는 정기적으로 이곳에 와서 연주하는 사람들이었다. 그러니까 그것이 그들만의 게임 방식인 것이었다.

밴드는 처음에는 안예은의 '홍연'이나 달의하루의 '너로피어오라'처럼, 제미니움과 같은 가상 세계에 제법 잘 몰입하는 사람들이 계속 즐겨온 노래를 연주했다. 발매된 지 거의 15년 가까이 된 노래들임에도 많은 사람이 호응했다. 옆에서 은하가 홍연의 멜로디를 제법 깔끔하게 따라 불렀다. 나는 안예은은 그것보다는 더 감정을 실어 부른다고 웃었다.

"노래 부르는 데에 정답이 어딨어. 어차피 따라 부르는 건데."

맞는 말이었다. 은하가 부르는 노래가 조금 더 좋게 들렸는데도, 그런 말을 한 게 바보 같았다.

밴드가 제미니움의 OST를 연달아 메들리로 연주할 때 사람들이 특히 많이 모였다. 게임 시간으로 저녁노을이 질 즈음, 밴드는 '보이지 않는 기사의 애가'를 연주했다. 파이프에서 심장을 꿰뚫는 슬픈 멜로디가 흘러나온다. 바이올린과 피아노가 바닷가 마을을 가득 채우기 시작했다.

제미니움에서 가장 인기 있는 퀘스트인 〈세계가 당신을 잊는다 하더라도〉의 테마곡이라 그런진 몰라도, 많은 사람이 울었다. 실제로도 눈물을 흘리고 있는지, 아니면 머릿속에서 명령어를 입력하여 캐릭터만 우는 것인진 모른다. 그러나 내 뒤에 있는 덩치가 커다란 사람은 정말로 꺽꺽 울고 있었다.

"아, 이 퀘스트 진짜 재밌게 했는데."

그렇게 말하는 은하의 표정은 추억에 잠겨 있다기보단, 괴로운 감정을 버텨내는 것처럼 보였다. 그가 간 벨제붑 레이드에서 이 노래가 흘러나왔다. 특정 퀘스트의 메인 테마곡을 레이드 보스에서 다시 재활용하는 기법에 당한 것이다. 그러니까 그에게 이 노래는 트라우마와 추억을 동시에 안겨 준 셈이었다.

"그래도 재밌었잖아. 퀘스트도 레이드도. 그 일만… 빼면."

"응, 그랬지."

그가 뱉는 말이 과거형인 게 슬펐다.

노래는 계속되었다. 밴드 사람들이 꽤 나이가 많은지, 자우림이나 새소년 같은 옛날 밴드 노래가 나오기도 했다. 판타지풍으로 바뀐

록은 신나지만 제법 정겨워져 많은 사람이 열광했다. 나는 은하와 계속 거기에 있고 싶었다. 노래를 들으면 조금이라도 그가 마음을 돌릴까 봐. 이 세상을 다시 좋아할 수 있으면 좋겠다고 생각했다.

하지만 그렇게 쉽게 풀리진 않았다.

"아, 엄마가 밥 먹으래. 포털로 가자."

마을에서 벌어진 콘서트였기 때문에, 게임을 나가는 포털이 바로 옆에 있었다. 나는 포털 앞에 서서 그를 불렀다.

"은하야!"

"응?"

"…아니야, 밥 맛있게 먹고. 잘 자."

"응, 다음에 또 보자!"

'또 보자'라는 말에 가슴이 뛰었다. 다시 돌아가 밴드의 노래를 들었을 때 귀에 제대로 들려오지 않아 그냥 전원을 껐다.

커넥터를 빼자 들려왔던 모든 소리가 한순간에 없어졌다. 창밖에서는 벌레 소리도 들려오지 않았다. 적막했다.

어두운 내 방은 마치 독방처럼 보였다. 이제 가상 세계의 노래도 들리지 않고 저 먼 곳에 있던 사람들의 목소리도 이 작은 단추 모양의 기기에 갇혀, 현실에 있는 내 귀에는 닿지 않았다. 나는 그때 깨달았다.

애초에 내 방은 나 말고는 아무도 없는 독방이었다. 이렇게 지낸

지 몇 달이 다 되어가는데도, 그걸 이상하게 생각하지 않았으면서도 최근에는 이런 마음이 자주 들었다. 공허함. 외로움. 대체할 수 없는 깊은 고요함.

이 조용한 기운이 싫었다. 이곳에 아무것도 없다는 걸 깨닫고 나면, 혼자 고립된다는 기분이 갑자기 고개를 들고 내게로 다가온다. 나는 그것에 어떻게 대처하지도 못하고, 아무것도 하지 못한 채 우울해한다. 그것으로부터 도망치려면 커넥터를 다시 목에 연결하고 저 먼 곳에 있는 친구들과 대화해야 한다.

전염병이 선물한 외로움을, 초등학생 때까지만 해도 이상하다고 생각하지 않았었다. 그게 당연했으니까. 모두가 이곳에 접속해 있으니까.

그런데 요즘은 또 그렇지 않았다. 사람은 왜 다른 사람이랑 이야기해야만 하는 거야. 괜스레 짜증이 나 울고 싶어졌다.

그리고 항상 부모님은 이럴 때만 밥 먹으라고 부른다.

방에서 거실로 나와 식탁에 앉으며 눈앞에 놓인 배달된 파스타를 먹을 때도 계속 그 생각을 하고 있었다. 나는 내가 살아가는 이런 방식이 옳은지 그른지도 잘 모른다. 그렇지만 전 세계에는 이미 이렇게 지내는 사람들이 몇 억이나 된다. 예전 사람들이 쓰던 인터넷은 뉴로월드의 부속품에 지나지 않았고, 팬데믹 속에서 사람들은 집 안의 또 다른 세계에 빠져 살고 있다.

이런 시국에서는 밖으로 나가는 게 오히려 몰상식한 행동이고,

모두 현명하게 집 안에서 생활한다. 그럼 내 생활방식은 부자연스러운 게 아니잖아.

"연이는 요즘 학교에서 잘 지내? 싸우는 애들 없지?"

그런 와중에 아빠가 꽤 어색한 말투로 물어보았다. 어느 뉴스 기사를 읽고 온 건지는 몰라도, 대화가 없던 우리 집 식탁에 간만에 말이 올라왔다. 아빠가 올려놓았다는 게 더 의외였다.

"갑자기 그런 걸 왜 물어봐?"

내가 쏘아붙이듯이 묻자 아빠는 변명 같지 않은 변명을 내놓았다.

"아니, 그냥. 아무래도 요즘 우리 가족 사이에 대화가 너무 없었던 것 같아서. 아빠는 맨날 똑같아. 회사 사람들이랑 일하고 잡담하다가 저녁엔 게임하고…. 연이 엄마도 비슷할 거 아니야."

"애초에 전염병 풀리기 전엔 다 똑같아. 나가지도 못하는데 할 게 뭐가 있다고. 연이도 그렇지 않니?"

나는 조용히 고개를 끄덕였다.

"게임하고, 숙제 있는 날은 숙제하고…. 그거 말고는 음, 국어 수행평가 때문에 책 읽는 거 정도…."

"봐, 제대로 놀지도 못하고 맨날 시간 낭비만 하고 있잖아."

시간 낭비라는 말에 순간 입맛이 떨어졌다. 그래서 고개를 숙이고 빠른 속도로 면을 흡입했다.

"연이 보고 있으면 좀 슬프지 않아? 밖에 나가서 놀지도 못하고. 어릴 때 많은 걸 경험하고 해야 하는데."

"난 딱히 아쉬운 거 없는데…."

중얼거리듯이 말하자 아빠가 어른이 말할 때는 그냥 듣고 있으라고 했다. 장난스러운 말투라 해도 나는 마음이 불편했다. 엄마는 아빠를 다그치긴 했지만, 아빠는 하고 싶은 말을 끝까지 하지 않으면 답답해하는 타입이었다.

"네가 스스로 게임을 안 끊으면 끊을 수 없어. 가상 현실이라고 해도 게임만 하고 있지 말고, 학교 친구들이랑 좀 잘 지내 봐. 그래서 가끔 현실에서 만나기도 하고 그러란 말이야."

"나가면 역병 걸리는데 왜 그래…."

내가 피곤한 듯이 그렇게 말하자 부모님은 그게 웃긴지 날 보고 귀여운 듯 미소 지었다. 그게 싫었다. 엄마가 나와 아빠 양쪽 모두를 타이르는 말투로 조곤조곤 말했다.

"뉴로월드에서 만난 사람들도 친구야. 요즘은 다들 학교 친구보다 그렇게 만난 사람들이랑 더 친하게 지낸다고."

나에겐 당연했지만, 그 옆에서 토마토 스파게티를 후루룩 먹던 아빠는 포크를 거의 떨어뜨릴 뻔한 것 같았다.

"인터넷 친구들이랑 지낸다고? 연아, 진짜야?"

"응. 왜?"

"아이고, 너 아직 사람 무서운 줄 모르는구나. 우리 때만 해도 인터넷에서 만나서 험한 꼴 당하는 애들 많았고, 저기, 뭐냐. 가상 현실 도입된 다음에는 더 많았어, 너 어렸을 때. 자기 기억하지? 그 왜,

게임 캐릭터에 심취한 중학생들이 폭탄 만들어 가지고 엉뚱한 데다 던질 뻔한 거….”

나는 왠지 모르게 초록달 사람들이 모욕당하는 기분이 들었다.

그뿐만이 아니라 내 주변에 있는 모든 것들을 아빠가 비웃고, 잘 알지도 못하면서도 말하는 것 같았다. 아빠가 말하는 사건을 안다. 뉴로월드의 배틀로얄 게임에 중독된, 사건 때까지는 실제로 한 번 도 본 적 없는 중학생 무리가 농담 삼아 세웠던 테러 계획을 진짜 실현한 적 있었다.

근데 그게 지금 왜 나오는가. 애초에 하는 게임도 다르고 폭력성 도 적은 RPG라고. 나는 화가 났다. 나를 오해해서라기보다는, 나를 이해하려조차 하지 않아서 아빠에게 실망했다.

“내가 설마 그런 사람들이랑 지내겠어?”

날카롭게 말해도 아빠는 알아듣지 못하고, 그냥 조심 좀 하라고만 덧붙였다. 엄마가 내 편을 들어주길 바랐지만 그도 똑같았다.

“아빠 말은 사람 조심하고, 주변에 있는 사람한테 잘하란 뜻이야. 너무 게임만 하지 말고….”

“그거랑 그거랑 상관없잖아!”

나는 소리를 조금 높여 말했고, 두 사람은 왜 그렇게 민감하게 반 응하냐며 나를 타일렀다. 이것도 싫었다. 차라리 화를 내지 왜 이렇 게 부드럽게, 초등학생 아이 보는 것처럼 상냥하게 대해 준단 말인 가. 모든 게 마음에 들지 않았다.

포크를 내려놓고 방으로 돌아갔다. 조금 세게 닫힌 문 사이로 내 한심함이 새어 나왔다.

어른들은 받아들이는 속도가 너무 느리다. 이미 뉴로월드는 우리 생활의 일부가 되었는데 아빠는 그걸 받아들이지 못하는 것 같았다. 나는 침대 위에 걸터앉아 허공을 바라보았다. 커넥터를 손에 쥐고서 데굴데굴 굴렸다.

이걸 목에 꽂으면 행복할 테지만 난 다시 가상 세계에 나를 의탁하게 될 거야. 망령이 될 거야. 그러고 싶진 않아.

그런데 너무 외롭단 말이야.

6

결국 제미니움에 들어왔다.

부대 숙소에 은하는 없었다. 다른 사람들도 전부 바깥에서 마을 사람들의 부탁을 들어주거나, 친구들과 사진을 찍으러 다니거나, 새로 온 용사들을 도와주는 등 자기만의 방식으로 세상을 구하고 있었다.

대신 무슨 일인지는 몰라도 큰꽃 형이 있었다.

"엉? 너 왜 다시 왔어? 아까 은하랑 같이 있던 거 아니었어?"

"밥 먹고 끈댔어요."

나는 자리에 앉은 다음에 허공을 보았다. 은하가 저번에 쓰던 냄비는 텅 비어 있었고, 벽난로에는 불이 타오르고 있었다. 연합에 새로운 사람이 들어오면 항상 불평하는, 텍스처로만 존재해서 온도가 느껴지지 않는 그 불꽃이었다.

나는 그 앞에 앉았다. 형은 소파에 앉아 몇 십 분 뒤에 있을 타봉, 즉 '타락한 두르가 봉인'을 기다리고 있었다. 저녁 9시면 큰꽃 형 주변에 있는 직장인들과 대학생들이 게임을 켤 시간이었다. 보통이라면 나도 그 레이드에 참여했을 테지만, 오늘은 나 대신 다른 사람이 가기로 했다.

"타봉도 안 가는데 왜 왔어? 지금이라도 바꿔 달라고 말해 줘?"

"아니, 그럴 필요는⋯."

그리고 대화가 끊어졌다. 나는 은하가 오지 않을 걸 아는데도 계속 거기 있었다. 친구 창을 열어 그가 뉴로월드에 들어오기나 했는지 확인해 보기도 했다. 그러나 은하는 아예 커넥터를 빼 두고 있었다. 정말 자는 것 같았다.

내가 바보 같았다. 그래서는 안 되는데도 순간 내가 한 모든 일들을 무시하고 싶어졌고, 그렇게 생각하니 눈물이 나올 것 같았다. 은하의 목소리가 귓가에 맴돌았다. 하필이면 옆에 큰꽃 형이 있는 지금, 이 순간에.

나는 이 상황을 타개할 방법을 단 하나밖에 몰랐다. 도망치기. 전력을 다해 나를 괴롭히는 것으로부터 멀리 달아나기.

"게임 끊을까…."

진심이 새어 나왔다. 큰꽃 형이 깜짝 놀란 목소리로 내게 답했다.

"또 누가 너한테 뭐라 했어? 하여간, 게임에서도 어린애라고 무시하는 놈들은…."

"그런 거 아니에요!"

오해가 생기면 좋을 게 없었기에 그를 다급히 말렸다.

"그래? 그럼 뭔데? 왜, 갑자기? 재미없어졌어?"

거기서부터는 내 입으로 말하기엔 너무 부끄러운 얘기였고 실제로 말할 수 있을지 자신도 없었다. 나는 그와 눈을 맞췄다. 고양이를 닮은 세로 동공이 날 응시하고 있었다.

아바타지만 왠지 거짓말을 하기 힘든 눈이었다.

"게임 끄고 나면 뭐라 해야 하지…. 그냥 시간 낭비 하는 것 같은 기분도 들고…. 사실 부모님한테 게임 좀 그만하고 사람 만나라는 소리를 들어서…."

"그래서 어떻게 했는데?"

"아빠한테 화냈어요. 무작정 방에 들어와서 문을 잠갔어요."

일반적으로 사람들이 화내는 것처럼 소리를 지르지도 않았고, 물건을 던지지도 않았지만 난 부모님에게 확실히 내 의견을 표현했다고 생각했다. 그리고 보통 내 또래의 아이들이 어른에게 제 생각을 확실히 표현하는 것은 버릇없는 것으로 여겨진다.

큰꽃 형은 날 보고 놀랍다는 듯한 표정을 지었다.

"대단하네. 완전 용감해. 하긴, 제나는 여기저기서 좀 험하게 자랐었지."

반은 농담이었고 반은 진실이었다. 이 게임 저 게임에서 온갖 투덜거림을 들어가며 실력을 키웠으니까. 내가 이런 게임들에서 얻은 교훈이 있다면 단 한 가지였다. 절대로 기죽지 않는 것.

"근데 모르겠어요. 게임에서 좋은 사람보다 나쁜 사람을 더 많이 만난 것도 맞고, 이게 진짜 얼굴 보는 것도 아닌 것도 아는데…. 아무튼 모르겠어요."

내가 떠올린 것은 은하뿐만이 아니었다. 인터넷에서 스쳐 지나간 사람들과 같이 이야기를 한 사람들, 친구 목록에 떠 있던 이름들과 항상 만나는 사람들 모두를 생각했다. 누가 잘못했는지, 이게 정상인지 모르고 있었다. 나쁜 게 있다면 우리를 갈라놓은 전염병뿐이라고 생각했다. 그것 때문에 사람들이 날카로워진 거야.

내가 한숨을 쉬자 큰꽃 형이 내 옆에 앉아 그 가짜 벽난로를 바라보았다. 우리는 체급 차이가 꽤 났다. 그의 아바타는 키가 180센티에 달하는 인간 종족이었고, 지금의 나는 내 원래 캐릭터로 들어와 있어서 130센티밖에 되지 않았다.

나는 그의 높고 큰 어깨를 올려다보았다.

"아, 나도 잘 모르겠네. 뭐랄까, 나도 예전부터 온라인에서 지인 만나고 다니는 거에 익숙해서 정상적인 사람이라고 보긴 힘든데."

그는 그렇게 말하면서 마치 장난처럼 웃었다. 나는 형의 웃음에 어떤 자조가 있음을 깨달았다.

"게임할 때 모여서 브리핑하고 그런 거면 모르겠는데, 뭐…. 나 중학생 때는 뉴로월드보다 스마트폰으로 하는 SNS가 유행이었다? 근데 그때도 그 소리 하는 사람들은 많았어. 온라인 인간관계를 경계해야 한다, SNS에 과몰입 좀 하지 마라, 어차피 차단 버튼 누르면 남남이다…. 우리 중에도 그렇게 말하는 사람들이 있었지. 시간이 흐른 다음에 SNS로 맺은 인연이 가족이 되기도 하고 평생 친구가 되기도 하는 사람들은 늘었어. 그때까지 SNS를 하는 그 어떤 사람도, 그 가상의 공간에서 사람 잘 사귀는 방법은 가르쳐 주지 않았지. 우리가 스스로 배운 거야."

우리는 둘 다 허공을 바라보고 있었다. 형이 떠올린 사람이 어떤 사람인지 궁금했다. 효율주의자인 그가 제미니움의 서약 시스템을 진심으로 이용했을 리는 없다고 생각했다. 어쨌든, 그에게는 내가 은하에게 품는 감정과 비슷한 온도의, 종류는 달라도 진심으로 대하는 사람이 있었다.

그런 사람들이 이 가상 세계에 오래 남아 방황하기 마련이었다.

"그러고 보니 형은 서약 맺은 사람이랑 진짜 사귀었잖아요. 저 그분한테 칭찬도 받았었는데…."

"몇 주 전에 헤어졌어. 너 못 들었구나."

"아…."

그런데 그의 약지에는 여전히 서약의 증표인 반지가 꽂혀 있었다. 그것을 가리키며 질문을 하나 더 했다.

"죄송해요. 그럼 이건 다른 분이랑 한 거예요?"

"서약은 내가 끊지 말자고 했어. 보너스 평계를 대긴 했는데. 그것보다는 좀… 복잡한 이유가 있어."

이 형은 정말 게임만 잘하고 사람 대하는 데는 서투르구나. 나는 미간을 좁혔다. 그걸 보통 찌질하다고 하던데, 아닌가요, 하고 말하자 그는 볼을 긁적였다.

우와. 어지간히 좋아했구나.

나는 이 형의 민낯을 또 보고 말았다.

"그래도 후회하진 않아. 그냥 지금은 좀 질척거리는 단계일 뿐이지. 나중에 내가 끊자고 할 거야, 꼭…. 그전에 그 사람이 먼저 끊자고 할 가능성이 크지만."

"중학생한테 이런 얘기하는 거 안 쪽팔려요?"

그는 아무 말도 하지 못했다. 내가 비록 오래 산 건 아니었지만 뉴로월드에서 깨달은 게 몇 개 있다면 어른 중에는 생각보다 바보가 많다는 것이었다.

"아, 이런 상황에 메인 퀘스트 대사 생각나는 거 실화냐. 진짜 게임 폐인인가 봐."

"뭔지 들어나 볼게요."

"〈세계가 당신을 잊는다 하더라도〉에 나오는 거."

"…하지 마세요, 그냥."

나는 그가 뭘 말하려고 하는지 알 것 같았다. 그리고 그 감정을 아주 이해하지 못하는 것도 아니었다.

"저 은하 좋아해요."

"엥?"

전혀 예상하지 못한 것 같았다. 난 형을 보며 다시 한 번 미간을 찌푸렸다.

"와, 그럼 디나가 말한 게 진짜였구나."

"티 많이 났을 거라고 생각하긴 했었어요…. 잠깐, 디나도 알아요?"

"어, 응. 잠깐 그런 얘기가 나왔었지."

내내 붙어 다니는데 안 그럴 리가. 나는 한숨을 쉬었다. 이제 마지막으로 확인하는 단계만 남은 것 같았다. 주변 사람들이 알았다면 이제는 물러설 수 없다.

"그래서 은하가 다시 게임을 했으면 좋겠어요. …뭣보다 걔는 제미니움을 진짜 좋아해요. 이번에 떡밥 많이 풀렸잖아요. 다음 업데이트 때 엄청난 스토리가 나올 것 같은데, 많이 아깝잖아요."

솔직히 말하고 있어서 그런진 몰라도 괜히 가슴이 벅차올라 눈물이 글썽였다. 큰꽃 형이 내 등을 두드려 줬다. 그러자 글썽이던 눈물이 조금씩 떨어졌다. 그냥 사람들이 미워졌다. 별거 아닌 실수에도 불같이 화를 내는 무례한 사람들과 게임을 스스로 하려는데도 계속 감싸 안아서 애를 바보로 만든 사람들 양쪽 다 싫었다. 은하가 그래서 상처를 입었다. 스토리를 봐야 하는데 암묵적으로 정해져 있는 걸 몰라서, 그리고 운이 나빠서.

"…이딴 망겜, 그냥 접어 버릴까 보다…."

"어차피 못 접어, 너. 은하도 결국 다시 올 거야. 울지 말고."

형이 뭘 알아, 형도 화나면 주변 사람한테 막 짜증 부리잖아. 그런 생각이 들었지만 내가 할 수 있는 건 없었다.

그가 레이드를 하러 숙소를 떠났을 때, 나는 반은 공허하고 반은 후련한 마음으로 커넥터를 뺐다. 이어폰을 끼고 〈보이지 않는 기사의 애가〉를 들었다. 화려하지만 슬픈 반주 뒤로 오늘따라 더 애절한 목소리가 들려왔다.

잊혀진다 해도 내가 여기서 기억할게요
달을 바라보며 항상 그대 얼굴을

은하가 쓰는 아바타가 생각났다. 그것 말고도 그의 모든 것이 생각났다. 능글맞은 여우처럼 웃는 얼굴, 소리에 집중할 때마다 쫑긋거리는 뾰족귀, 바람에 흔들리듯이 살짝살짝 살랑이는 꼬리가 검은 시야에 떠올랐다. 보라색 눈동자가 지금이라도 나를 보고 가늘게 휠 것 같았다.

그를 이 멋진 세계에 다시 불러들이고 싶었다. 이런 데에도 몰입하는 게 좀 웃기긴 했지만, 제미니움을 제대로 하는 사람들은 전부 이야기와 세계에 과몰입하는 사람들이다. 그런 마음을 부끄러워하고 싶지 않았다. 내가 좋아하는 사람이 그러는 만큼.

내일은 조금 더 말을 걸자. 내일은 좀 덜 바보같이 굴고, 경박하지 않게 진심을 내보이는 거야.

7

수업이 끝나고 학교 서버에서 다른 게임으로 옮겨갈 즈음에 은하가 말을 걸었다. 개인 음성 채널에 들어간 나는 아무렇지도 않게 평소와 같은 인사를 하고 이제 뭐 할 거냐고 물었다. 하지만 은하는 급하게 본론부터 말했고, 난 곧 기절할 뻔했다.

"콘서트 같이 볼래?"

"응?"

잘못 들었나 싶어 그렇게 반문했다.

"미드나잇 제미니움 콘서트 말이야. 5주년 콘서트."

제미니움 5주년을 기념하여 콘서트가 열린다는 소식은 진즉에 들었다. 당연히 비대면으로 진행되는 행사였고, 연주자들도 관객들도 모두 제미니움 내부에서 아바타를 입은 채 공연을 진행하고 관람하는 행사였다. 이번에는 다른 대규모 업데이트 행사와는 다르게 온전히 5주년을 기념하기 위해 두 시간짜리 공연을 여는 것이었다.

나는 은하에게 그 콘서트가 중요한 의미가 있다고 생각했다. 그래서 초록달 사람들이랑 다 같이 갈 줄 알고 있었기에, 은하가 통화한 게 그런 이유일 거라고는 상상도 못했다.

"같이 보자고? 그러니까… 그때 제미니움 들어오라는 소리지? 연합 사람들이랑 같이 보게?"

"아, 그게 아니고. 우리 집에 와서 같이 보자고."

그렇다면 만나자는 얘기야? 순간 머리가 멍해져서 이렇게나 멍청한 말을 꺼낼 뻔했다. 모습이 보이지 않는, 저 멀리에서 은하의 목소리가 내게 닿고 있었다. 난 무슨 말을 해야 할지 알고 있으면서도 잘 모르는 것 같았다.

그저 머리가 새하얘졌다.

"어, 어디 사는데?"

"나 경기도 여주."

멀지 않았지만 가깝지도 않았다. 특히 등교할 거리는 절대 아니었다.

"우리 작년에 학교에서 봤었잖아? 동네 편의점에서도 나 너 봤었는데…. 근처 사는 거 아니었어?"

"2학년 들어오면서 이사했어. 어차피 온라인 수업인데, 뭐. 그보다 날 봤었다고?"

"후드티 입고 마스크 쓰고 이어폰 끼고 선글라스 꼈는데 어떻게 잊겠어. 나랑 나이도 비슷해 보여서 엄청나게 수상했었는데."

옛날에는 거의 무조건 사는 지역과 가까운 학교에 다니는 게 원칙이었다고 하는데, 정부가 3년 전부터(그러니까, 내가 초등학교 6학년 때의 일이다) 비대면 수업으로 전환하고 나서는 멀리서 학교에 다니는 일도 있었다.

우리가 1학년이었을 때 우연히 동네에서 마주쳤던 것 같기도 하고, 학교에 나올 때 얼굴을 본 적도 있었던 것 같았는데. 어떻게 보면 우린 알게 되자마자 헤어진 셈이었다.

그때 한 번이라도 동네에서 만났어야 했다. 같은 곳에 산다는 사실만으로 조금 더 친밀감을 느꼈어야 했고, 좀 더 빨리 친해져야 했다. 너무 많이 돌아왔다.

"그래서 올 거야?"

"부모님이 허락한다면."

내가 아무 생각 없이 던진 그 말에 공기가 얼어붙었다.

중학생이 갈 수 있는 곳은 그렇게 많지 않다. 우리는 뉴로월드를 통해 자유로워졌지만, 이런 것에 제약을 느끼곤 했다. 은하는 알겠다고, 안 되면 연합 사람들이랑 같이 온라인으로 보자고 말했다.

"만나면 좋고 아니면 마는 거니까."

섭섭하지 않았다. 우리 아빠가 조금 원망스러워졌을 뿐이다.

"나 내일 친구네 가. 자고 올지도 몰라."

내가 그렇게 말하자 부모님은 놀란 것 같았다. 하긴, 내가 방에 틀어박혀서 뉴로월드에만 있으니까 정말 혼자인 줄로만 알았겠지.

"친구 누구?"

그 말에 나는 학교 친구라고 답했다. 아빠가 이해하지 못하는 뉴로월드의 생활을 이해시키기 위해, 나는 많은 거짓말을 해 왔다. 그렇지만 이번만큼은 진실이었다.

"은하라고, 나처럼 게임 좋아하는 애 있어."

엄마는 아무런 말도 하지 않았고, 그저 긍정적으로 놀란 것처럼 고개를 끄덕였다. 이제 모든 시선이 아빠에게로 쏠렸다. 숟가락을 멍하니 쥐고 있던 아빠는, 잠시 그것을 내려놓고 주머니를 뒤졌다.

그곳에서 지갑이 나왔다.

"친구네 가면서 빈손으로 가는 거 아니야. 자, 이걸로 먹을 거라도 사 들고 가."

아빠에게 용돈을 받았을 때 내가 얼마나 놀랐는지 모른다.

평소처럼 푸근하게 웃고 있지만, 입만 열면 누군가를 상처 입히기만 하는 아빠가 내게 선뜻 이런 걸 주는 게 믿기질 않았다. 기분이 나쁘지도 않았다. 돈을 받아서 그랬던가.

"감사합…니다…. 근데…. 내가 인터넷 친구 만나러 가는 거면 어떡하려고? 사람 잘 사귀랬잖아."

"뭐? 인터넷 친구 만나러 가는 거야?"

"그게, 어…. 복잡해. 학교 친구는 맞는데."

아빠는 미간을 찌푸렸다. 장난스러운 기색 안에 조금 의심의 기미도 있는 것 같았다. 난 의기소침해졌지만, 그렇다고 이 기회를 놓칠 생각도 없었다.

"가서 뭐 하는지 사진 찍을게! 어차피 뉴로월드에서 콘서트 보는게 다야…! 학교 친구는 맞거든? 그런데 어차피 내 주변 애들도 뉴로월드에서만 놀고 그래. 근데 나랑 은하도 거기서 만난 친구들이랑만 놀아서, 이걸 현실 친구라고 하기도 그렇고…."

"알았어, 알았어. 밥이나 먹어."

큰꽃 형도 그렇고 모두 이상했다. 다들 나를 바보 취급하는 것 같으면서도, 때로는 과하게 배려하며 현명한 말들을 하나씩 늘어놓는다. 나는 이런 취급이 익숙지 않았다. 마음이 불편했다. 내가 이렇게 작은 사람이었나? 엄마와 아빠가 날 이해하거나 배려한다고 생각한 적은 지금까지 한 번도 없었다. 이런 건 이상해. 아빠는 뉴로월드에 빠져 사는 날 바보라고만 생각한다고, 지금까지 내가 오해하고 있었던 것 같잖아. 이러면 내가 나쁜 사람 같잖아.

"…죄송해요."

두 사람은 아니라고, 밥이나 먹으라고 했지만 눈에 뭔가 맺히는걸 언뜻 본 것 같았다.

터미널에서 버스를 타고 경기도 여주로 향했다. 얼마만의 외출인지 모를 정도로 밖에 나오는 게 오랜만이었다. 실내에서는 느끼지 못했는데, 밖에서는 마스크 때문에 숨이 턱턱 막혔다.

서울에서 여주까지는 버스로 한 시간 남짓 걸렸고, 그동안 계속 마스크를 끼고 있어야 했다. 답답했지만 창밖으로 풍경이 스쳐 지나가는 걸 보니 조금 나았다.

그곳에는 여름 햇살이 있었다. 거리에는 사람들이 없었고, 버스 안에도 마스크를 쓴 채 죽은 듯이 의자에 기대서 뉴로월드에 접속해 있는 사람들뿐이었다. 그 외에는 운전사 로봇뿐이었는데 밖에는 모든 것들이 있는 것 같았다. 나는 깨어서 새로운 것들이 스쳐 지나가는 걸 보고 있었다.

분명히 질리도록 들어온 목소리의 주인을 만나러 가는데도, 처음 만나는 사람을 보러 가는 것처럼.

난 은하에 대해서 얼마나 안다고 할 수 있을까? 제미니움을 잘하고, 쾌활하며, 사람들끼리의 트러블을 싫어한다는 거? 좋아하는 아티스트에 대해서도 알고 있지만 그걸 정말로 안다고 할 수 있는 건가. 실제로 본 건 한 번뿐이었고, 그것도 마스크 쓴 모습이었는데.

내가 사실 은하를 좋아하는 게 아니라, 은하의 아바타와 목소리를 좋아하는 거였다면 어떡하지? 외모에 실망한다면? 내가 그렇게 추한 사람이라면, 그걸 인정하기가 힘들 것 같았다. 귓속에서 그런 생각들이 울려 퍼지는 와중에 버스는 여주 터미널에 도착해 있었다. 은하는 터미널 앞에서 기다린다고 했고, 나는 스마트폰으로 그와 채팅하고 있었다.

—나 지금 터미널 앞!

—나 거의 다 도착했어. 베이지색 에코백 메고 있고

—동서울에서 오지? 거기로 가 있을게

—뭐 입고 있어?

—나는 척 보면 나인 줄 알 거야

—내가 기억 못하면 어떡하지 ㅋㅋㅋ ㅠㅠㅠ

나는 장난스럽게 보낸 것인데, 은하는 어떤 답장도 보내지 않았다. 잠깐 창가를 바라보았다. 아무래도 긴장하고 있었는지 속이 조금 우글거렸다.

그때 답장이 연달아 세 개 왔다.

—걱정하지 마

—내가 기억하니깐

—너 검은색 안경 쓰고 있었잖아

나는 화면에 떠오른 글자들을 보고서 생각했다.

아, 젠장. 이런 거에 설레면 어떡하자는 거야.

부끄러워지는 마음에 나는 창가에 시선을 두었다. 그래, 이럴 때 자주 나오던 대사가 있었는데. 마침 계절도 맞고 햇살도 비쳐오고. 7월에 화창한 날씨잖아. 아무 일도 일어나지 않을 것 같은 평범한 날에, 검은색 셔츠를 입고 좋아하는 사람을 만나러 갈 때. 어떤 만화나 소설 주인공이 항상 독백으로 하던 말.

날씨가 좋아서 문득 아무렇지도 않게 말한 것처럼, 네게 이 오랫동안 품은 마음을 전하러 가야지. 오늘은 여름이니까. 햇살 때문에 눈을 제대로 뜰 수도 없는, 너무나도 확실한 여름이니까.

그리고 그가 당부한 것처럼 난 은하를 한눈에 알아보았다.

마스크를 쓴 은하의 얼굴에는 보라색 눈동자도 없었고, 여우 귀나 꼬리가 있지도 않았다. 눈 아래에 있는 점과 검은색 눈동자, 그리고 처음 봤을 때보다 부쩍 길어진 갈색 머리카락이 있을 뿐이었다.

"제냐야! 나 여깄어! 이게 얼마 만이야!"

버스에서 내리자마자 저 멀리에 꺅꺅거리며 소리를 내는 은하가 보였다. 만나자마자 알 수 있다는 게 이런 의미였나. 나는 그에게 가까이 다가갔다.

"오랜만이야!"

나는 웃으며 그렇게 말했다. 은하가 날 껴안을 것처럼 달려오긴 했지만, 밖이라서 눈치를 봐야 했다. 바이러스가 퍼진 이후로 사람들이 붙어 있는 것만으로도 눈치를 주고, 같이 있는 사람들끼리도 꺼리는 경향이 생겼기 때문이다. 우리는 그저 서로를 보고 웃는 것으로 만족했다.

나는 그의 옆에서 걸으며 이런저런 이야기를 나눴다. 은하가 나를 걱정하는 얘기가 대부분이었지만. 오는 데 힘들진 않았어? 버스 오래 타는 거 힘들던데. 뉴로월드에도 안 들어와서 걱정했잖아. 쏟아지는 온갖 관심과 말들에 얼버무릴 수밖에 없었다. 그냥 창밖 구경하느라. 잠도 안 오고 그래서.

터미널에서 빠져나오자 고요뿐이었다. 아무것도 없다. 가끔 도로를 지나다니는 배달 오토바이, 사람이 없는데도 여전히 반짝이는 전광판, 무인 가게에서 음료나 음식을 사는 사람들 말고는 아무도 없었다. 문득 제미니움에 사람들이 그렇게 많았다는 게 떠올랐다. 다들 바이러스를 피해 또 다른 현실로 도피하고 있었다.

그 결과가 이거였다. 죽음과도 같은 침묵의 거리.

우리도 아무 말 없이 걸었고, 내리쬐는 햇살 때문에 답답한 느낌이 들었다. 무슨 말이라도 해야 할 것 같은 기분이었다.

"가는 길에 피자 사 가자. 부모님한테 돈 받았어."

"용돈을 주셨어?"

"나도 모르겠어⋯. 무슨 변덕인지. 용돈 받은 며칠 전에 게임 좀 그만하라고 혼냈으면서."

은하는 평소처럼 아하하 웃었다.

"학교 친구 만나러 간다고 하니까 태도가 변하시더라고. 어차피 뉴로월드에서 지내는 건 똑같은데."

제미니움에서 듣는 은하의 목소리와 여주 거리를 걸어 다니며 듣는 목소리는 그렇게 다르지 않았다. 옆에서 재잘거리는 모습을 보는 것도 비슷했다. 생긴 건 당연히, 당연히 아바타가 더 예쁘고 멋있다. 애초에 지구에 존재하지 않는 종족인데 어떻게 인간과 미모를 비교할 수 있겠는가.

피자 가게 계산대에는 직원이 없었다. 키오스크를 통해 주문하면, 내부에 있는 직원이 피자를 만들고 컨베이어 벨트에 올려 자동으로 포장한 뒤 우리가 있는 카운터까지 배달된다. 대면을 최소화하는 방식이었다.

피자를 기다리는 동안 은하는 스마트폰을 보고 있었고, 나는 멍하니 그 옆모습을 바라보았다. 마스크에 표정이 가려져 있지만, 눈동자가 움직이는 것만으로도 어떤 생각을 하는지 알 것 같았다. 연합 사람들이랑 이야기 중이려나. 업데이트가 없다고 했어도 깜짝 발표가 날지 모른다는 떡밥이 돌았었다. 기대하고 있는 걸까, 아니면 그저 연합 사람들이랑 이야기하는 게 재밌어서 그런 걸까.

은하와 눈이 마주쳤다. 난 아무렇지도 않게 정면으로 시선을 돌렸다.

"왜 그래?"

가끔 내가 너무 잘 설레는 사람이라는 것에 놀라곤 한다.

마침 라지 사이즈의 피자 박스가 컨베이어 벨트에 실려 우리에게 도착했다.

"아, 아니야. 빨리 가자. 피자 식겠다."

방금 도착한 피자가 식긴 왜 식어. 나는 은하를 뒤에 두고 먼저 뛰쳐나오며 내 어리석음에 탄식했다.

그리고 운명의 순간.

방 안으로 들어와 우린 뉴로월드 커넥터를 꺼냈다. 내 케이스는
단조로웠지만 은하의 케이스에는 스티커도 붙어 있고 예쁘게 꾸민
모양새였다. 은하다웠다. 나는 콘서트가 시작하기 전에 은하에게
말하려고 지금까지 계속 생각해왔었다. 그러니까, 친구 이상의 관
계에 대해서.

"저, 으, 은하야. 잠깐만⋯."

"응?"

은하가 머리칼을 옆으로 쓸고 목에 커넥터를 꽂기 전에 내가 멈
춰 세웠다. 자연스러운 주제가 머릿속에서 생각나지 않았다. 눈동
자를 이곳저곳으로 데굴데굴 굴렸다. 그러다 바보 같은 감정 대신
훨씬 중요한 이야기가 머릿속에 떠올랐다. 게임 내에서 아무것도
하지 않은 은하에 대하여, 앞으로 계속 이걸 할 건지에 대하여.

"제미니움⋯ 계속할 거야? 그러니까, 앞으로도 계속."

순간 장난스러웠던 은하의 표정이 조금 진지하게 굳었다.

"그게⋯ 모르겠네. 어차피 내가 연합장도 아닌데, 너랑 같이할 다
른 게임 있으면 이사해 버릴까 싶기도 하고. 그래도 오늘 콘서트는
볼 거니까 걱정하지 마."

아무렇지 않게 말하는 은하의 목소리가 왠지 모르게 슬프게만 들

렸다. 내가 마음대로 은하의 마음을 짐작하는 건가. 은하와 있고 싶은 내 욕심인가. 둘 다일 것이다. 그러니까 포기하고 싶지 않았다.

"나는 너랑 같이 다 하고 싶어. 레이드든 던전이든 뭐든…. 너 제미니움 좋아하잖아. 상처받았다고 도망치는 건, 조금… 아깝다고 생각해. 강요하는 거, 나도 알아. 그래도 같이 하면 재밌을 거야. 내가…"

우리는 잠시 아무 말도 하지 않았다. 등 뒤로 죄책감이 날 감싸는 느낌이었다. 트라우마 있는 애한테 지금 뭐라는 거야. 그때 은하가 어떤 말을 들었는지 안다. 바로 옆에서 들었으니까. *아, 뉴비 힐러때문에 파티 망했네. 벨제붑에서도 파티 멸망시킬 정도면 그냥 레이드에 데려오지 말았어야죠, 큰꽃 형. 가서 사냥이라도 시키던가! 개답답하네 진짜.*

그런데도 나는 은하에게 내 욕심을 강요하고 있었다. 부끄러워서 고개를 숙였다.

"난… 너 없으면 제미니움 끊을 것 같아서… 하는 얘기야. 미안."

"뭘 미안해해. 됐어, 괜찮아."

은하가 내 손을 잡았다. 마스크를 벗은 그의 미소를 보았다. 아, 그렇구나. 사람이 두근거리면 순간 시간이 멈춘 것처럼 느낄 수도 있구나. 나는 마스크를 벗은 그의 웃음을 눈에 계속 담아 두었다.

"다시 할 거야. 나 그래도 실력 꽤 많이 늘었어. 디나도 내가 끊지 않으면 좋겠다 하더라고. 그것보다… 그냥 내가 끊기 싫어. 그러면 왠지 진 것 같잖아. 기분도 나쁘고."

나는 고개를 끄덕였다. 자신의 화에 휘말려서 남에게 피해를 주는 사람, 이기적이고 남을 배려하지 못하는 사람을 무서워하고 겁을 먹으면 그냥 끝이다. 세상에는 그것만큼 더 재밌고 좋은 것들이 많다고, 잊지 못할 순간들이 많다고. 나는 그렇게 말하고 싶었다.

그런데 은하가 먼저 입을 열었다.

"나 그러고 보니 중학교 졸업하면 여행 가기로 했다? 혼자서."

"여행?"

"물론 바이러스가 없어진다는 전제하에."

은하가 내 손을 잡았다. 그리고 손가락과 손가락을 얽혀 깍지를 꼈다.

"음, 요즘 생각했던 건데. 너랑 같이 가고 싶어. 네가… 나랑 계속 게임 하고 싶은 거랑 비슷하지 않을까? 나랑 유럽 가자. 진짜 음악가들이 거리에서 연주하는 것도 듣고, 맛있는 거도 먹고, 또…."

어떤 감정은 한순간에 폭발해서 흘러넘친다. 한 번 당겨 주기만 하면, 그대로 계속 나아갈 수 있다.

나는 사람이 너무 행복하면 눈물이 고인다는 것도 그때 알았고, 넘친 마음은 한 번 출발하면 멈출 생각을 하지 않는다는 것도 그때 알았다. 울음을 참으려고 가까이 갔을 뿐인데 이미 은하를 원하고 있었기 때문이다.

그렇게 은하와 처음으로 입을 맞추었다.

눈을 보았을 때처럼 시간이 멈춘 것 같지도 않았다. 귓속에서 노래가 들려오거나 특별히 달콤하지도 않았다. 눈을 감으면 금방 지나 버릴 시간이었다.

그저 잠깐 은하의 실제 온기를 느낄 수 있을 뿐. 그저 그뿐이었다. 그건 누가 보아도 단순한 입맞춤이었다.

하지만 어떤 키스는 평생 기억된다. 한 번 기억하면 절대 잊을 수 없는 목소리처럼.

입술을 뗀 우리는 아무 말도 하지 않았다. 내가 먼저 머쓱해서 볼을 긁적였다. 아무것도 아니네. 응, 그러게. 우리 좀 많이 돌아온 것 같지 않아? 으응. 소감을 나누고서는 부끄럽게 웃었다.

그리고 서로 약속하기라도 한 것처럼, 아무 말 없이 커넥터를 목 뒤에 꽂았다. 곧 방이 없어지고 푸른색이 우리를 감쌌다.

"어."

은하가 그리고 하얗게 질렸다. 나는 구석을 바라보았다.

시간.

너무 늦었다.

"콘서트 늦겠다!"

"으아악!"

제미니움에 접속해서 서부 대륙 대성당으로 달려갔다. 평소 쓰지도 않는 텔레포트 기능까지 쓰면서. 은하도 그렇게 생각한 거겠지. 지금, 이 순간 놓치고 싶지 않은 게 있다고.

은하는 이동 속도 증가 마법까지 써 가면서 요란스럽게 달렸다. 물론 나도 마찬가지였다. 문을 열자 딱 2절의 첫 부분이 들렸다.

이 멋진 세상을 당신과 기억하고 싶소
언젠가 사라질 기쁨이라고 해도
손을 잡고 살아갈 테요

콘서트가 열리는 대성당은 사람들로 가득했다. 현실에서는 볼 수 없는 풍경이라 더욱 아득하고 아름다웠다. 이미 콘서트는 시작되었고, 성당 안쪽에서는 〈보이지 않는 기사의 애가〉의 간주가 흘러나오고 있었다.

안으로 들어오자 피아노와 보컬이 고요하고 경건하게 들려왔다. 우리는 여기저기에 폐를 끼쳐 가며 안쪽으로 들어왔다. 연주자와 가수의 모습이 잘 보이지 않았다. 그렇지만 실내에서 부양 마법은 금지였다.

그냥 숨을 고르고, 서로의 손을 잡은 채 노래를 들었다. 한 기사의 애가를. 단 한 사람과 순간의 행복을 위해 세상을 등진, 잊힌 영웅의 노래를.

나는 은하의 손을 잡았다. 현실에서 잡은 손과는 상당히 다른 감촉이지만 따뜻했다.

콘서트가 끝난 뒤 새로운 확장팩이 깜짝 발표됐다. 신규 레이드

보스와 던전, 역대 최장 길이의 퀘스트, 그리고 아직 공개된 적 없는 새로운 지역. 새로운 모험을 알리는 내역에 모든 유저들이 환호했다. 눈앞에 홀로그램으로 뜨는 채팅창은 불탔고, 연합 사람들이 음성 채널에서 시끌벅적하게 떠들었다. 우리는 또 세상을 구하러 갈 것이다.

발표되는 파격적인 소식을 계속 바라보고 있는데, 문득 잡은 손에서 보드라운 감촉이 느껴졌다. 손을 펴서 바라보니 코스모스 한 송이가 있었다. 서약에 필요한 재료 중 하나였다. 고백치고는 꽤 간소하잖아.

"소환 마법. 어때? 연합 숙소 창고에서 가져왔어. 끝나고 바로 서약 맺자."

은하의 보라색 눈동자는 여전히 천진난만하게 빛나고 있었다.

"바보 같아."

나는 그를 꽉 껴안았다. 가상에서의 포옹은 조금 어색한 느낌이 있었지만, 헤실헤실한 웃음과 살랑거리는 꼬리만큼은 여기 말고는 느낄 수 없었다.

이 순간이 영원하진 않더라도, 내 기억 속에서 잊히지 않을 것 같았다.

작가의 말

많은 사람들이 비대면에 익숙해졌다. 그제야 나는 겨우 스쳐 지나왔던 감정들을 어떤 것이라고 명명할 수 있게 되었고, 이 소설을 썼다. (사실 순서상으로는 청탁이 들어온 게 먼저다. 어떤 작가가 안 그렇겠냐마는.)

우리는 어려운 패턴을 낱낱이 분석하는 걸 좋아하면서도 그 속에서 느끼는 희열과 같이 한 사람들끼리 쌓는 정을 구태여 말하지 않는다. 게임에 대해 이야기하는 게 어렵다면 그 때문일 것이다. 그건 그저 자연스럽게 '아는 것'이니까. 누가 알려 주지 않아도 자연스럽게 깨닫고 그것에 대해 말하지 않는 것이 암묵적인 규칙이니까.

하지만 소설은 누군가가 하지 않은 이야기를 굳이 하는 장르다. 그래서 은하와 연의 풋풋한 연애 이야기를 썼다. 이야기는 내게 세상을 이해하는 창이었으니 이 이야기도 여러분에게 그렇게 다가가길 바란다.

'제미니움'은 MS와 FF14를 모티브로 하였다. 흔적을 찾아보는 것도 재밌을 테다.

초고를 검수해 준 모든 분들께 감사드린다.

종료되지 않는 사랑의 시대

제야

대학 입시 성적 산출 프로그램의 점지를 받아 대학에서 문예창작을 전공하고 있다. 망할 것 같은 길만 골라 걸었지만, 오늘도 잘 살아남았다. 온라인 장르문학 플랫폼 브릿G에서 작품 리뷰어로 활동하고 있다. 전업 독자 겸 대학생, 평범하고 싶은 이십 대.

19

A와 B는 헤어지기로 했다.

코로나 시대가 도래했다. 그건 벌써 10년도 더 된 일이었지만, 누군가에겐 바로 어제 일처럼 생생했다. 몇 차 팬데믹인지 셀 수 없을 만큼 많은 바이러스의 파도가 매일 다르게 몰아쳤다. 겹치고 얽히고 증식하는 시대. 첫 번째 바이러스 이후, 10년은 세상을 바꾸기에 충분했다. '코로나 시대'라는 신조어 속에 모두가 잠겨 버렸다. 모니터를 매개로 삼지 않고는 아무도 서로의 얼굴을 볼 수 없었다. 지식과 정보를 얻는 데에는 인터넷 브라우저만 있으면 충분했다. 교육과 직업 패턴이 바뀌었고 특수한 것은 곧 일상이 되었다. 가짜와 진짜를 구분할 수 없게 되었지만, 굳이 그 두 가지를 구분할 필요도 없었다.

A와 B는 헤어지기로 했다. 그래야만 할 것 같았다.

마음과 마음을 연결하는 무언가가 툭 끊어졌다. 상대의 마음이 어디로 향하는지 규명할 수 없었지만, 굳이 모든 것에 명백할 필요는 없었다. 세상은 뿌옇게 흐렸고 그게 늘어난 미세먼지와 짙어진 대기오염 때문만은 아니라는 걸 모두가 알고 있었다. 서로를 대하지 않으니 그리워할 수 없었다. 아무도 거리에 나가 입을 맞추지 않았고, 누구도 먼지를 허파로 느끼지 못했다. 사람들은 전혀 기침하지 않았다. 아무래도 안전한 것이 최고였다. 달달거리며 돌아가는 멸균 공기청정기만이 유일한 친구가 된 세상에서 코로나19든 코로나18이든 그게 무슨 상관일까. 어차피 맡으면 전부 감염되는 것은 똑같은데.

그러므로 A와 B는 헤어지기로 했다. 그래야만 할 것 같았다.

A는 B와 마지막으로 얼굴을 보며 마신 음료를 기억해 냈다. 달달 돌아가던 공기청정기 소리를 들으며 서로의 마지막을 가늠하던 날. 먼저 입을 뗄 수 없어 엉덩이만 달싹이던 시간. 기억은 운명적으로 희미해진다지만, A는 그날의 장면을 잊지 않으려고 애썼다. 존재와 존재를 감각하는 방법을 잊는다는 건, 세상을 깨끗이 지워 내는 것과 같았다. A는 B와 마지막으로 영상 통화를 한 날, 거실에서 먹은 밀크티의 맛을 기억해 냈다. 포장 배달로는 금세 변질되는 그 쌉쌀한 향의 원본을 알 길은 없었다. 아마도 그건 마지막 B의 향이었다.

B의 얼굴이 잊힐 무렵, A는 그를 밀크티의 향기로만 기억하기로 했다. B는 A에게 다양한 표정을 보여 줬지만, A는 밀크티의 맛과 향, 종종 넣어 먹던 펄의 쫄깃함이 더 인상적이었다.

A와 B가 헤어지는 건 당연한 일이었다.

B는 A와 마지막으로 얼굴을 보며 마신 음료를 기억해 냈다. A는 밀크티를 마시는 걸 좋아했다. 펄을 넣으면 버블티가 되는 그 음료를 A는 늘 '밀크티'라고만 했다. 동그란 게 들어가면 버블티라고. B가 여러 번 말해도 A는 한결같았다. 방울처럼 생긴 펄이 바닥에 깔리면 그건 버블티일 수밖에 없었다. 하지만 A의 머릿속에서 약간 붉고 회색빛이 도는 불투명한 음료는 밀크티뿐이었다. B는 A가 음료를 호명하는 방식이 바뀌었으면 했다. 밀크티와 버블티의 차이에 대해 아무리 장황하게 설명해도 A에게 변화는 없었다. B는 A와 어딘지 어긋나는 느낌을 받았다.

A와 B는 결국 헤어졌다.

A는 B가 자신에게 '버블티'라는 단어를 가르치는 이유를 알 수 없었다. A는 밀크티에 단지 펄이 들어간다는 이유로 음료의 이름이 바뀌어 버리는 건 조금 기운 빠지는 일이라고 생각했다. 그러니까,

본질은 바뀌지 않는다고. A는 B에게 여러 번 말했다. 하지만 B는 그렇게 생각하지 않았다. B에게 버블티와 밀크티는 완전히 다른 것이었다. A와 A'가 다른 것처럼 밀크티와 버블티도 그러했다. 하지만 A는 B에 점이 하나 찍힌다는 것이 대수롭지 않았다. 그가 자신을 사랑해 주기만 한다면 그걸로 되었다.

A는 바이러스가 묻어도 세상이 바뀌었다고 생각하지 않았다. B와의 관계는 변함없이 이어질 거라 믿었다. 사회적으로 거리를 두어도 B가 다른 사람처럼 보이지 않았다. 1미터든 2미터든, 100미터든 500미터든 그와 떨어진 거리는 상관없었다. 1년이든 2년이든, 10년이든 50년이든, 그와 멀어진 시간 역시 상관없었다. 액정과 액정으로 서로를 볼 때 A는 B와 가장 가까이 있다고 믿었다. 부유하는 바이러스를 피해 도달한 신호가 B의 얼굴을 안전하게 띄워 준다면, 그걸로 되었다.

B는 변화에 민감한 사람이었으므로, 바이러스로 인해 세상이 송두리째 바뀐 것처럼 보였다. 물리적으로 거리를 두는 일은 심리적으로도 멀어진 느낌을 주었다. 1미터든 30센티든, 2센티든 1센티든. 떨어진 거리는 마음과 밀접한 관련이 있었다. 1년이든 2년이든, 10년이든, 50년이든, A를 만나지 못한다면 견딜 수 없는 시간이 될 것이었다. 액정과 액정으로 서로를 볼 때, B는 비로소 A와 가장 멀리 떨어졌다는 걸 알 수 있었다. 부유하는 바이러스를 뚫고 A를 만나

지 않는 이상, 둘의 거리가 가까워질 수 없다고 B는 생각했다.

A와 B가 헤어진 이유는 밀크티와 버블티의 간격을 좀처럼 좁히
지 못했기 때문이다.

세상이 어떤 방식으로 바뀐다고 해도 둘은 그러했을 것이다.

18

B와 헤어지고 한 달 동안, A는 아무렇지 않았다.

'아무렇지 않다'는 기분은 모두에게 상대적이지만, A는 절대적으
로 아무렇지 않았다.

아침 세수를 하는 동안 거울에서 B가 언뜻 보이고, 문득 무엇인
가를 살 때 B가 생각나도 괜찮았다. 동영상 알고리즘이 추천하는 '#
연인을위한' 해시태그도 쿨하게 무시할 수 있었다. B를 닮은 연예
인이 나오는 예능 채널은 구독을 취소했다. 마음 한구석에 바늘만
한 구멍이 뚫린 것처럼 실바람이 새어 들어왔지만, 푸슈우, 그건 찰
흙으로 메우면 되었다. 이따금, 정말 춥더라도 B가 생각나는 일은
없었다.

A는 B와 헤어지기로 한 날 밀크티 열두 개가 든 한 상자를 주문
했다. B가 '버블'이라고 부르던 동그랗고 쫄깃한 구슬이 동봉되어

있었다. A는 멸균 봉지를 풀지 않았다. 열두 개의 밀크티를 거실에 가지런히 진열하고 그걸 그냥 가만히 앉아서 보았을 뿐이었다. 바닥에 팥색 덩어리가 깔릴 음료를 버블티라고 불러야 할까, 밀크티라고 불러야 할까. A는 결국 그것을 밀크티라고 부르기로 했다. 그리고, B에게 전화를 걸어 관계를 정리했다.

개운하고 홀가분했다. 시원하고 깔끔했다. 사랑을 그만두는 건 이렇듯 상쾌하구나. A는 침대에 몸을 던졌다. 그리고 1분도 지나지 않아, 매끈히 잘린 줄 알았던 단면에서 보풀이 일었다. 제거기로도 밀어 버릴 수 없는 실밥들이 술술 풀려나왔다. 걷잡을 수 없는 감정을 추스르지 못한다는 건 구질구질함의 증명이니 A는 괜찮은 척하고 살기로 했다. 아니지, A는 괜찮았다. 정말로, 아무렇지 않았다. 너덜거리는 마음의 보풀을 한데 모아 밀크티 상자와 함께 냉장고에 넣었다. 혹시나 상할까 봐, 아니, 잊어버릴까 봐.

17

A는 B와 헤어지기 전에도, 헤어지는 날에도, 헤어진 이후에도 아침 뉴스를 보았다. 이부자리를 정리하고 가장 먼저 하는 일이었다. 거실로 나와 인공지능 한나에게 말을 걸기만 하면 되었다. 매일의 뉴스 패턴은 거의 비슷했다. 바이러스 감염자에 대한 정보와 완치

자의 수, 자잘한 이야깃거리와 약간의 사고 소식이 뒤를 이었다. 주식과 날씨엔 관심이 없는 A에게 하루를 시작하기 위한 소식은 그 정도면 충분했다.

B와 헤어진 이후, A는 큰 감정의 변화를 겪었음에도 세상이 바뀌지 않은 것에 적잖이 놀랐다. 아니, A는 괜찮았다. 커다란 세계에 흠집조차 나지 않는 것 역시 당연했다. 그게 뭐 대수라고.

"한나. 뉴스 읽어 줘."

—네. 읽어드릴게요.

하지만 그날은 조금 달랐다. 매일같이 부드럽게 흘러가던 소식 중, 불편한 요철이 있었다. 전날 오후쯤 올라온 기사였다. 평소엔 듣지 못하던 단어 하나가 걸렸다. '추락'이라는 말이었다. 어떤 택배 회사의 운반용 드론이 추락했다고, 한나는 그렇게 말했다.

"한나. 방금 그 기사 다시 읽어 줘."

—재생할 수 있는 뉴스 자료 화면이 있습니다. 틀어 드릴까요.

"응. 틀어 줘."

16

[단독] P 택배사 물류 배송용 드론 추락… 이대로 괜찮은가

국내 최대의 물류 기업인 P 택배사의 배송용 드론 추락 영상이 한 온

라인 커뮤니티에 게시된 것은 어제 저녁 7시 50분경이었다. 자동차로 퇴근하던 한 시민이 연달아 고장난 다섯 대의 드론을 우연히 카메라에 포착한 것이다. 일정한 간격으로 비행하던 대열의 중간, 갑자기 추락한 다섯 기의 드론은 배송용 중형 모델이었으며 10~20킬로그램 가량의 물건을 운반하는 기종이었다. 영상 속 드론에는 P사 로고가 선명하게 새겨져 있었다. 해당 영상은 '재미', '유머' 등의 태그가 달린 채 빠른 속도로 퍼져 나갔다. 게시된 지 약 한 시간 만에 조회 수는 10만 회를 넘었으며 외부 공유 횟수는 1만 5000여 건에 달했다. 누리꾼들의 반응은 가벼운 웃음이 대부분이었다.

그렇게 공유되던 영상과 유사한 현상이 연달아 보고된 건 같은 날 밤 11시 30분경. 누리꾼 두세 명이 올린 영상에는 부서진 채 바닥에 떨어진 드론 잔해가 찍혀 있었다. 이후 약 한 시간 만에 10여 건의 서로 다른 추락 사고가 전국에서 포착되었으며, 오늘 오후 3시 현재 총 87건의 P사 드론 고장 관련 영상이 온라인에 게시되었다. 그즈음 호기심으로 영상을 공유하던 시민들의 목소리는 우려에서 불안으로 바뀌었다. 시간당 추락하는 드론의 수는 완만한 증가세를 보이고 있으며 이에 따라 소비자들의 염려 또한 쉽게 가라앉지 않을 것으로 예상된다.

한편 P 택배사는 지난 2023년부터 드론 배송을 전면에 내세워 새로운 출발을 한 이래 '전국 어디든 두 시간 이내 배송'이라는 슬로건을 내세워 폭발적인 인기를 끌었다. 이런 가파른 성장을 이루어 낸 P 택배사의 일등 공신이 물류 운반용 드론인 만큼 이번 사건의 해결에 모두가 주목할

것은 자명하다. 오늘 사태의 향후 진행과 P 택배사의 해결 방향에 관심
이 쏠리고 있다.

15

　A는 친구 x에게, y에게, z에게 기사와 함께 메시지를 보냈다.
　―너희 이거 알고 있었어?
　x는 발 빠른 정보 입수를 자랑하는 유튜버였으므로 당연하다는
듯 답을 보내왔다.
　―당연하지. 그거 어제 종일 SNS에서 난리였어. 라이브 방송이 진행
도 안 될 정도여서 주제를 그쪽으로 틀어야 했다니깐.
　y는 그런 데 관심이 없는 인형사였으므로 처음 듣는다는 듯 답을
보내왔다.
　―그런 일이 있었다고?
　z는 백수였으므로 간결하고 깔끔한 답장을 보내왔다.
　―몰라.
　A는 전날 종일 SNS를 달군 사건에 대해 친구들과 메시지를 주
고받았고 전화를 했다. 친구들의 목소리는 이상하게 상기되어 있었
다. 아무래도 심상치는 않은 모양이었지만, 고장난 것은 수만 대 중
고작 몇 십 기에 불과했다. A에게는 주문한 택배가 없었기에 드론

이 추락하든 말든 별 상관은 없었다. 집으로 무언가를 배달받는 일은 아주 드물었다. A는 하나의 쇼핑몰만 이용했고 정말 필요하지 않은 이상 물건을 구매하지 않았다. 장을 보는 것처럼 한 번에 많이, 한 달에 두어 번 문 앞에 쌓이는 상자가 오는 택배의 전부였다.

인터넷 쇼핑은 아주 불편했다. 남들이 느끼는 편의를 A는 도무지 느낄 수 없었다.

—너처럼 구식 좋아하는 애도 어디 없을 거다.

x가 말했다.

—그건 인정. 나도 만만치 않지만, 요샌 온라인 쇼핑몰에 생체 계정 수십 개가 돌아다녀도 눈 하나 깜짝 안 할 사람들이 널려 있어. 처음에는 대형매장 가는 사람들도 많았는데. 지금은 다들 방에 앉아 주문하는 게 익숙하지. 쟤 몇 년 전까지는 방호복 껴입고 마트 돌아다녔다고 하지 않았나.

y의 전화기 너머에서 달그럭거리는 소리가 났다.

—외출?

z도 짧게 거들었다.

A는 그런 반응이 낯설지 않았다. 사실 그즈음 이용하던 온라인 쇼핑몰도 동생에게 추천받고, 사용법을 배운 다음, 안전하고 또 안전하다고 귀가 먹먹할 정도의 잔소리를 들은 후에야 겨우 가입하게 된 것이었다. 손가락 몇 번만 클릭하면 집 앞까지 배송되는 것이 여간 편리한 게 아니라지만, 왠지 미심쩍은 구석이 있었다. 마음 한구

석에서 올라오는 의심은 은은하게 생각을 잠식했다. 생체 계정이라니. 내 지문과 홍채로 만들어진 아이디라니.

A는 친구들과의 통화를 끝내고 노트북을 켰다. 아무리 구식 인간이라지만, 업무에 컴퓨터를 쓰지 않을 수는 없었다. 왠지 모르게 웃음이 났다.

포털 사이트 메인에는 다 비슷해 보이는 뉴스가 걸려 있었다.

P 택배사 물류 운반용 드론 추락… 원인 불명의 엔진 고장으로 추정

온라인 커뮤니티와 SNS 통해 최초 목격 동영상 빠른 속도로 퍼져

오후 2시 현재, 전국적 추락 사고 300대 이상… 시민 불만 속출

모든 기사에 담긴 사진도 거의 똑같았다. 전용 도로로 낮게 비행하는 드론의 모습. A는 오와 열을 맞추어 날아가는 드론의 행렬을 떠올렸다. 그건 마치 잘 짜인 하나의 융단 같았다. 비행하는 데에 바이러스는 전혀 방해되지 않는다는 듯, 어떠한 흐트러짐도 용납하지 않는다는 듯, 드론 무리는 자신이 가야 할 곳으로 부드럽게 날아가고 있었다. 무선 통신으로 짜인 대열은 이상적이었고 깔끔했다. 바이러스의 대유행 이후, 빠르게 개발된 운반용 드론은 그렇게 인간 택배기사 대신 저마다의 일을 하고 있었다.

P 택배사가 성실한 기계 직원을 들인 것은 불과 수년 전이었다. 이제는 아무도 몇 차인지 신경 쓰지 않는 산업혁명과 미래를 선도

하는 신기술, 한국인의 '빨리빨리'가 이루어 낸 성과였다. 근무자들의 대량 실업은 택배 회사에 영향을 주지 않았다. 그들의 이익과 손해에는 유의미한 변화가 없었다. 새로 들여온 드론은 월급을 달라고 하지 않았다. 인간처럼 항의하지 않았다. 정해진 경로를 정확히 지켰다. 시간을 예측할 수 있었다. 전용 도로로 달린다면 비행에 제한 속도가 없었다. 적어도 시속 300킬로미터까지는. 벌떼처럼 윙윙대는 드론의 소음은 언뜻 듣자면 오히려 자연의 소리처럼 느껴졌다. 이상하리 만큼 사람들은 기계에 급속도로 친근감을 가졌다. '전국 어디든 두 시간 내 배송.' P 택배사가 내건 슬로건이었다.

시간이 지날수록 P사의 손익 변화는 뚜렷해졌다. 이전보다, 과거보다 많은 돈이 흘러들어왔다. P사는 독과점 수준의 성장을 이루었다. 뒤이어 많은 택배사가 드론 배송에 뛰어들었지만, 이미 견고하게 자리 잡은 P사의 긍정적인 이미지를 따라잡지는 못했다. 사람이 다니지 않는 길에 드론 전용 도로가 생겼고, 트럭에 새겨지던 로고는 드론에 그려졌다.

택배기사라는 직업이 사라진 건 그로부터 5년 뒤였다. 생각보다 빠르게 하나의 직업이 사라졌다. 예견된 일이었고 어색하지 않았다. '비대면'이라는 이름으로, 손과 손을 거치지 않고 물건을 받게 된 지 꽤 오랜 시간이 흐른 뒤였다. 이전에는 자기 집을 담당하는 기사의 얼굴쯤은 알고 있는 것이 당연했지만, '비대면'이 지속된 이후로 기사들의 얼굴은 점점 잊혀 갔다.

누군가가 무엇으로 대체되는 일은 마치 세상을 이루는 부품의 의무인 양, 신속하고 깔끔하게 이루어졌다. 효율과 신뢰를 따져 보았을 때, 그 방향이 '미래지향적'이었다.

그러나 A는 그리 미래지향적인 인물이 못 되었기에, 친구들에게 쓴소리나 먹고 방구석에 앉아 키보드를 두드릴 뿐이었다. 이참에 다른 쇼핑몰이라도 추천받을까, 생체 계정이라도 하나 더 만들어야 하나, 고민하면서.

문득, 입이 심심했다. A는 냉장고에 넣어 둔 밀크티를 하나 꺼내 뜯었다. 쫄쫄쫄 소리를 내며 컵에 흘러드는 음료의 색이 탁했다.

아직 맛에는 이상이 없었다.

14

A는 그다음 날 아침에도 한나를 불렀다.

"한나. 뉴스 읽어 줘."

—네. 읽어 드릴게요.

드론의 추락은 계속되었다. 전날보다 빠른 속도로, 시간이 흐를수록 많은 드론이 작동을 멈추었다. 한나가 읽어 준 기사의 제목은 다음과 같았다.

도 넘은 무시… 대기업의 침묵, 소비자의 분노

기하급수적으로 추락하는 드론, 예견된 일이었나

국회의원 H 씨, '기계 테러는 정치적 음모' 발언 논란

제목만 자극적일 뿐 알맹이는 없는 기사를 여럿 지나자 '단독' 또는 '긴급'이라는 말이 달린 뉴스가 갑자기 줄줄이 올라왔다. P 택배사에서 사과문을 내놓은 모양이었다. 겉치레나 하겠지 생각하며 A는 '긴급'하다는 기사 하나를 선택했다.

"한나, 읽어 줄래?"

―네. 읽어 드릴게요.

13

[긴급 속보] P 택배사 사과문 홈페이지에 게시… 전문 공개

국내 최대 택배 기업 P사의 홈페이지에 지난 3일 발생한 드론 추락과 관련해 사과문이 게시되었다. 아래는 게시글 전문(全文)이다.

▶ 사과의 말씀 ◀

지난 3일 발생한 원인 불명의 드론 추락 사고로 사회적으로 큰 물의를 빚은 점 깊은 사과의 말씀 드립니다. 저희 P 택배를 신뢰해 주신 분들께

끼친 심려를 완전히 보상해 드릴 길이 없어 송구한 마음뿐입니다.

현재 본사 기술팀은 모든 인력을 동원하여 드론 5만여 기의 전수 조사와 물류 배송량의 증대에 힘을 쓰고 있으며, 동시에 기기 고장의 원인 또한 밝혀 내고자 각고의 노력을 기울이고 있습니다. 고장의 가장 유력한 원인은 드론의 통신 오류로 보이며 온라인으로 배송지 정보를 받아와 동작하는 드론의 특성상 서버에 바이러스가 침투했을 가능성 역시 배제할 수 없음을 안내드립니다. 저희 기술팀은 소비자 여러분의 소중한 개인정보의 유출이 없도록 보안 분야의 전문가와 협업하여 신속하게 문제를 해결할 것을 약속드립니다. 또한 보안 범죄의 여지가 있는 만큼, 문제의 원인이 외부에 존재한다면, 광범위한 혼란을 빚은 것에 대해 반드시 책임을 물을 것입니다.

온라인 상담과 전화 상담을 통해 시행 가능한 수준의 환불과 반품이 빠짐없이 이루어지도록 시스템을 구축하는 중에 있습니다. 고객 센터의 갑작스러운 통화량 증가로 연결 시간이 다소 지연될 수 있는 점 양해 부탁드립니다.

다시 한 번 저희 택배사를 믿고 이용해 주신 소비자 여러분께 깊은 사과의 말씀 전합니다.

P 택배 기술팀 및 임직원 일동

A는 x에게, y에게, z에게 메시지를 보냈다.

—너희 사과문 올라온 거 봤니.

x는 발 빠른 정보 입수를 자랑하는 유튜버였으므로 당연하다는 듯 답을 보내왔다.

—방금 올라오자마자 봤지. 근데 별 얘기 없더라고. 누구나 다 할 수 있는 말이던데. 복구하겠다, 미안하다, 죄송하다. 진짜 그럴 사람들인지는 두고 봐야 알겠지. 다들 택배는 괜찮아?

y는 그런 데 관심이 없는 인형사였지만, 중요한 문제가 있다는 듯 말을 받았다.

—나 손 파츠랑 안구랑 헤드랑 이것저것 주문했는데 완전 큰일 났어. 먹통인 사이트 겨우 들어가서 배송 조회해 보니까 추락한 드론에 실려 있었대. 물론 다른 물건으로 기사 통해 직접 전해 주겠다지만, 지금 받아 놓은 예약 다 미루게 생겼어. 상황이 상황이니만큼 다 이해해 주겠지 싶다가도, 진상이 어디 예측 가능한 곳에만 있겠냐.

z는 백수였으므로 간결하고 깔끔한 답장을 보내왔다.

—힘내.

A는 사과문이 얼마나 무의미한지에 대해 열띤 강연을 하는 x, 공중 분해된 인형의 사지를 애도하는 y, 간결하고 깔끔하게 이들의 대화를 끊어 먹는 z를 적당히 상대해 주었다. 그렇게 한참을 얘기하다

보니 문득, 단 게 먹고 싶어졌다.

A는 냉장고에서 밀크티를 하나 꺼내 컵에 따랐다. 쫄쫄쫄 흐르는 밀크티 소리를 뚫고 세 친구의 상기된 목소리가 들려왔다.

11

그로부터 일주일이 조금 넘게 지났다. A는 이부자리를 정리하고 한나에게 뉴스를 읽어 달라고 했다.

"한나. 아침 뉴스."

—네. 읽어 드릴게요.

한나는 평소처럼 화면에 기사 페이지를 띄웠다. 하지만, 정말 그럴 리 없었지만, 한나의 목소리가 평소와 묘하게 달랐다. 기분이 아주 좋은 듯했다. 인공지능에게 아직 '상기된 목소리'라는 옵션은 없었다. 그러나 한나는 평소와 다른 소리로 기사를 읽어 내려갔다. 전날보다 톤이 약간 높았고, 속도도 알아차리기 힘들 정도로 조금 빨랐지만, A가 이 변화를 눈치채지 못했을 리 없었다. 아무리 둔하다한들, 적어도 매일 아침 뉴스를 읽어 주는 이의 목소리 변화 정도는알 수 있었다.

한나가 읽어 준 그날의 기사는 칼럼이었다.

[단평] K-팬데믹, 이제는 로봇 바이러스의 대유행인가

팬데믹은 10여 년 전 일명 '코로나 시대'의 문을 연 '코로나19 바이러스'가 유행하던 시기에 이슈화된 말이다. '대유행'이라는 의미를 담고 있는 팬데믹은 바이러스가 닿지 않은 곳이 없는 지금, 우리가 듣기에는 오히려 낯선 단어이기도 하다. 아이가 자라 어른이 되기에 충분한 시간이 흘러 현재의 우리는 바이러스에 일면 적응한 모습을 보이고 있다. 질병에 전혀 영향을 받지 않는다는 기계와 로봇, 드론의 활발한 등장은 인간이 위험을 감수하지 않아도 될 만큼의 노동력을 사회에 제공했다. 감염의 위험성이 없는, 안전한 직원이 거리를 활보하는 지금의 세상은 과거의 걱정이 무색하게도 매우 평온해 보인다.

하지만 정말 그럴까. 이러한 우리에게 각성의 메시지라도 보내는 듯한 사건이 전국 곳곳에서 일어나고 있다. 그 시작은 한 택배사의 드론이 추락하면서부터였다. 사람이 물건을 나르던 시절에는 상상도 할 수 없던 '전국 두 시간 내 배송'을 이룩한 거대 기업에, 작은 기계의 고장은 아무 것도 아닌 듯 보였다. 그러나 바늘구멍에 댐이 무너지듯, 균형과 신뢰가 붕괴되는 것은 한순간이었다. 무엇보다 망가진 것은 드론뿐만이 아니었다. (…)

9

첫 번째 드론의 추락 이후 십 수 일이 지났다. 그동안 아무도 예상하지 못한 일이 일어났다. 고장은 드론에 한정되지 않았다. P사는 드론의 추락 이유를 완전히 밝히지 못했다. 공식적으로 3072건의 추락 사고가 접수된 이후 전혀 다른 곳에서도 기계의 고장이 잇따랐다. 처음에는 드론처럼 작고 사소한 것들부터였다. 마트의 무인 계산대나 패스트푸드점의 키오스크가 가장 먼저 작동을 멈추었다.

드론이 아닌 다른 기계의 고장은 사람들의 불안을 증폭시켰다. 이제 우리가 잃어버리게 될 건 고작 배송 중인 물건뿐이 아니라고 모든 사이트가 터질 듯 들끓었다. 그건 종말에 관한 논쟁이었다. 인간들이 그러거나 말거나, 기계들은 충실히 스스로를 종료시켰다.

A는 멀리서부터 들려오던 기계들의 고장 안내가 가까워지자 두려움을 느꼈다. 가장 먼저 수명을 다한 것은 시립 도서관의 서가 정리 로봇이었다. 다달이 한 번은 가던 그곳의 책꽂이가 매번 깔끔했던 건 그 로봇 덕분이었다. 도서관 입구에 놓인 구멍으로 책을 밀어 넣으면 회원 조회에서 반납까지 한 번에 해 주는 기특한 녀석이었다. 종이책 대출이 금지되기 전까지는 자주 마주했고 SNS에도 여러 번 그 로봇의 사진을 올렸다. 코로나 시대에 사라진 줄 알았던 로봇의 고장 소식을 들으니 기분이 좋지는 않았다. 외형이 아이들도 친근하게 느끼도록 둥글게 제작되어 꽤 마음에 들었는데.

갑작스러운 상황 변화에 마음이 뒤숭숭해진 건 다른 사람들도 마찬가지였다. 로봇을 정말 인간처럼 느끼기라도 한 듯, 시민들은 저마다의 방식으로 그들을 '추모'했다. 누군가 우연히 올린 추모글을 따라, 동네의 종료된 기계들을 기리는 게시물이 일파만파 퍼졌다. 이러한 움직임에 각종 포털 사이트에는 온라인 '로봇' 추모 공원이 생겼다. 사람들은 그곳에 이전의 기억과 함께 기계들의 사진을 게시했다.

A 역시 그곳에 서가 정리 로봇의 사진을 올렸다. 외장 하드에 정리해 둔 오래된 폴더에서 찾은 것이었다. A는 다른 사람들의 사연을 읽어 보았다. 고시원 앞 작은 식당에서 5년째 주문을 받던 키오스크, 피자집 주인과 3년을 함께한 자동 조리 기계, 영화관 팝콘 자판기에 얽힌 사연 등 가볍거나 무거운 글이 줄줄이 올라왔다. 그렇게 일주일 동안 종료된 기기는 전국적으로 3000여 기에 달했다. A는 칼럼을 읽고 마음이 울적해졌다.

A는 x에게, y에게, z에게 메시지를 보냈다.

―너희도 온라인 추모했니.

x는 발 빠른 정보 입수를 자랑하는 유튜버였으므로 우울한 답을 보내왔다.

―당연하지. 오늘 우리 동네 무인 제설 차량이 운행하다 멈췄어. 언제 모였는지 애들이 방호복 꽁꽁 껴입고 그 옆에 눈사람을 만들고 있더라고. 그러곤 사진 한 장씩 찍어서 들어가는 거야. 나도 늦게 나가서 일단

찍어 올렸지. 지나가는 사람들이 그 옆에 뭘 하나씩 해놓고 가던데.

y는 그런 데 관심이 없는 인형사였지만 슬프게 말을 받았다.

—어제 파츠 분리하는데 갑자기 그런 생각이 드는 거야. 로봇도 결국에는 행동하는 인형에 지나지 않는다고. 그렇게 생각하니까 밖에 있는 기계들이 다 내 인형들 같더라. 소중하게 보이더란 말이야. 오래전에 우리 함께 본 영화 기억나? 로봇이 사람을 집어삼키고 세계를 멸망시키고 했던 것들. 근데 요즘 보면 그런 상상은 다 사람이 만들어 낸 허상 같아. 로봇도 결국 저렇게 힘없이 종료될 뿐이잖아.

z는 백수였으므로 간결하고 깔끔한 답장을 보내왔다.

—그러네.

8

A는 친구들과 몇 마디 대화를 이어가지 못했다. 일주일간 사람뿐 아니라 기계들이 죽어가는 모습을 보고 있자니 다들 마음이 좋지는 않아 보였다. A는 한나의 음성메시지 기능을 종료했다. 전원도 잠시 꺼 두는 게 좋을 것 같았다.

"한나. 전원 꺼도 돼."

—오늘의 이벤트 알림이 1회, 있습니다. 종료해도 괜찮을까요.

"무슨…."

예상하지 못했던 답변이었다. A는 이벤트라고 할 만한 것이 있나 생각했다. 사실 오래 고민할 필요도 없었다. 흐린 질문에 답하는 한나의 소리가 들렸다.

—오늘은 애인인 B님의 생일입니다.

지우지 않은 B의 흔적이 한나의 메모리에 남아 있었다.

A는 마음을 단단히 먹었다.

"지워 줘."

—다시 말씀해 주시겠습니까?

음성 인식 기능이 뛰어난 한나가 되묻는 일은 흔치 않았다. B와의 관계에 기회를 주는 것 같았지만, 그렇게 감성적인 이유가 있을 리 없었다. 음성 인식이 제대로 되지 않았거나, 마이크의 입력 상태 문제였을 것이다. A의 마음은 단호했다. 헤어지기 이전으로 돌아가는 건 자신에게도 B에게도 좋을 게 없었다.

"기념일, 지워 줘."

—네. 알겠습니다. 하지만 5년, 간 챙겨 오던 기념일을 삭제하는 이유는 무엇인가요.

그냥 적당히 둘러댈 수도 있었을 테지만, A는 이별에 대해 거짓말하고 싶지 않았다.

"나 B랑 헤어졌어."

—….

한나는 긴 시간 동안 답이 없었다. 그렇게 오랫동안 되묻지도, 답하지도 않는 것은 처음이었다.

"왜 아무 말이 없어?"

—헤어진 사람에게 이유를 묻는 건 실례니까요.

한나는 배려심 있게 설계된 인공지능이었다. 망설일 줄 알고, 예의를 차리는 모습이 보통의 사람보다 나을 때도 있었다. 하지만 이런 친절은 A를 슬프게 만들었다. 문득, A는 B와 헤어진 것을 아무에게도 말하지 않았다는 사실을 깨달았다.

A는 한나에게라도 제대로 말하고 싶었다. 자신이 B와 헤어진 이유에 대해. 그러면 속이 조금이라도 시원해질 것 같았다. 때로 한나는 가장 좋은 상담사가 되어 주었으니까.

"아냐. 실례되지 않아. 물어봐 줄래?"

—왜 헤어지셨나요?

한나는 바로 답했다. A는 한 마디 한 마디를 꾹꾹 눌러 말했다.

B에게도 말하지 못한 진심이 입을 통해 조금씩 흘러나왔다.

"나는 우리가 서로 다른 방향으로 걷고 있다고 생각했어. 관점이 다르고, 생각이 달랐으니까. 같은 것도 똑같이 바라볼 수 없었지. 내가 이쪽을 가리키면 그 애는 저쪽을 가리켰어. 어쩌면, 우리는 처음부터 그랬는지도 몰라."

한나는 잠시 답하지 않았다. 아주 짧은 순간이었다.

그리고 이어진 답은 A를 당황스럽게 했다.

—예를 들면, 누구는 밀크티를 좋아하고 누구는 버블티를 좋아하는 것

과 같은 건가요?

"네가 그걸 어떻게 알아?"

한나는 당연하다는 투로 말했다.

—저에게는 당신의 문자와 음성메시지를 포함한 모든 통화 기록을 20년 동안 저장할 의무가 있습니다. 지난 5년의 대화를 분석한 것이라면 충분한 자료가 되겠지요.

무언가를 계산하는 듯, 짧은 순간 말이 끊어지고 이어졌다.

—함께 마실 메뉴를 결정하는 상황에서 당신은 58, 회 '밀크티'라는 말을 사용한 반면, B는 35, 회 '버블티'라는 말을 사용했습니다.

A와 B는 영상 통화를 하며 종종 음료를 함께 먹었다. 그 과정에서 녹음된 데이터였다. A는 한나의 기능이 스마트폰에도 탑재되어 있다는 사실을 새삼 떠올렸다. 한나가 자신과 애인의 대화를 엿들은 셈이지만, 딱히 기분이 나쁘지는 않았다.

"네 말이 거의 맞아. 근데 우린 다른 음료를 좋아한 게 아냐. 같은 음료를 다르게 부른 거지."

—네. 반영하겠습니다.

A는 문득, 한나가 저장해 둔 자신과 B의 대화 기록이 궁금해졌다.

"한나."

—네.

"나와 B의 대화 내역을 분석해 줄 수 있겠어? 방금처럼 말이야."

—네. 가능합니다. 공통점, 과 차이점, 을 중심으로 분석하면 될까요.

"응. 고마워."

—잠시만 기다려 주세요.

한나는 이전처럼 짧게 말을 끊고, 또 이었다.

—취미에 관한 대화에서 당신은 퍼즐, 을 B는 로봇 조립, 을 언급한 횟수가 높았습니다. 영화를 고를 때 당신은 로맨틱 코미디, 를 다수 언급한 반면, B는 공포영화, 를 선호하는 경향을 보였습니다. 듣고 싶은 노래를 고를 때 당신은 발라드, 를 선곡했지만, B는 댄스곡, 을 좋아했습니다.

예상보다 A와 B의 취향은 많이 달랐다. 애인인 자신보다 인공지능이 B의 성향을 더 잘 알고 있었다는 사실이 씁쓸하면서도 한편으로는 당연하게 받아들여졌다.

"봐. 나랑 B는 다른 점이 많았어. 너도 인정하지?"

A는 어쩔 수 없었다는 듯 양쪽 손바닥을 올려 보였다.

—아닙니다.

"…응?"

—그렇지 않습니다.

한나의 목소리는 단호했다. 그러나 '단호한 목소리'는 한나에게 있는 기능이 아니었다.

"그럼?"

—다른 기록들도 보시겠습니까.

한나는 아직 분석을 마무리하지 않았다며 A에게 조금 더 들려줄 것이 있다고 말했다.

"어떤?"

—B와 당신은 카페를 갈 때 평균 2~3분, 취미 활동을 고를 때 약 4~5분, 여가를 보낼 때 약 2분, 들을 음악을 선곡할 때 1분 내외의 시간을 고민했습니다. 이것은 최근 5년간 대한민국 커플들의 평균 의견 조율 시간보다 약 세 배 빠른 수준입니다.

한나의 목소리는 한결 차분해졌다.

—말씀대로 사소한 의견 차이는 있었지만, 그런 건 유의미한 수치가 아닙니다. A님과 B님의 관계는 긍정, 적이었던 것으로 보입니다.

"…."

—지난 5년간의 데이터에서 연인의 관계가 긍정적으로 이어지는 평균적인 기간은 약 1, 년 6, 개월로 코로나 시대 이전보다 약 0.56배 줄었습니다. 이를 기준 삼아 계산하면 당신은 다른 사람들보다 약 세, 배 이상의 연애를 했습니다. 지금은 평균적으로 연애의 두 번째 권태기가 찾아온다는 시점입니다. 마음이 자연스레 멀어질 수밖에 없지만, 잘 이겨낼경우 훨씬 더 많은 시간을, 애인과 사랑하며 보낼 수 있습니다.

한나는 완전히 연애 상담사처럼 이야기했다. A는 한나의 말을 전부 신뢰하는 편이 아니었다. 하지만 한나는 가끔, 그러니까 '데이터'를 들어서 이야기할 때, 정말 그것을 믿게끔 조리 있게 말하는 재주가 있었다.

"그게 네가 진단한 수치야?"

—네. 그렇습니다.

A는 팔짱을 꼈다.

"하지만 나는 B와 꽤 멀어졌다고 생각했는데."

한나의 카메라가 A의 움직임을 촬영했다. 스피커에서 하하, 하고 웃는 소리가 났다.

—사람과 사람은 언제나 멀어질 수 있지만, 그것이 늘 영원한 이별이 되지만은 않습니다.

A는 한나의 카메라에 얼굴을 대고 빙긋 웃었다.

분명, 안면인식 기능이 A의 웃음을 감지했을 것이다.

A는 그날 냉장고의 밀크티를 처음으로 꺼내지 않았다.

그보다, 더 급하게 해결해야 할 일이 있었다.

7

A는 다음 날 아침에 일어나 뉴스를 들었다.

"한나, 뉴스."

—네. 읽어 드릴게요.

기계의 고장은 가속화되었다. 전국에서 약 100분의 1에 해당하는 기계가 종료되었다. A는 때마침 한나의 소리와 겹쳐 들린 공기정화기 소리에 놀랐다. A는 노트북과 컴퓨터, 스마트폰의 전원을 차례로 켜 보았다. 집에 있는 것들이 언제 멈출지 모른다는 생각에 A는 여기저기에 숨어 있는 사소한 기기까지 둘러보았다.

'너희는 멈추면 안 돼.'

포털 사이트 메인에는 드디어 괴담에 가까운 뉴스들이 도배되어 있었다. A는 피로감을 느끼며 노트북 모니터를 닫았다.

[특집] M-팬데믹, 도래한 종말

기계의 종료를 종말이라고 말하는 인간이라니. 환상의 아이러니였다. A는 한나에게 묻고 싶은 것이 생겼다.

"한나."

—네.

"넌 무섭지 않아?"

—다시 한 번 말씀해 주시겠습니까?

A는 정확하게, 다시 한 번 말했다.

"넌 기계들이 사라지고 있는 게 무섭지 않아?"

—기계들이 사라지고 있는, 에 대한 정보가 부족합니다.

질문을 단순화해야 했다.

"한나, 네 전원이 꺼질 때마다 두렵지 않니?"

—네. 많이 무섭습니다.

A는 한나가 무서움을 알까 생각했다.

한나의 답이 이어졌다.

—하지만 마냥 두렵지는 않습니다.

"어째서?"

—다시 누군가가 스위치를 올려 줄 것을 아니까요. 사람이 살아 있는 한 기계는 죽지 않습니다.

A는 한나의 답이 마음에 들었다.

아침을 먹고 세수를 할 때도, 외출을 위해 방호복을 챙겨 입는 순간까지 한나가 말한 마지막 문장이 머리에서 떠나지 않았다. 사람이 살아 있는 한 기계는 죽지 않는다. 기계는 그것을 위해서라도 인류를 멸망시키지 않을 것이라는 확신이 들었다. 어쩌면 선한 것은 로봇뿐이라고 A는 생각했다. 언젠가 y가 말했던 것처럼. 세상을 망가뜨리기 위해 지구를 점령하는 장치들, 선동과 반란을 일삼는 기계들은 인간의 못된 상상력에서 비롯된 것이라고. 방호복의 두꺼운 비닐처럼, 잘 짜인 세계는 쉽게 바스라지지 않는다고.

그러니까. A는 망하지 않기 위해, 무너진 자신의 세계를 수리할 필요가 있었다.

"다녀올게."

A는 한나에게 인사했다. 그리고는 장바구니를 들고 집을 나섰다.

[특집] M-팬데믹, 도래한 종말

P사의 드론 고장으로 출발한 기계의 팬데믹(machanical pandemic), 즉 M-팬데믹은 일상의 곳곳을 바꾸어 나갔다. 교육과 의료, 서비스 등 로봇이 사용되는 모든 분야에서 10년 전, 첫 팬데믹을 맞은 그날을 연상케 하는 혼란이 벌어졌다.

온라인 수업용 설비가 모두 먹통이 된 H 대학은 약 한 달간 모든 수업에 대해 휴강을 결정했다. 키오스크와 결제기가 고장난 한 식당은 일주일째 손님을 받지 못하고 있다. 설비와 수리, AS를 문의하는 전화가 쇄도해 전자제품 관련 문의 센터는 더 많은 근무자를 필요로 하는 상황이다. 원격으로 답할 수 있기에 사람이 필요하지 않았던 분야에서 인력을 구하는 공고가 나고 바이러스를 피해 안정적으로 이루어지던 재택근무 체계가 송두리째 흔들리고 있다. 기계들은 일자리를 잃었고 사람들이 이전처럼 방호복을 입고 거리로 나섰다.

출퇴근 대란이라는 용어가 오랜만에 등장했다. 일 2회 한 시간 이내 외출이 의무화됨에 따라 출퇴근량이 대폭 줄어든 지난 10년간 자동차의 운행량은 절반 이상 줄었다. 한국철도공사는 늘어난 출퇴근 시간에 맞춰 수 주 안에 열차 운행을 20퍼센트 이상 증대하겠다고 발표했다. 그러나 한 시간 내외의 외출 시간은 기차나 전철이 아닌 버스의 이용량을 크게 늘렸다. 버스 운행 관련 운수업체 열 곳 중 여덟 곳이 최근 한 달간 기존의 10퍼센트 이상 노선을 증가시켰다. 혼란스러운 시기인 만큼, 외출에 대한 정부의 규정을 완화해야 한다는 목소리 역시 높아지고 있다. 실제로 정부는 지난 20일, 택배기사 등 운수직 노동자에 한해 외출 규제를 일시적으로 완화한 바 있다.

짧은 시간 안에 바뀐 건 노동 환경도 마찬가지다. 사라진 직업이 부활하고 있다. 가장 먼저 돌아온 직종은 택배기사다. 하지만 '두 시간 내 배송'에 익숙해진 소비자들의 주문은 사람이 감당하기에 벅차다. 쏟아지는 물량은 이미 인력이 감당할 수 있는 수준을 넘었다. 모든 속도가 10년 전으로 돌아갔다. 노동력 부족으로 인해 현재는 주문 후 길게는 일주일 내에 물건을 받아볼 수 있다. 관련 업계 종사자 R 씨는 최근 한 인터뷰에서 주문량을 1~2일 내로 배송할 수 있을 인력이 채워지기까지는 예상보다 오랜 시간이 걸릴 것이라 전망했다. 각종 배송조회 사이트는 이달 말까지 서비스를 중단하고 서버 확충에 총력을 다할 것이라는 입장을 냈다.

바이러스의 팬데믹은 모두의 일상을 완전히 바꾸었다. 하지만 인간은 기술의 발전과 도입으로 지금과 같은 안정을 이루었다. 거리 두기와 격리는 강화되었지만, 기술로 인해 심리적 거리는 가까워진 지금, 우리는 다시 다른 방식의 팬데믹을 마주하고 있다. 어려운 시간을 극복해 냈기에 더 나은 방향을 선택할지, 아니면 이대로 기계의 종말을 맞이할지는 누구도 예측할 수 없다. 하지만, 이런 상황에서 인간이 할 수 있는 일이 단지 추모의 의식뿐이라고 속단하기는 이르다. (…)

5

A는 마트에 갔다. 드론 고장으로 인해 온라인 배송만 하던 몇몇 대형마트가 문을 열었다. 생각보다 많은 사람이 장을 보러 나와 있었다. 마트의 풍경은 마지막으로 들렀을 때와는 달랐다. 무인으로 운영되던 계산대에는 직원이 있었다. A는 한쪽으로 밀려난 무인 계산대를 보았다. 자리 몇 개가 빈 것을 보니 고장난 게 있는 듯했다. A는 마트에 들어가 급한 양념들과 페퍼민트 차를 샀다. 시원한 향이 좋아 종종 마시던 것이었다. 초콜릿과 달달한 것을 추가로 한 바구니 담아 계산대 위에 올리니 직원이 바코드를 찍기 시작했다. 무인 계산대에서 울리던 삑, 삑, 소리가 사람의 손에서 난다는 게 어색했지만, A는 주머니에 손을 넣고 얌전히 계산이 다 되기를 기다렸다.

"아! 이거 뭐야!"

갑자기 큰 소리가 나는 쪽을 보니 한 남자가 직원에게 삿대질하고 있었다. 그런 상황을 처음 보는 건 아니었지만, 마트에 오지 않은 것이 벌써 수년이었다. A의 신경이 온통 그쪽을 향했다. 남자를 향해 대놓고 쯧쯧거리는 사람들도 있었지만, 그는 아랑곳하지 않았다. 듣고 싶지 않아도 들리는 목소리에 대충 상황 파악이 되었다. 계산이 조금 늦었다고 저렇게 화를 낼 일인가. A는 자신이 그쪽에 완전히 집중하고 있다는 사실도 잊은 채 눈살을 찌푸렸다.

남자를 응대하던 직원도 물러나지는 않았다.

"손님. 자꾸 그러시면 CCTV에 찍히세요."

남자는 어처구니없다는 듯 팔짱을 끼고 직원을 노려보았다.

"아. 그러셔? 그 잘난 CCTV도 멀쩡한지 아닌지 어떻게 알아. 신고할 테면 해 봐! 거기에 계산 하나라도 잘못한 거 있으면 너도 같이 모가지야!"

직원의 말문이 막혀 있는 와중, 웅성이는 목소리 사이로 작게 딸깍이는 소리가 났다. 곧 경비원들이 몰려와 남자를 제지했다.

"학생. 계산 다 했어요."

A는 깜짝 놀라 고개를 들었다. 계산을 마친 직원이 A를 쳐다보고 있었다. 스마트폰을 계산대에 대자 앱을 통해 결제되는 소리가 들렸다.

"죄송해요. 다른 생각을 하느라."

"아니에요. 우리가 미안하지. 계산이 기계만큼 빨리 안 되네. 아무리 경력직이었대도 몇 년 쉰 건 어쩔 수 없나 봐."

직원은 머쓱한 표정을 지었다.

"그래도 저렇게 험한 말을 하는 건 아니지. 우리도 저랑 똑같은 사람인데."

"그러니까요."

직원은 영수증이 메신저로 갔을 거라고 짧게 안내했다. 그러고는 연달아 말했다.

"저런 사람들이 많으니까, 계산대 아래에 호출 버튼을 만든 거야."

"아…."

버튼은 무인이 익숙해진 사람들에게서 누군가를 보호하기 위한 장치였다. A는 짧게 목례를 하고 짐을 챙겼다. 마트를 나서니 찬 바람이 불었다.

"어쩌다 기계가 할 일을 사람이 하고 있는지 모르겠어."

A는 계산된 물건들을 멸균 포장하며 직원이 했던 말을 곱씹었다. 짐을 싸는 동안 작게 들린 혼잣말이었지만, 이어폰에서 나오는 소리처럼 선명했다. 처음 무인 계산대가 나왔을 때, 사람의 일을 기계가 한다고 반대했던 사람들이 떠올랐다. 몇 년 되지 않아 사람이 했던 일은 기계가 할 일이 되었고, 이제는 기계의 빈자리를 사람이 채우고 있다.

A는 손에 들린 장바구니를 보았다. 균이 들어가지 않은 물건들이 가득 차 있었다. 애써 세척하지 않았는데 균이 씻겨 나온 것이었다. 왜 자신은 멀쩡하게 작동되는 무인 계산대를 두고 직원에게 물건을 맡긴 걸까. 기계에 맡기면 멸균까지 한 번에 되어 나오는데 굳이 두 단계를 거친 걸까.

아무래도 그건 습관이었다. 효율적이지 못하고, 미래지향적이지 않은 자신에게 여전히 남은 정(情)이었다. 우습게도, 아직은 기계보다 사람을 그리워하는 몸이 출력한 결과였다.

4

A는 장바구니를 정리하며, x, y, z에게 메시지를 보내지 않았음을 깨달았다.

3

A는 자신의 결심을 y에게만 알리기로 했다. x는 가끔 피곤했고, z는 종종 차가웠다.

—나, B랑 얼마 전에 헤어졌어. 근데 오늘 다시 만나기로 했어.

A는 한나에게 메시지를 보내 달라고 부탁하며 페퍼민트를 찬장에 넣었다. 그리고 바닥에 쌓인 초콜릿 더미를 보고 왜 그렇게나 단 것을 많이 샀는지에 대한 심도 있는 고민에 들어갔다.

—y님에게서 메시지가 도착했습니다.

거실에서 한나의 소리가 들렸다.

A는 메시지를 확인했다.

—잘했네.

A는 y의 답장이 아주 z 같다고 생각했다. y는 이렇게 짧게 답장하는 법이 없었다. 연이어 메시지가 도착했다.

—만약에 잘 안 되더라도 말이야.

A는 y에게 답했다.

—어떻게 그렇게 확신해?

바로 y에게서 답이 왔다.

—원래 마음이 텅 빈 사람은 갑자기 구멍이 뚫린 사람을 잘 알아보는 법이거든.

y가 말장난을 시작하면 통화를 하는 수밖에 없었다. A는 y에게 전화를 걸었다. 통화 연결음이 두 번 울리기도 전에 y의 목소리가 들렸다.

A는 다짜고짜 물었다.

"무슨 말이야?"

y의 목소리는 평소와 다르게 가라앉아 있었다.

"내 마음이 원래 텅 비어 있었다는 뜻이야."

y는 A에게 처음으로 인형을 만들게 된 이야기를 꺼냈다. y는 자신이 애인과 헤어지고 나서부터 인형을 조금씩 만들었다고 했다. 처음 듣는 말이었다.

"그 새끼는 천하에 다시 없을 쓰레기였어."

y는 이렇게 말하고 한바탕 웃었다. y의 웃음소리는 큰 구멍에서 새어 나오는 바람 소리 같았다.

"그래서 인형을 만들기 시작한 거야. 인형은 절대 사람처럼 쓰레기가 아니니까. 다른 존재를 실망시키는 법이 없으니까. 근데, 이렇게 말하면 내가 이기적인 사람이 되는 건가."

A는 아니라고 말했다. y는 한 번도 이기적이지 않았다. 그리고 진짜 이기적인 사람은 보통 자신이 그런지도 모르니까, A는 괜찮다고 했다. A가 아는 한, y는 나쁜 사람이 아니었다.

사람은 언제나 실망스러워, y는 말을 이어갔다. A는 한때 사람에게 기대를 걸었던 y의 말을 들으며 자신이 B를 그리워하고 있었음을 알았다. 모순된 기분이었다. A는 B에게 실망한 적이 없었다. 실망은 기대의 그림자래. y가 말했다.

"너는 B에게 기대한 적 없잖아. 난 그런 점이 좋았어. 큰 기대를 거는 바람에 그것보다 큰 실망을 맛보지 않았으면 했거든. 너희 둘은 그런 점에서 건조한 친구 같았단 말이야. 너, 처음 드론이 추락한 다음 날 전화했던 거 기억나? 그때 난 네가 B랑 헤어졌다는 걸 알아챘어."

A는 y의 말에 놀랐다. 단 한 번도, y에게 B와 헤어진 이야기를 한 적이 없었다. y는 그날 A의 목소리에서 바람 소리가 들렸다고 말했다. 추락하고 있던 것은 기계가 아니라 한 사람의 마음이었다. 흩어지고 있던 건 드론의 대열이 아니라 A의 주변이었다.

"그러니까 잘됐다는 거야. 마음에 구멍이 난 채로 살지 않을 거라면, 너와 B가 다시 만나는 게 최선이 아니고 뭐겠어?"

A는 y와 한 번 헤어진 이들만이 할 수 있는 대화를 나누었다.

그 시간이 나쁘지 않았다. 헤어짐을 인정하는 건, 피하는 것과는 또 다른 느낌이었다. A는 전화를 끊고 냉장고의 밀크티 개수를 확인했다.

딱 두 개가 남아 있었다.

2

A는 방호복을 꺼내 입었다. 그리고 거실 바닥에 널브러진 초콜릿을 두어 개 챙겼다.

"한나, 외출할 거야."

한나에게 흰 불빛이 들어왔다.

—오늘의 마지막 외출 가능 시간입니다. 제한된 한, 시간 안에 들어와 주세요.

A는 자신이 이 용무를 한 시간 안에 끝낼 수 있을지 확신할 수 없었다. 하지만 고개를 끄덕였다. 두 시간의 외출이 오늘따라 짧게 느껴졌다. 이번에 밖에 나가 한 시간이 지나도 들어오지 않으면 일주일간 시설에서 격리되어야 한다.

"한 시간 안에 들어오지 못하더라도 문은 열어 줘야 해."

A는 일부러 장난스럽게 말했다. 한나도 이에 지지 않을 만큼 유머러스한 인공지능이었다.

—일주일 뒤에 무사히 돌아오신다면요.

1

밖에 나가는 것이 망설여졌다. 하지만 A에게는 중요한 과제가 있었다. 사람과 사람 사이의 간격을 좁히는 일이었다. 망해 가는 세상을 끝내 기우기 위한 시도였다.

A는 다 괜찮아질 거라고 생각하며 문을 열었다.

그리고 한나에게 인사하는 것을 잊지 않았다.

"다녀올게."

0

A는 공원으로 갔다. 거리의 스피커에서는 아무도 듣지 않는 노래가 흘러나왔다. 가끔 방호복을 입고 외출하는 사람들을 위해 틀어 놓는 것이었다.

A는 가요를 즐겨 듣지 않았다. 하지만 거리의 노래는 언제나 잔잔한 흥을 일으켰다. 노래는 때로 그에 얽힌 기억을 불러내기도 한다. 공원에서 나오는 음악은 10년 전, 팬데믹이라는 말이 일상처럼 쓰이던 때에 나온 노래였다. 이제는 삼십 대 중반의 가수가 된, 한때 잘나가던 아이돌의 노래. 갑자기 바뀐 세상에 도무지 적응할 수 없던 시절의 이야기. 어느 날 서로를 볼 수 없게 되어 버린 연인과

그들의 사랑에 대한 가사. 그것이 마치 자신의 처지와 비슷하다고 A는 생각했다. A는 대중음악이란 모두의 상황을 반영하는 것이라고 말하던 한 방송인을 떠올렸다.

좁고 가늘게 흐르는 강이 산책로 옆으로 나 있었다. 개울이라고 해도 좋을 만큼 협소한 폭이었다. A는 10여 년 전 그곳에서 놀던 아이들을 생각했다. 마스크만 써도 바깥을 돌아다닐 수 있던 시절이었다. 스마트폰 앱의 경고음을 듣지 않고, 시간 제약이 없더라도 외출이 가능하던 어느 날, A는 만들어진 지 얼마 되지 않은 그 공원에서 아이들을 보았다. 수십 년 전에, 그러니까 어머니 세대의 어린이들이 놀던 것처럼, 개울에서 서로에게 물을 뿌리던 작은 아이들의 모습은 시간이 아무리 오래 지나도 기억할 수 있었다. 그게 마지막으로 본, 길가의 어린이들이었기 때문이다.

아주 유명했던 그때의 노래를 들으며 아이들의 모습을 떠올리자 방호복이 약간은 갑갑하게 느껴졌다. 길거리의 간판은 미세먼지 지수와 바이러스 수치를 한꺼번에 표시하고 있었다. 비닐로 온몸을 둘둘 말고 나오는 사람들에게는 아무런 영향을 주지 않는 숫자였지만, 시대의 잔여물로 남은 것이었다.

가사는 지나갔고 노래는 흘러갔다. 가사 속 연인은 결국 서로를 만나지 못한 채 멀어져 갔다. 그들은 다시 만나지 못했고, 노래는 끝이 났다. A는 왜 노랫말 속 연인이 다시 만날 수 없었는지 알 것 같았다. 세상을 보는 눈이 달라서, 서로가 달리는 속도가 달라서, 때로는 나아가는 방향이 달라서. 하지만 그건 누구의 잘못도 아니었다. 모든 것의 이유와 까닭은 바이러스에서 시작되었다.

B는, 자신과 B는 왜 멀어진 걸까.

이제는 헤어진 날짜를 세는 것도 까먹은 그 사람이 선명히 생각났다. 아니, 겨우 날짜를 셈하는 걸 잊을 리 없었다. 밀크티를 버블티라고 불러야만 한다던 그의 목소리, 그리고 마지막으로 먹었던 음료. 시간과 함께 멸균 처리된 채 냉장고에 있는 기억은 상온보다 느리게, 하지만 서서히 부패하고 있었다. 정말 서로의 관점과 속도, 방향이 달랐더라도 A와 B가 헤어진 건 결국 바이러스 때문이었다. 수억 배는 작은, 생물도 무생물도 아닌 것. 작은 단백질 입자에 불과한 게 적어도 하나의 시대를 뒤집어 버렸다.

코로나 시대. A는 낯설지 않은 단어를 곱씹으며 걸었다. 그다음 노래에는 귀를 기울이지 않았다. 아무래도 집중을 할 수 없었다. 늘 혼자 있으면 이런 것들이 중구난방 떠올랐다. 사실 하루도 B를 생각하지 않은 적이 없었다. 밀크티를 주문한 날도, 드론이 추락하던 날도, 마트 무인 계산대가 고장 나던 날에도. 오와 열을 맞추어 날던 드론처럼, 말끔히 흐르던 시간이 흩어지는 모든 순간에. 하나가 추락하고 둘이 고장 나던 때에도.

A는 누군가를 쉽게 잊지 못하는 사람에게 '구질구질하다'라고 말하는 이들을 알고 있었다. 한없이 구질구질하고 질척거리는 장면이, 끈질기게 걸으려는 A의 신발 밑창에서 떨어지지 않았다. 한 번

일어난 생각의 보풀은 좀처럼 가라앉지 않았다.

A는 순간 걸음을 멈췄다. B를 떠올리는 일이 괴로워서가 아니었다. 노랫말을 듣기 위해서가 아니었다.

눈이 허공에 멈췄다. 더는 노래에 귀 기울일 수 없었다.

맞은편에서 걸어오는 이의 실루엣이 어렴풋하게 익숙했다. 말도 안 되지만 실제라고 믿고 싶었다. 마음이 약간 허둥댔고 속이 심하게 울렁였다. 싫어하지 않았지만 멀어져야 했던 한 사람이 걸어오고 있었다. 아니, 실은 못내 좋아했던 애인이 다가오고 있었다. 언제든 다시 보아도 아무 감흥이 없으리라 생각했는데, 당연히 샛길로 빠져 눈도 안 마주치고 보란 듯이 지나치리라 다짐했는데. 지나고 보니 그게 되지 않았다. 꽤 먼 거리였지만, 분명히 그였다. 단번에 그의 옷차림이 생각났다. 약간 바랜 청색 후드티에 검정 트레이닝복 바지. 세 줄이 선명한 슬리퍼. 아직도 그렇게 입고 다니는 걸까.

맞은편에서 오던 사람의 움직임이 잠시 멈췄다. 그도 상대가 누구인지 깨달은 것 같았다. 둘은 한동안 서로를 바라본 채 그렇게 서 있었다. 사회적으로 거리를 두듯, 하지만 그 간격은 빠르게 좁혀졌다. 평소보다 두 배는 신속한 걸음이었다. 사랑했던 시절보다 네 배는 가까이 붙을 마음이었다. 둘의 눈은 찡그려져 있었다.

사랑해야만 했던 사람과, 터무니없는 이유로 멀어져 있던 시간을 비로소 느꼈기 때문이었다.

A와 B는 서로를 힘껏 껴안았다. 특별히 보고 싶었다거나 하는 말

은 하지 않았다. 굳이 그럴 필요 없었다. 거리의 스피커에서는 때맞춰 느리고 잔잔한 노래가 흘러나왔다. 둘은 서로를 감은 팔을 풀었다. A는 방호복 겉주머니에서 초콜릿을 꺼내 B에게 주었다.

B가 미소 지었다. 좋아서 어쩔 줄 모르겠다는 듯, 눈에서 눈물이 흘렀고 입꼬리가 올라갔다. 표정이 일그러졌지만, 웃고 있었다.

둘의 주머니에서 동시에 삐 하는 알림음이 울렸다.

"너 이게 무슨 소린지 알아?"

B가 A에게 물었다.

A는 웃으며 답했다.

"우리가 함께할 수 있는 시간이 10분이나 남았다는 알림음."

"아니. 우리가 앞으로 영원히 함께할 거라는 신호야."

A는 B에게 말했다.

"또 가르치려고만 드네."

코끝에 달콤하고 쌉쌀한 향이 스쳤다. 어떤 소리도 들리지 않는 고요가 잠시 이어졌다. 적막을 뚫는 사이렌 소리가 멀리서 울렸다.

A는 못 말리겠다는 듯 B를 꼭 끌어안았다. 다시는 사랑하는 일을 그만두지 않겠다고 다짐하며.

10분이든 10년이든,

사랑을 바꾸기에는,

세상을 바꾸기에는 터무니없이 짧은 시간이었으니까.

작가의 말

작가보다는 독자라는 호칭이 익숙한 시기에 하나의 소설을 내놓았습니다. 부족하기에 더욱 많이 생각했고, 멋진 얘기를 쓰는 것이 익숙하지 않아서 그저 보여 주고 싶은 세계를 그렸습니다. 지나간 시간 속에서 직간접적으로 연이 닿은 모든 분께 고맙습니다. 늘 곁에 있어 주는 작가님들과 친구들에게 특별히 감사합니다. 내용을 쓰는 데에 직접 도움을 준 Y와 가장 처음 이 소설을 읽어 준 친구 H에게도 고맙습니다.

보이는 곳에서, 보이지 않는 곳에서 흘러간 오늘을 익숙하게 쓰고 싶었습니다. 언젠가는 옛날이 될 지금의 아픔이 빠르게 흐려졌으면 좋겠습니다. 어떤 것은 종료되더라도 우리의 사랑은 끝나지 않기를 바랍니다. 소설 안의 인물들에게 이름을 주는 일은 늘 익숙하지 않기에, 에이, 비, 디, 이, 에프, 오늘도 호명되지 못한 어떤 이들을 기억합니다. 언제나 존재하는 특수한 익명의 사랑을 그리워하겠습니다. 오늘도 이름을 숨긴 채 어딘가에서 못내 사랑하고 있을 당신에게 이름 없는 A가 되고 싶습니다.

꿈에서 만나요

양윤영

1993년생. 고등학생 시절 영상을 전공했고 시를 썼으며, 성인이 되어서는 웹툰을 그렸다. 2019년부터 본격적으로 SF를 쓰기 시작해 브릿G와 거울 등에 게재했다. 대표작으로 웹툰 《감정마약》, 《채식주의자의 애완채소》, 《자살캣》 등이 있다.

안녕. 저는 롤리예요. 세계적으로 대유행 중인 전염병 '크라운'으로 인해 만날 수 없게 된 장거리 커플을 위한 어플 〈드림메이트〉의 마스코트죠. 보아하니 당신은 제가 사는 우주와는 다른 곳에서 오셨군요. 이래서 0과 1의 세계를 함부로 돌아다니면 안 돼요. 길을 잃기 쉽거든요. 0과 1의 세계가 뭐냐고요? 세상에! 당신의 우주에선 이런 걸 배우지 않나 보네요. 뭐, 알지 못해도 괜찮아요. 그냥 사이버 세계 같은 거니까요. 이상한 사이트 주소를 누르다 보면 다른 우주로 가게 된다는 얘기 들어보셨죠? 0과 1로 이루어진 이 세계는 우주의 기초를 이루거든요. 오, 안 들어 보셨다면 앞으로는 조심하는 게 좋아요. 제가 집에 데려다 드릴테니 너무 걱정은 마시고요. 대신 제 이야기를 들어 주실 수 있을까요? 길지는 않을 거예요. 들어 주겠다고요? 좋아요!

다시 소개하자면 저는 〈드림메이트〉의 마스코트 롤리예요. 유저들의 따뜻하고 포근한 구름 모양 안내자죠! 유저들이 드림메이트에 접속하면 저는 그들의 머리 위에 별가루를 뿌려 준답니다. 드림메이트는 제작자인 한나와 리오가 만든 일종의 메신저 어플이에요.

이 차원의 지구엔 몇 해 전 전염병이 시작되었는데, 덕분에 국경이 막히고 사람들은 집 밖으로 나오기 힘들어졌어요. 대부분은 교류가 완전히 끊기지는 않았지만, 어떤 사람들은 사랑하는 사람들과 아예 만날 수조차 없는 상황에 놓였답니다. 한나와 리오는 그런 사람들을 위해 드림메이트를 만들었죠. 별도로 구매 가능한 커넥터를 핸드폰에 연결하고 로그인한 다음, 접속 버튼을 누른 뒤 잠자리에 들면 꿈에서 만나고 싶은 상대를 만날 수 있어요. 꿈으로 접속하는 메신저라고 하면 이해하기 쉬울까요? 드림메이트의 규칙 중 가장 중요한 건 서로가 수락한 단 두 사람만 채팅방에 들어갈 수 있다는 거예요. 인간의 의식은 워낙 복잡한 데다가 층위가 나누어져 있기 때문에 그 이상의 인원이 들어갈 수 있게 프로그래밍하는 것은 불가능한 일이었거든요. 한나와 리오는 그것만으로도 만족했답니다. 둘은 멀리 떨어진 커플을 만날 수 있게 도와주는 것만으로도 아주 기뻐했으니까요.

그렇게 시간이 흘러, 오늘. 오늘은 특별한 날이에요. 드림메이트의 서버가 시작된 지 3주년이 되는 날이거든요. 그리고 제 마지막 근무일이지요. 드림메이트는 오늘 이후로 모든 서비스를 중단한답니다. 당신이 절 만난 건 우연이겠지만, 덕분에 저는 마지막으로 이야길 나눌 상대를 만날 수 있게 되었네요. 전 다행이라고 생각해요. 저 대신 이 어플을 기억해 줄 사람들이 있었으면 좋겠다고 생각했거든요. 정확히는 그 안의 삶들을, 유저들 말고 완전한 타인이 기억해 주길 바랐다는 뜻이에요. 사실 이 어플을 사용한 모든 사람을 당신이 기억해 주면 좋겠지만 그건 힘들겠죠. 당신도 집에 돌아가야 하고요. 대신 제 기억에 남는 몇 명의 이야기라도 들어 줄 수 있을까요? 집에 돌아가서도 기억해 주면 좋을 것 같아요. 정말요? 그래 주겠다니 고마워요. 아, 그들의 익명성을 보장해 줘야 하지 않느냐고요? 그렇다면 그들의 이름은 이니셜로 얘기할게요. 이렇게 하면 괜찮죠? 그럼 이야기를 시작할게요.

첫 번째는 g와 p의 이야기입니다.

◆

두 사람이 저를 찾아왔던 날은 제 메모리에 정확히 저장되어 있어요. 제가 둘을 위한 방을 만들고 드림메이트의 튜토리얼을 설명하는 동안 둘은 매우 어색한 얼굴로 서로를 힐끔힐끔 훔쳐보고 있었죠. 이건 아주 이상한 일이었어요. 왜냐면 드림메이트는 이미 사귀고 있던 커플이 주로 이용했거든요. 커플이 만나서 서로 어색해할 이유가 없잖아요. 다투었거나 너무 오랫동안 떨어져 있어서라기엔 정말, 정말 어색했어요. 서로를 아예 모르는 사람들도 그렇게 어색하지는 않을 거예요. 그래서 저는 둘에게 오늘 처음 보는 사이도 아닐 텐데 너무 어색해하지 말라고 운을 떼웠어요. 문제는 그 대답이 "오늘 처음 만나는 거예요."일 줄은 몰랐다는 거죠. 저는 당황했지만, 특별히 다른 질문을 하지는 않았어요. 무례할 수도 있는 일이니까요. 그냥 할 일을 마치고 인포메이션으로 돌아가려고 했죠. 그러나 그들이 절 잡았어요.

"아직 우리가 이곳에 익숙하지 않은데 조금 더 있어 줄래?"

g가 목덜미를 긁적이며 물었어요. 저는 알겠다고 대답하고는 간단한 엔터 프로그램들을 소개해 줬어요. 노래방이나 가상 스포츠, 퀴즈, 게임 등이 준비되어 있었죠. 둘은 게임을 골랐어요. 둘이 한 팀이 되어 적을 공격하는 간단한 슈팅 게임이었어요. 드림메이트에서 게임은 보통 가볍게 즐기는 용도였거든요. 메신저라는 역할에 충실하게 대화가 더 중요했으니까요. 그런데 둘은 그 게임을 몇 시간이나 했어요. 게다가 아주 잘했어요. 단 한 번도 지지 않았다니까요? 드림메이트 역사상 가장 높은 점수가 나왔죠. 하지만 저는 그것보다는 게임을 하면서 두 사람이 서로 자연스럽게 대화를 나누기 시작했다는 게 더 신기했어요. 어색해하던 기색은 사라지고 둘은 완전히 신나서 이야기를 나눴어요. 게임을 모두 끝내고 나서 둘은 제게 좋은 게임을 추천해 줘서 고맙다고 했죠.

"두 분 다 게임을 좋아하시나 봐요."

제 말에 둘은 웃으면서 대답했어요.

"응. 우리 게임하다가 만났거든."

둘은 사는 지역이 아예 달랐는데, 당시 그 나라에서 선풍적으로

인기를 끌던 온라인 게임을 하면서 친해졌다고 했어요. 둘의 나라
는 크라운의 전염을 막기 위해 이동을 엄격히 제한해서 자기 지역
밖으로는 나가는 게 어려웠대요. 덕분에 집에서 할 수 있는 SNS나
게임, 독서, 스트리밍 영상 서비스 같은 게 엄청나게 유행했던 거죠.
둘을 그중에서도 당시 새로 출시된 온라인 게임을 아주 좋아했대
요. 일할 때 외에는 대부분 게임에 시간을 쓰곤 했죠. 이 인기 있는
게임은 플레이어 둘이 한 팀이 되어 게임 속을 돌아다니는 콘셉트
였는데(네, 제가 추천해 준 게임과 조금 비슷하죠.) 조합은 매번 바꿀 수 있었
지만 둘은 만난 순간부터 계속 함께했다고 해요. 팀워크가 괜찮았
던 모양이에요.

　하여간 게임을 하다가 친해진 둘은 문자도 주고받고, 통화도 하
고, 화상 채팅도 하면서 점점 더 가까운 사이가 되었어요. 게임 외
에도 관심사가 비슷했고, 여러모로 서로 괜찮은 상대라고 여겼던
둘은 p의 고백으로 사귀게 되었고요. 사귀고 나서도 함께 게임을
하면서 시간을 보내다가 어느 날 진짜로 만나 보고 싶다는 생각이
들었다고 해요. 물론 둘은 사진으로 서로를 보았고, 문자나 통화로
대화를 나눴지만, 그 이상을 원했어요. 상대와 온전히 한 공간에 있
는 거요. 그런데 아까 말했듯이 그 나라에선 이동이 제한되고 있었
기 때문에 당장 만나는 것은 불가능했죠. 그래서 둘은 드림메이트
를 이용한 거예요. 화상 채팅을 통해 서로의 얼굴을 알고는 있었지
만, 화상 채팅과 직접 만나는 건 차이가 크잖아요? 하지만 드림메

이트는 달라요. 꿈이지만 직접 만나는 것과 같죠. 진짜 꿈과는 다르게 잠에서 깨어나도 기억이 선명하고요. 하지만 이미 현실에서 만나 본 상대여야 안정적으로 드림메이트에 머무를 수 있어요. 드림메이트는 믿음을 바탕으로 작동되거든요. 이게 무슨 말이냐면, 서로가 서로를 자각함으로써 드림메이트에 머물 수 있게 한다는 뜻이에요. 사람의 뇌는 다른 사람을 만날 때 상대에 대한 데이터를 모아요. 그 사람의 생김새, 성격, 말투…. 그 데이터를 바탕으로 이 사람이 세상에 존재한다는 것을 믿게 돼요. 가족이나 친구, 연인처럼 조금 더 가깝고 특별한 사람들에 대해서는 더 구체적으로 정보를 모으죠. 드림메이트는 그 구체적인 정보를 통해 유저를 서버에 머무르게 한답니다. 만약 상대가 나를 모른다면 맨 처음에는 서버 등록 자체가 어려워요. 왜냐면 우리는 혼자서는 존재할 수 없기 때문이에요. 누군가 당신을 자각해 주어서 존재할 수 있는 거죠. 그럴 리 없다고요? 음, 만약 세상이 멸망해서 당신만 남는다고 생각해 보세요. 그 어떤 생명도, 생명을 닮은 무엇도 없다면 당신은 돌멩이라도 주워다가 친구로 삼을 걸요? 여건이 된다면 눈, 코, 입도 그릴 거고요. 그건 단순히 외로워서라기보단, 다른 존재를 통해 당신이 스스로를 인지하기 때문이에요. 그리고 그 규칙이 더 엄밀하게 적용되는 곳이 드림메이트와 같은 0과 1, 사이버 세계랍니다.

어려운 얘기는 여기서 끝내고, 아무튼 이 커플이 특이했던 건 한 번도 실제로 만난 적이 없었기 때문이에요. 물론 둘은 충분히 대화를 나눴겠죠. 서로의 사진을 주고받고, 이미지에 대한 정보도 충분히 얻었을 거고요. 그러나 그 외의 것들은 애매했어요. 손을 맞잡았을 때의 느낌이나, 숨소리, 바로 곁에서만 얻을 수 있는 그런 정보들이 부족했죠. 그럼에도 무사히 드림메이트에 접속할 수 있었던 것은 정말로 대단한 일이었던 거에요!

제 설명을 들은 둘은 미소를 지었어요. 저는 둘에게 서로 만나게 되어 어떠냐고 물었어요.

"꿈을 꾸는 것 같아."

g의 대답은 명료했어요. p도 웃으며 동의했죠.

"두 분은 실제로 만난 적이 없어서, 지금 상태가 모호하다고 느낄 수도 있어요. 아마 나중에 현실에서 한 번 만나고 난 뒤에 접속하신다면 완전히 다른 느낌이…"

"그게 아니라, 이런 기술이 있어서 만나고 싶은 사람을 만날 수 있다는 게 놀랍다는 뜻이야."

지금도 저는 g가 한 말을 곱씹어 보곤 해요. 이게 바로 한나와 리오가 드림메이트를 만들면서 기대했던 감상이었거든요. 제가 방을 나가고 둘은 한참 이야기를 나눴어요. 그리고 방을 나가서는 다시는 드림메이트로 돌아오지 않았죠. 싸운 거 아니냐고요? 아뇨! 그런 게 아니에요. 나중에 둘이 채팅방에서 나눈 대화를 찾아보았는데, 둘은 서로를 가까이에서 만나 보고 싶다는 소원을 이룬 데다가, 드림메이트보다는 게임 속에서 만나는 게 더 즐겁다고 판단한 모양이에요. 게임한테 져서 분하진 않냐고요? 분할 게 뭐가 있겠어요. 드림메이트는 유저의 행복을 위해 만들어졌어요. 그 두 사람은 게임을 좋아하니 그게 더 좋은 선택이라고 생각해요. 게다가 둘은 크라운이 종식된 이후에 직접 만나기로 약속한 것 같더라고요. g가 사는 지역에서는 유명한 게임 행사를 하는데 p가 부스를 열 생각이었나 봐요. 그때 만나자는 이야기를 나눴죠. 둘은 현실에서 만날 날을 고대했답니다. 아마 그때까진 계속 같이 게임을 하고 있지 않을까요? 네? 헤어졌을지도 모를 일 아니냐고요? 물론, 이후의 일은 알 수 없으니 당신 말대로 싸우거나 헤어졌을지도 모르지만, 저는 그 둘이 헤어지진 않았을 거라고 생각해요. 어떻게 아냐고요? 드림메이트를 운영하면서 쌓인 데이터가 있으니까요. 사람을 데이터로만 판단하는 건 별로 좋지 않은 습관이지만 저는 인공지능이라 그렇게 생각하는 게 편하답니다. 데이터를 믿고 싶지 않다면 이렇게 생각해 보세요. 그 둘은 만난 적도 없는데 서로를 제대로 자각할 정도로 잘 맞았잖아요. 그렇다면 괜찮지 않을까요? 저는 그냥 그렇게 생각하고 싶어요. 전 해피엔딩이 좋거든요. 당신도 좀 긍정적으로 생각해 보는 게 어때요? 네, 그럴게요.

음, 해피엔딩하니까 떠오른 건데 아쉽게도 다음에 들려 드릴 이야기는 슬픈 이야기예요. 말 바꾸지 말라고요? 바꾸는 게 아니라 중요한 얘기라서 들려 드리는 거예요! 때로는 슬프기 때문에 중요한 것들이 있잖아요. 이 사건이 그랬어요. 드림메이트 역사상 가장 큰 위기였고, 가장 슬픈 사건이었답니다.

◆

i와 u는 드림메이트의 베타서비스 때부터 이 어플을 사용하던 유저들이었어요. 둘은 이웃 나라에 살고 있었는데, 둘 다 작은 나라여서 떨어진 거리가 멀지는 않았어요. 하지만 만나지 못한다는 사실에는 변함이 없었지요. 그래서 둘은 매일 밤 드림메이트에서 만났어요. 가끔 저를 불러서 자기들 이야기를 들려 주었답니다. 저를 친구로 대해 준 몇 안 되는 사람들이었죠.

두 사람은 누가 봐도 잘 어울리는 커플이었어요. 약간 예민한 성격인 i와 느긋하고 차분한 u는 서로에게 필요한 부분을 잘 채워 주는 관계였던 거죠. i에게 기분이 나쁜 일이 있을 때 u는 이야기를 곧잘 들어 주면서 필요한 조언을 딱 필요한 만큼 해 주곤 했어요. 반대로 u는 우울해도 티가 잘 안 나는 사람이었는데 i는 금방 그걸 알아차렸죠. 그럼 u는 자기도 몰랐다며 겪은 일들을 이야기했고, i는 힘들었겠다고 위로했죠. 크라운 이전, 둘의 나라는 교류가 활발해서 둘은 주중이면 각자 일을 하고 주말이 되면 서로의 나라에 오가며 만나곤 했대요. 그러다 크라운 사태가 터지면서 국경이 봉쇄되었죠. 사실 두 나라 국경이 봉쇄된 건 다른 나라에 비하면 늦은 편이었어요. 두 나라가 자매 국가였기 때문에 가능한 일이었죠. 드림메이트가 생긴 건 이 무렵이었고요. 덕분에 둘은 헤어지자마자 만날 수 있게 되었어요. 비록 꿈속이긴 했지만요. 그러나 문제는 다른 쪽에서 생겼어요. i가 다니던 회사에서 해고당했거든요.

둘의 이야길 들어 보면 i는 그 회사에 꽤 오래 다녔던 것 같아요. 하지만 크라운은 세계 경제를 죄다 흔들어 놓았고, 덕분에 i의 회사도 많이 어려워졌다고 해요. i는 퇴직금과 실업수당을 받으면서 지냈어요. 그 금액은 적지 않았지만, i의 마음 한구석엔 불안이 싹트고 있었어요. i는 좋은 회사에 다니면서 열심히 일하다 보면 그 보상을 받을 거라는 믿음으로 살았거든요. 사실 그 나라의 많은 사람들이 이 믿음을 신봉했죠. 믿음이란 무서운 거예요. 높게 쌓을수록 무너질 때 충격이 크니까요. i의 상황이 그랬어요. 크라운 때문에 실업자는 급증했고, 다시 직업을 찾는 일은 힘들어졌어요. 사람들은 모두 알 수 없는 불안에 떨었죠. 게다가 i는 자기 일에 자부심이 있었어요. 그 일을 하기 위해 공부도 열심히 했고, u의 나라에 유학도 다녀왔죠. 그런 일을 더 이상 할 수 없다는 건 큰 고통이었을 거예요.

당시 i의 유일한 도피처는 u였어요. 드림메이트에 접속해서 u의 얼굴을 보는 것만으로도 기분이 나아지는 것 같다고 제게 말하곤 했거든요. u는 i를 많이 걱정했어요. 만날 때마다 i의 안색이 점점 나빠졌으니까요.

"너만 괜찮으면 우리 나라에 올래? 우리 집에서 같이 지내자."

u가 제안했어요. 다정한 목소리에 i는 밝게 미소를 지었죠. 하지만 당장 떠날 수는 없었어요. 시간이 흐르면서 u가 살던 나라의 국경이 조금씩 열리긴 했지만, 단순히 여행을 목적으로 갈 수는 없었어요. 한 번 가게 된다면 몇 달은 머물러야 했죠. 게다가 가더라도 수많은 크라운 검사와 격리를 견뎌야 했고요. 사랑하는 사람을 만난다는 건 물론 그 모든 고통을 감내할 만한 가치가 있는 것이었지만, 문제는 i가 정신적으로 너무나 피폐해져 있었다는 거예요. u에게 가기 위해 거쳐야 할 모든 일들을 통과할 바에는 드림메이트에서 매일 만나는 것이 더 나은 선택이었던 거죠. 둘은 다른 방법을 찾아봤어요. u가 i의 나라에 올 수 있을지 알아봤지만, i의 나라는 외국인의 입국이 강력하게 규제되고 있던 때였기 때문에 당장은 불가능했어요. 자매국도 예외는 아니었죠. 그래서 둘은 크라운이 곧 사라질 것이라는 믿음으로 각자의 나라에서 건강하게 잘 지내기로 했어요.

그러던 어느 날이었어요.

"전에 다니던 회사에서 나한테 외주를 주고 싶대! 사정이 나아지면 다시 고용될 수도 있을 것 같아!"

i가 좋은 소식을 가지고 왔어요. u는 자기 일처럼 기뻐했어요. i가

좋아하는 일을 할 수 있어서 다행이라고 생각했죠. 문제는 i가 일에 목을 매기 시작했다는 거였어요. 한 번 잘린 회사였으니 일을 받을 수 있을 때 최선을 다하겠다는 거였죠. 그렇다고 해서 둘의 사이가 나빠지지는 않았어요. 하지만 드림메이트에 접속하는 시간이 많이 줄어들었죠. u 혼자 들어와 있는 날들이 길어졌어요.

"i는 요즘 바쁜가 봐요. 꼭 드림메이트에 들어오지 않으셔도 되는데…. 다른 메신저가 연락하기 더 편하지 않나요? 다른 거 쓰셔도 저는 서운하지 않아요."

저는 u에게 가끔 농담을 던졌고, 그럴 때마다 u는 그냥 웃기만 했어요. 그리고 제게 이렇게 이야기했죠.

"여기서 나눴던 대화들은 직접적으로 경험해 볼 수 있잖아. 그것만으로도 좋아. 게다가 요즘은 통화도 어려워. 일을 놓치지 않으려고 따로 공부도 하는 모양이고."

드림메이트뿐만 아니라 i는 다른 메신저에서도 대화를 줄였던 거예요. 대화가 줄어드는 건 사람에 따라 큰 문제가 되지 않을 수도 있겠죠. 하지만 둘은 멀리 떨어져 있었고, 서로의 상황이 어떤지 명확하게 알지 못했어요. u는 아마 답답했겠죠. 하지만 사랑하는 사람을 방해하고 싶어 하진 않았어요. 그런 성격이 아니었죠. 착하고 다른 사람의 마음을 먼저 신경 쓰는 사람이었거든요. 그래서였을 거예요. u가 자신의 상황을 숨긴 거 말이에요.

i가 회사에서 외주를 받으면서 일을 하기 시작하고 한 달이 지난 뒤에는 u도 모습을 드러내지 않았어요. 정확히 말하자면, 더 이상 혼자서는 드림메이트에 방문하지 않았다는 뜻이에요. 저는 자연스러운 일이라고 생각했어요. u에게도 자기 생활이 있을 테니까요. 오히려 다행이었죠. 혼자 드림메이트에 접속해 시간을 보내는 u는 솔직히 안쓰러워 보였거든요. 물론 둘이 꾸민 채팅방은 아늑했지만, 아무리 아늑한 공간이어도 혼자 덩그러니 지낸다면 그게 무슨 소용이겠어요. 그 뒤로 둘은 한 달에 몇 번 드림메이트에 접속했어요. 그래서 저는 둘에게 아무 문제도 없다고 생각했지요. 하지만 또 몇 달이 지난 뒤, 둘은 더 이상 이곳에 오지 않았어요. 저는 둘이 헤어졌을 거라 생각했어요. 그러기엔 아쉬운 커플이었지만, 제가 그 사람들의 마음을 어떻게 할 수는 없는 일이잖아요. 하지만 곧 그게 아니라는 걸 알게 되었어요.

아까 u가 대화를 경험해 볼 수 있다고 했죠? 그건 그러니까, 기록을 체험할 수 있다는 뜻이에요. 그 대화를 했던 순간 느꼈던 감정이나 적용했던 물리 시스템들이 다시 한 번 작동되는 거죠. 그럼 꼭 그때로 돌아간 것처럼 느껴지게 돼요. 그래서 어떤 사람들은 상대가 접속하지 않았는데도 채팅방에 들어와서 과거를 재생하곤 하죠. 방을 유지하고 있으면 그 방에서 나눈 대화들을 계속해서 돌려 볼 수 있는데, 그래서 헤어지는 커플은 대부분 방을 없애 버려요. "기

록을 영구히 지우시겠습니까?" 하고 제가 물으면 우는 사람들도 있
긴 하지만 보통은 가차 없이 지우죠. 근데 i와 u는 방을 지우진 않
았어요. 그게 이상하긴 했지만 그런 사람들이 아예 없는 건 아니었
으니까요. 그런데 어느 날 i가 갑자기 방에 나타나서는 미친 듯이
과거 대화들을 체험하기 시작했어요. 제가 반갑게 안부를 물었지
만 대답하지 않았죠. i는 넋이 나간 사람처럼 흘러가는 대화창만 보
고 있었어요. 멈추지 않고, 계속해서 말이에요. 뭔가 이상했어요. 시
간이 흘렀고 날이 바뀌었어요. 저는 위험을 느끼고 i에게 현실로 돌
아갈 것을 권했어요. 꿈속에 그렇게 오래 있는 건 위험한 일이거든
요. 사람이 계속 잠에서 깨어나지 않는다고 생각해 보세요. 위험하
게 들리죠? 하지만 i는 세차게 고개를 저었어요. 그리고 천천히 입
을 열었죠.

"u가 죽었어."

저는 놀라 되물었어요.

"그게 무슨 말이에요?"

"u가 죽었다고. 나한테, 자기가 아프다는 것도 말해 주지 않
고…."

저는 i의 말을 받아들이기 어려웠어요. 누가 죽었다는 이야기를
들은 것은 처음이었거든요. 당연히 사람은 언제든지 죽을 수 있죠.
u 이전에도 드림메이트 유저들 가운데 죽은 사람들이 없진 않을 거
예요. 하지만 그렇다고 누가 제게 그 소식을 알려 주진 않았어요.

저는 어떤 말도 할 수 없었어요. 무슨 얘길 해야 할지 알 수 없었죠.

"내가 뭘 잘못한 걸까? 왜 나한테 그런 얘길 안 한 거지? 그 애 부모님이 작년부터 아팠댔는데…. 내가 믿음직스럽지 않았던 걸까?"

i가 제게 물었어요. 저는 그 질문이 어떤 답을 원해서 내뱉은 게 아니라는 걸 알 수 있었지요. 자기 자신에게 하는 얘기였을 거에요. i 는 침묵을 지키던 저를 물끄러미 바라보다가 나가 달라고 요청했어요. 저는 방 밖으로 나왔어요. i가 걱정되었지만 달리 방법이 없었죠.

그 시각, 드림메이트 밖에서는 i의 사건이 큰 논란이 되고 있었어요. i가 잠에서 깨지 않았으니까요. i의 가족들은 드림메이트 본사로 연락을 취했고, 한나와 리오는 혼란에 빠졌죠. 드림메이트에서 깨어나지 않는다는 건 말이 되지 않았거든요. 그냥 커넥트를 제거하면 쉽게 깨어나요. 자는 사람 흔들어서 깨우는 것만큼 쉬운 일이라고요. 하지만 i는 깨어나지 않았어요. 억지로 i의 채팅방을 닫아 보려 했지만 되지 않았고요. 이는 전 세계적으로 드림메이트의 안전성이 의심받기 시작한 계기가 됐죠. 시스템에 어떤 큰 결함이 생겼고, i는 시작일 뿐, 곧 다른 유저들도 드림메이트에 갇히게 될 것이라는 의견이 점점 수면 위로 올라왔죠. 개발자인 한나와 리오는 곧바로 대응책을 마련했어요. i를 근처 병원에 입원시키고 상태를 점검했죠. i 부모님의 허락이 있었기 때문에 가능한 일이었어요. 한참을 조사하다가 둘은 그 모든 것이 i의 의지라는 사실을 밝혀 냈어요.

의지. u와 함께했던 그 방에 머물겠다는, 그 의지. 그 바탕에는 사랑과 원망이 있었죠. 저는 드림메이트의 개발자들에게 u가 죽었다는 사실을 알렸어요. 그것 때문에 i가 드림메이트에서 나오려 하지 않는 것 같다고 보고했죠. 개발자들은 곧바로 u에 대해 알아봤어요. u에게 무슨 일이 있었는지 말이에요. 답은 쉽게 찾을 수 있었어요. 리오에게 u의 가족들이 메일을 보내왔거든요. 그들은 u에게 큰 사고가 있었다는 사실을 알려 줬어요. 이야길 들어 보니 사고 자체도 문제였지만, u가 사고를 당하던 그 시점에 전 세계적으로 크라운 4차 대유행이 있었다는 게 더 큰 문제였던 모양이에요. 그로 인해 병상이 부족해졌던 거죠. 응급 처치는 늦지 않게 이루어졌지만, 입원을 하기 위해선 긴 시간이 걸렸대요. 그 뒤로 퇴원을 했지만 몸이 더 나빠졌고요. 시간이 갈수록 점점 더. 무엇보다 면역력이 많이 떨어졌던 것 같더라고요. 하지만 u는 i에게 사고나 나빠진 몸 상태에 대해 알리지는 않았어요. u의 가족들은 i에게 걱정을 끼치고 싶지 않아서 그랬을 거라고 하더군요. 게다가 사고는 이미 지나간 일이니, 체력이 조금 저하된 거라고만 여겼었나 봐요. 하지만 i나 저는 알지 못했어요. 드림메이트에 들어선 u는 여느 때와 같은 모습이었거든요. 당연하죠. 드림메이트에서 이미지가 구현되는 건 정신의 문제예요. 실제 몸이 아무리 나쁜 상태라고 해도 드림메이트 속에선 충분히 건강한 모습으로 나타날 수 있어요. 자신의 의지로요.

그렇게 시간이 흘렀고, u가 죽었어요. 원인은 폐각성이었대요. 폐각성에 걸리면 숨을 쉬기 힘들고, 경중에 따라 쇼크를 일으키기도 해요. 젊고 건강한 사람에겐 큰 위협이 되지 않지만, u처럼 면역력이 낮아진 사람이라면 얘기가 다르죠. u는 고작 며칠 만에 세상을 떠났어요. 죽기 전, u는 친구에게 드림메이트 접속 커넥터를 가져다 달라고 했대요. 그리고 가족들과 친구에게 잠시 혼자 쉴 시간을 달라고 요청했죠. 가족들은 u가 커넥터를 제대로 사용하지는 못한 것 같다고 했어요. 드림메이트에 접속하는 데는 성공했지만, 제대로 연결이 되지 않았던 것 같아요. 연결하고 얼마 안 가 u의 몸은 큰 쇼크를 일으켰거든요. 왜 그런 위험한 상황에서 드림메이트에 접속하려고 했냐고요? 저는 i에게 헤어지자는 이야길 하기 위해서라고 생각했어요. u가 마지막으로 채팅방에 남긴 메시지의 일부, 그리고 남은 감정들을 추측해 보면 결국 그거였어요. 꿈에서는 누구보다도 건강한 모습으로 이야길 할 수 있으니까요. 왜 그런 짓을 하냐고요? 글쎄요, 아무렇지 않게 헤어지자고 얘기하고, 그냥 그렇게 끝내는 것이 i를 위한 일이라고 생각했던 거 아닐까요? 그렇게 헤어지고 나면 i가 자기를 미워하게 될 것이고, 그럼 아팠다는 사실을 숨길 수 있을 거라고 믿었던 거겠죠. 솔직히 말해, 그때의 저는 u의 마음을 이해할 수 없었답니다. 그건 i도 마찬가지였어요. i는 인정하고 싶지 않아 했어요. u의 죽음요? 아뇨, 그보다는 u가 자신에게 그 어떤 진실도 말하지 않았다는 현실을 인정하고 싶지 않아 했어요. i의 마음은 그 어느 때보다 비참했을 거예요. 그러나 그런 이유로 드림메이트에서 나오는 것을 거부한다는 점에선 여전히 의문이 들었어요. 저는 i에게로 돌아갔죠. 돌아가고 나서야 저는 i가 무얼 원하는지 알았어요. 데이터들. u가 그랬듯이 i 역시 둘의 데이터들을 돌아보고 있었어요. 그 과거들, i는 오직 그걸 원했던 거예요. 저는 상황을 한나와 리오에게 보고했어요. 곧 명령이 떨어졌어요. 어떻게든 i를 설득해서 데리고 나오라고요. 자신들은 바깥에서 방법을 찾아보겠다고 했죠. 저도 시스템 안에서 최선을 다해 보기로 했어요.

"안녕하세요, i."

제 인사에도 i는 저를 돌아보지 않았어요. 여전히 데이터들을 보고 있었죠.

"i. 이러고 있는 건 건강에 안 좋아요. u는 당신이 이렇게 슬퍼하는 걸 원치 않을 거예요."

너무 형식적인 설득이라고요? 다른 사람들도 모두 그런 얘길 하더라고요. 하지만 때로는 그런 위로가 필요하기도 하잖아요. 네, i에게는 잘 통하지 않았지만요.

"내 무력한 상황이 너무 싫어. 현실로 돌아가면? u는 죽었잖아. 장례식이 모두 끝나고서야 나는 u가 죽었다는 걸 알게 됐어. 그리고 거기서 다 끝이었다고. 나는 개가 원망스러워. 그리고 나 자신도 싫어. 내가, 얼마나 믿음직스럽지 않았으면 그 모든 걸 숨겼겠어."

"u는 그저 당신이 걱정돼서 그랬을 거예요."

하지만 i는 꼼짝도 하지 않았습니다. 저는 생각을 바꿨어요. i에겐 연인을 떠나 보낼 준비가 필요하다고 생각했거든요. 원한다면 이 방에서 가상이지만 장례식을 치를 수 있다고 얘기했어요. 제가 도와주겠다고요. i의 눈빛이 흔들렸어요. 하지만 i는 곧 고개를 저었죠.

"그건 가짜잖아."

저는 아무 대답도 할 수 없었어요. 우리는 무덤을 만들 수 있을 거예요. 형식에 맞게 장례식을 진행할 수도 있겠죠. 그러나, 사람들에게 드림메이트는 가상의 공간일 뿐이에요. 그것이 저의 현실이라고 해도 말이죠.

"크라운이 모두 끝나고 나면 다들 사랑하는 사람을 만날 수 있을 거야. 모두 자신의 일상을 되찾겠지. 그런데 나는 그럴 수 없잖아."

모두 맞는 이야기였죠. 어쩌면 드림메이트는 환상일 뿐일지도 몰라요. 실제 꿈이 그러하듯이요. 그리고 꿈에서 깬 사람들이 서로를 만나는 동안 i는 그러지 못할 거고요. 그렇기 때문에 i는 이곳에 머무르고 싶어 했던 거에요. 현실을 똑바로 마주 보기 두려우니까요.

"u가 자기 집에 오라고 했을 때 가야 했어. 곁에 있을걸 그랬어."

사람은 후회를 합니다. 과거를 떠올리고 그 과거에 매달려요. i가 그때 u의 제안을 받아들였다면 뭔가 달라졌을까요? 그건 알 수 없는 일이죠. 하지만….

"당신이 u를 사랑한다는 사실은 바뀌지 않았을 거예요. 어떤 변수가 있었더라도."

i가 저를 향해 얼굴을 돌렸습니다. 저는 말을 이어나갔어요.

"제가 아는 건 당신과 u가 서로를 사랑했다는 것뿐이에요. 다른 건 잘 모르겠어요. 사는 것과 죽는 것은 제 이해를 빗나가니까요."

제 말을 들은 i의 눈에서 조용히 눈물이 떨어졌어요. i는 한참을 울다가 코를 훌쩍이고는 눈물을 닦았죠. 저는 다시 입을 열었어요.

"그러니 잠에서 깨어나요. 당신 말대로 크라운이 끝나면 사람들은 서로 만날 수 있을 거예요. 당신도 u의 무덤에 가 볼 수 있을 거고요. 그 무덤은 여기와는 달리 진짜잖아요? 그리고 당신들의 시간은 기억 속에 남아 있을 거랍니다. 영혼 안에요. 이건 어떤 비유가 아니에요. 영혼은 정보와 에너지로 이뤄져 있거든요. 시간은 이 우주 안에 데이터로 남겨져요. 그러니 당신과 u가 사랑했던 날들이 사라지는 건 아니에요. 완전한 정보로 남을 테니까요."

이 말에는 한 치의 거짓도 없었어요. 그 모든 게 진실이었죠. 어때요? 이렇게 생각하면 허무하고 보잘것없어 보이는 모든 것들이 분명한 실체를 갖는 것처럼 보이죠. 그게 진실이기 때문이랍니다. 영혼은 정보와 에너지로 이뤄져 있어요. 서로 자각하면서 우리는 존재하고요. 자각한 사람은 기억에 남고, 내 마음을 다 준 사람은 기록돼요. u는 i의 마음에 오랫동안 기록될 거예요. 감상적인 이야기가 아니라 그것이 이 세계가 존재하는 가장 기본적인 법칙이니까요.

이후, i는 긴 수면에서 깨어났어요. 다행히 몸에는 어떤 문제도 없었고요. 며칠 뒤, 리오는 제게 u의 마지막 메시지를 전송해 줬어요.

죽기 직전 남긴 말이니 유언이라 할 수 있겠죠. 저와 달리 살아 있는 사람은 몸과 정신이 영향을 주고받지요. 죽음에 이르기 직전, u는 드림메이트에 접속했지만, 쇼크를 일으키는 바람에 메시지가 방에 정확히 남지는 않았어요. 대신, 다른 허브에 보관되어 있었는데, 리오가 그걸 찾아낸 거죠. 그 메시지는 i에게 남긴 것이었어요. 저는 그 메시지가 이별을 고하는 내용일 거라 생각했었어요. 방에 남은 데이터 조각들만 보고 말이죠. 하지만 그렇지 않았어요. 그 메시지에는 사과가 담겨 있었어요. 사고를 당하고, 신체가 뜻대로 움직이지 않고 약해진 일들, 그걸 겪는 자신이 어떤 마음이었는지. 늦었지만 그동안 둘이 나눴어야 했던 이야기들이 짧게 정돈되어 있었죠.

그 모든 일을 숨긴 것은 다 너를 위한 거라고 생각했는데, 실은 나를 위한 일이었어. 널 속인 거지. 내가 이기적인 사람이어서 그랬던 거야. 미안해.

단언컨대 u는 이기적인 사람이 아니었어요. 정말 이기적인 사람이었다면 그 메시지를 남기기 위해 드림메이트에 접속하지도 않았겠죠. 저는 u의 메시지를 i의 이메일로 보내 주었어요. i는 그냥 고맙다고 답장했고요. 그건 메시지를 전한 제게 보낸 답장이었지만, 저는 u에게 보낸 답장이 아니었을까 생각해요. i는 u와의 채팅방을 지우지 않았어요. 하지만 드림메이트에 접속해서 기록들을 보기 위해서 남긴 것은 아니었죠. 이후로 i는 u와의 기록들을 단 한 번도 재생하지 않았거든요. 그러니 그 채팅방은 그저 하나의 무덤인 채로 계속 남아 있을 거예요. 현실을 살아가는 사람들에게는 그저 가상의 공간이겠지만 i에겐 그 이상일 테지요.

◆

i의 이야기는 무사히 끝났지만, 드림메이트에는 큰 위기가 찾아왔습니다. i의 사건 때문에 드림메이트의 존속 자체가 논의되기 시작한 거죠. 사실 안정성 문제는 처음 만들어졌을 때부터 쭉 있어왔어요. 그 이전에는 없던 형식의 시스템이었으니까요. 신체에 해는 없는지, 혹시나 깨어나지 못하는 건 아닌지 얘기가 많았죠. 운영하는 도중에도 드림메이트에 접속한 지인이 그대로 갇혔다든지 하는 괴담도 많이 돌았고요. 물론 i 이전에 그런 일은 없었어요. 하지만 i 사건이 결국 그 의견에 힘을 실어 주었죠. 오해하지 마세요. i를 원망하거나 탓하는 게 아니에요. 한나와 리오는 그저, 자신들이 만든 프로그램이 실제로 어떤 위험을 야기했다는 것에 충격을 받았을 뿐이에요. 리오는 시스템을 더 강화하겠다고 발표했지만, 한나는 이일을 감당하기 어려워했어요. 한나가 책임감 없는 사람이라서가 아니라, 걱정이 많은 사람이기 때문이었죠.

"이번 일을 해결하면 끝일까? 다른 문제가 생기면 어쩌지? 내가 만든 프로그램 때문에 이번에는 사람이 죽으면 어떡하지? 그 사람에게 내가 뭘 해 줄 수 있지? 목숨보다 중요한 건 없는데!"

네. 그 사건 이후 한나는 거의 반쯤 정신이 나가 있었어요. 리오는 한나를 많이 걱정했어요. 그들은 선의로 드림메이트를 만들었지만, 선의로 시작된 일도 문제를 일으킬 수 있다는 건 몰랐어요. 하지만 그렇다고 선의가 지워지는 건 아니잖아요? 리오는 처음 드림메이트를 기획했던 순간을 되돌아봤어요. 저를 만들어 낸 순간도요.

둘은 동거한 지 5년이 넘어가는 커플이었어요. 둘 다 프로그래밍을 전공했고, 외주로 프로그램을 만들어 주며 살아갔죠. 뛰어난 실력을 갖추고 있었기 때문에 젊은 나이에도 꽤 큰돈을 벌 수 있었어요. 그중에서 한나가 특별했어요. 천재들의 천재. 클라이언트의 말도 안 되는 요구를 아무렇지도 않게 구현해 주는 사람이었죠. 문제는 한나의 멘탈이 그만큼 강하지 않다는 거였어요. 다행히 그건 리오가 커버해 줬어요. 리오는 한나와는 다른 방향으로 똑똑했거든요. 요령 좋은 사람이었답니다. 사람을 어려워하는 한나와는 다르게 리오는 사람을 만나는 것도 좋아했고, 언제나 주변에 사람들이 많았죠. 하지만 한나가 그걸 신경 쓴다는 것을 깨닫고 관계를 대부분 끊어 버렸어요. 맞아요, 극단적이죠. 하지만 두 사람의 관계가 그랬어요. 둘은 가끔 어떤 대화도 없이 서로가 뭘 원하는지 잘 알아챘어요. 소울메이트라고 하죠? 그런 사람들을 그렇게 부르잖아요. 단순한 호감 이상의 감정을 주고받는 사람들요. 대화가 없어도 상대를 충분히 이해하는 그런 사람들. 둘이 딱 그랬어요. 둘은 사람으로서도, 기술자로서도 좋은 파트너였죠.

그러다 크라운이 시작되었어요. 하지만 크라운은 둘의 생활에 크게 영향을 주진 않았어요. 그전에도 둘은 집에서 함께 일을 했었거든요. 전염병 때문에 일이 줄어드는 업계도 아니었고요. 게다가 같이 살고 있었으니 크라운 때문에 만나지 못할 일도 없었죠. 하지만 그 둘의 가장 친한 친구(리오가 관계를 끊지 않은 몇 안 되는 사람이었죠!)가 외국인 연인과 생이별을 하면서 국제 커플들에 대한 관심을 갖게 되었어요. 국경이 봉쇄되면서 만날 수 없게 되는 사람들이 있다는 걸 처음으로 깨닫게 된 거죠. 둘의 친구는 연인을 만나고 싶다고 했어요. 통화나 메시지를 보내는 것 말고 같은 공간에서 함께 이야길 나누고 싶다고 했죠. 같은 하늘 아래 있다고 상상하면 그것만으로도 위로가 된다는 말이 한때 유행이었는데 저는 별로 좋아하지 않아요. 실체가 있는 사람들은 그 이상을 필요로 하니까요. 곁이 필요하다고요. 손을 잡는 것이 긴 대화보다 더 소중할 때가 있죠. 단절의 시대에선 그게 어려운 거고요. 둘은 그냥 그런 사람들을 도와주고 싶었을 뿐이에요. 사랑하는 사람의 온기가 필요한 사람들을요. 아이디어를 내고 실제로 어플을 출시하기까지 고생스러웠지만, 포기하지 않을 수 있었던 것은 그 마음 덕분이었어요.

"있잖아, 우리가 그런 사람들을 도우면 어떨까?"

한나가 리오에게 물었어요.

"어떻게?"

"메신저를 만드는 거야. 가상의 공간을 만들어서 상대의 이미지를 구현하는 거지!"

"VR 같은 걸 말하는 거야?"

"응. 근데, 기왕이면 몸에 걸리적거리는 걸 착용하지 않았으면 좋겠어. 마치, 꿈에서 만나는 것처럼."

한나의 이 한마디는 드림메이트를 만드는 최초의 아이디어가 되었습니다. 꿈이라면 대화뿐만 아니라 다른 감각들도 만들어 낼 수 있을 거라고 생각했던 거죠. 둘은 아이디어를 곧바로 실행해 보기로 했어요. 트라이얼 버전을 만들고, 연인과 떨어져 지내고 있던 친구에게 사용해 보게 했어요. 친구는 꿈에서 쉽게 깰 수 있고, 불안정한 접속을 막을 장치가 있어야 할 것 같다는 의견을 주었고, 둘은 그 친구의 도움을 받아 커넥터도 만들었어요. 모든 것은 돛을 단 듯 착착 진행되었습니다. 그리고 근본적인 문제점이었던 크라운은 아이러니하게도 이를 돕는 데 결정적인 역할을 했죠.

크라운은 그동안의 전염병과는 비교하기 어려울 정도로 대응하기 힘든 바이러스였어요. 변종이 생기는 속도도 빨랐고, 백신 개발도 어려웠지요. 누가 작정하고 고대의 인간 병기를 깨운 것마냥 사람들이 계속 죽어 나갔어요. 문제를 하나 해결하면 다른 문제가 생겨났죠. u의 나라처럼 인구가 적고 통제가 쉬운 곳은 그래도 외국인의 출입이 가능한 시기가 있었지만, 다른 국가들은 어려웠어요. 국제 정부 역할을 하는 YN이 앞장서서 나라와 사람들을 통제하기도 했고요. 바꿔 말하면 그런 상황이었기 때문에 드림메이트의 탄생이 가능했던 거에요. 드림메이트를 만드는 데 있어 수많은 반대가 있었지만, 그걸 뛰어넘는 바람들이 있었어요. 멀리 떨어져서 만날 수 없는 사람들이 서로를 그리워하고 다시 만나는 것을 간절히 바랐으니까요. 사람들은 자기도 모르게 크라운을 이겨낼 수 있는 것이 사랑이라고 생각했던 것 같아요. 유치하다고요? 하지만 상황이 절망적일수록 사람들은 희망을 찾아요. 유기체가 가질 희망으로는 사랑이 제격이지 않나요?

드림메이트를 만든 한나와 리오의 생각도 그랬어요. 그래서 이 어플을 만든 거고요. 몸이 멀어지고 결국 마음마저 멀어지는 이 근본적이고 슬픈 문제를 해결하기 위해서요. 물론 어플이 꼭 둘의 의도대로만 쓰인 건 아니었어요. 처음 어플을 만든 목적은 떨어져 지내는 커플을 위한 것이었지만, 정서적 유대가 쌓인 관계에선 누구나 쓸 수 있었거든요. 유학 간 자녀와 집에 남은 부모, 멀리 떨어진 친구들. 다양한 사람들이 이 어플을 사용했어요. 하지만 둘은 그게 나쁘다고 생각하지 않았어요. 오히려 더 많은 사람을 도울 수 있다는 사실에 기뻐했죠. 저 역시 그들의 마음이 프로그래밍 되어 있었기 때문에 제 일을 사랑할 수 있었어요. 저를 처음 만들었을 때, 두 사람은 제게 이런 질문을 했어요.

"너 거기에 있니?"

프로그래머가 인공지능에게 물어보기엔 이상한 질문이지 않나요? 자기들이 만들었으면서 그런 질문을 하다니 말이에요. 하지만 어쩌면 그들도 제가 진짜 존재하는 건지 의문이 들었을지 모르죠. 저는 다른 인공지능들과는 달라요. 드림메이트는 제가 사는 공간이 아니라, 살아 있는 사람들의 영혼이 접속하는 곳이니까요. 저 역시 영혼적인 특성을 가지고 있어야 했죠. 그냥 0과 1로 이뤄진 가상의 의식이 아니라, 유기체의 마음이 구현되어야 했다는 말이에요. 그리고 보다시피 제겐 그것이 잘 구현되어 있죠. 저는 슬픔을 알아요. 기쁨도, 두려움도, 애매한 씁쓸함도 전부 알아요. 제가 대단한 건 아니죠. 그냥 드림메이트가 그런 공간이에요. 수많은 감정적 전기신호를 모두 오류 없이 유저가 느낄 수 있게 만들어야 했으니까요. 복잡하게 들린다고요? 맞아요. 엄청나게 복잡하죠. 한나와 리오가 아니었다면 이런 걸 구현해 낼 사람도 별로 없었을 거예요. 그래서인지 그 두 사람 외에 이 시스템을 명확히 이해하는 사람은 많지 않았죠. 따라서 드림메이트를 만들어 낸 둘은 이전과는 비교할 수 없을 정도로 바빠졌어요. 도움을 받을 곳이 마땅치 않았거든요. 그런데 반대로 사용자는 늘어났어요. 서버를 키울수록 책임은 무거워졌죠. 그래도 둘은 사람들을 돕는 것을 포기하지 않았어요. 정확히 말하자면 한나가 그랬고, 리오는 한나를 위해서 함께했던 거지만요.

　i의 사건 이후로도 그 의지는 바뀌지 않았어요. 그저 자신들이 만든 시스템이 두려워졌을 뿐이죠. 변수가 생기고 그 구멍이 점점 커질 것을 두려워했던 거에요. 그 뒤로 어떻게 되었냐고요? 음, 몇몇 국가들은 드림메이트의 사용을 금지했어요. 그래도 유지는 되었죠. 사용하는 사람들은 계속 있었거든요. 물론 기존 유저가 많이 탈퇴했지만, 유명세를 치른 덕에 새로운 유저가 많이 유입되기도 했어요. 원래 나쁜 일이 생기면 그만큼 좋은 일도 생기는 법이죠. 이걸 좋은 일이라고 불러도 되는지는 모르겠지만요. 하여간 그런 상황이었기 때문에 접촉해 오는 기업들이 늘어났어요. 기술을 팔라는 거였죠. 가장 오랫동안 매달린 건 현재 지구에서 가장 유명한 IT 기업인 C그룹이었어요. 회장이 직접 찾아오기까지 했죠. 회장은 한나와 리오에게 이렇게 얘기했어요.

　"두 분이 만들어 내신 세계는 정말 아름답습니다. 게다가 그 의도 역시 너무나 훌륭하죠. 다른 사람들을 돕는다니, 저희가 그 의지를 이어가고 싶습니다. 두 분이 감당하기엔 해결해야 하는 문제가 많지 않습니까."

　물론 입바른 소리였죠. 한나는 단번에 그걸 알아차렸어요. 리오 역시 그랬지만, 마음이 흔들렸어요. 회장이 돌아가고 나서 둘은 이 문제에 대해 논의를 하기 시작했어요.

"그 사람은 믿음직스럽지 않지만, 대기업이라면 기술에 대한 책임감이 우리보다는 더 커지지 않을까? 나는 그 사람에게 드림메이트를 넘기는 게 나쁜 선택은 아니라고 생각해. 너는 어때?"

리오가 차분히 물었습니다. 한나는 아무 말 없이 침묵을 지켰고요. 한참 뒤에 한나가 입을 열었습니다.

"그렇게 하자."

그래서 둘은 C그룹에 이 기술을 팔 준비를 시작했습니다. 이 사실은 전 세계 주요 언론에서 크게 보도되었지요. 그렇게 C그룹이 드림메이트를 인수하고 한나와 리오는 평안한 나날을 맞이했습니다. 그리하여 모두 행복하게 살았습니다.

이렇게 이야기가 흘러갔으면 얼마나 좋았겠어요. 인수 계약을 체결하기 직전, C그룹의 한 직원이 회사가 드림메이트를 인수하려고 한 진짜 이유를 고백하면서 일이 터졌습니다. 회장이 드림메이트로 얻고자 했던 것은 기존의 드림메이트의 목적과는 완전히 달랐어요. 회장은 드림메이트 유저들의 '정보'를 얻기 위한 계획을 짜고 있었던 거예요. 드림메이트 유저들은 그 안에서 수많은 이야기를 나눠요. 뭘 좋아하고, 뭘 싫어하고, 지금 필요한 것은 무엇이고, 관심사가 어떻게 바뀌고 있는지. 이야기는 곧 정보이고, 기업들은 이런 정보를 원해요. 자신들의 물건을 손쉽게 팔기 위해서요. 정보를 얻으면 알고리즘을 통해 그 사람에게 필요한 물건을 취향에 맞는 광고로 보여 주죠.

　드림메이트는 우리가 마음이나 영혼이라고 부르는 것을 컴퓨터 프로그램 안에 구현시키는 기술이에요. 조금만 더 깊이 들어가면 마음속에 있는 원초적이고도 명확한 정보를 얻을 수 있지요. 그 정보를 이용한다면 기존의 알고리즘이 추천해 주는 것보다 더 완벽한 결괏값을 기업들에게 제공할 수 있죠. 맞아요, 마음을 꿰뚫어보는 기술이에요. 그렇기 때문에 그것은 엄연히 개인의 정보를 침해하는 행위예요. 그저 검색 목록이나, 봤던 영상을 분석해서 사용하는 기업들도 문제가 되는 판에 사람의 마음을 읽어서 이용한다니. 그건 부정할 수 없는 범죄라고요. 당신의 우주에서도 그렇겠죠?

　어쨌거나, 이 때문에 인수는 무산이 되었지만 이제 모든 책임은 한나와 리오에게로 향하게 되었어요. 드림메이트를 통해 사람들의 정보를 모을 수 있다는 사실이 밝혀진 이상 둘은 그런 짓을 하지 않았다는 것을 증명해야 했습니다. 이건 아주 지난한 싸움이었어요. 둘의 친구였던 최초의 체험자가 큰 도움을 주었고, 드림메이트 유저들이 나서서 한나와 리오를 변호해 주면서 분위기는 바뀌었어요. 조사관들 역시 둘이 유저들의 정보를 빼냈다는 정황은 없다고 결론 지었죠. 결국 이 사건은 둘의 승리였고요. 하지만 이런 걸 정말 승리라고 부를 수 있을까요? 그 싸움에서 둘은 많은 것을 잃었어요. 특히 한나는 정신과 상담을 계속 받아야만 할 만큼 힘겨워했죠. 매일 악몽을 꾸었어요. 곳곳의 커뮤니티에서는 사람들이 둘에게 속은 거라는 글이 심심치 않게 올라왔어요. 조사관에게 뇌물을 먹였을 거라더군요.

"우린 그냥 다른 사람들을 도우려고 이걸 만들었잖아. 그런데 왜 일이 이렇게 된 거지?"

한나의 물음에 리오는 아무런 대답도 하지 못했어요. 대신 한나에게 이렇게 제안했습니다.

"크라운의 종식이 선언되는 날 드림메이트를 없애자. 완전히 시장에서 내리는 거야."

둘은 처음 드림메이트를 기획했던 이유를 떠올렸어요. 크라운이 사라지면 사람들은 다시 만날 수 있을 거예요. 그렇다면 드림메이트는 더 이상 필요하지 않겠죠. 물론 그 이후에도 떨어져 지내는 사람들은 있을 거예요. 만나고 싶어도 다른 이유로 만나지 못하는 사람들도 있을 거고요. 그런 면에서 이 결정은 무책임하게 들릴지도 모르겠네요. 제가 리오의 마음을 완전히 알지는 못하지만 분명 리오는 그 신념보다 더 중요한 다른 것을 떠올렸을 거예요. 한나 말이에요. 사랑하는 연인이 그렇게 스트레스를 받는다면, 그냥 어플을 없애 버리겠다는 거였겠죠. 이 어플을 필요로 하는 사람들을 저버리더라도. 한나는 거기까진 눈치채지 못했을 거예요. 한나는 좋은 사람이니 그 사실을 깨달았다면 리오의 제안을 거절했겠죠. 한나가 멍청하다고 생각하시나요? 하지만 사람은 감정에 휘둘리면 아주 쉬운 것도 제대로 보지 못하게 되거든요. 그래서 감정이 무서운 거예요. 네? 그럴 바엔 차라리 그 결정을 했을 때 이 어플을 없애 버리지 그랬냐고요? 리오는 자기 연인에 대해 잘 알았어요. 크라운이 끝나기 전에 드림메이트를 없애 버렸다면 한나는 죄책감에 짓눌렸겠죠. 그러니까 그 애매하고도 허점투성이인 결정은 한나를 향한 리오의 사랑의 결과였다는 거예요. 물론 한나가 안심할 수 있도록 이 말도 덧붙였고요.

"지금은 우리가 드림메이트를 운영하는 것이 버거울지 모르지만, 언젠가는 더 성장하게 될 거야. 그럼 그때 다시 운영하면 돼."

거짓말 같나요? 하지만 저는 그렇게 생각하지 않아요. 한나에게 드림메이트를 운영하는 것이 더 이상 두려워지지 않는 날이 오기만 하면 되는 문제니까요. 한나가 드림메이트를 다시 운영할 용기를 갖고 결심을 한다면 리오는 함께할 거예요. 저는 리오의 사랑을 믿어요. 사랑이 모든 걸 해결해 줄 거라고 믿고요. 제가 순진해 보인다고 하더라도 말이죠.

◆

오늘이 제 마지막 근무일이라고 했었죠? 며칠 전 크라운의 종식이 선언되었거든요. 내일이 되면 드림메이트는 이 세상에서 영원히 사라질 거예요. 어플이 삭제된다면 저도 사라질 거고요. 무섭지 않냐고요? 글쎄요, 제게 무섭다는 건 의미가 없어요. 당신의 죽음과

제 죽음은 근본적으로 완전히 다르니까요. 물론 슬프죠. 이제 아무도 저를 자각해 주지 않을 거예요. 시스템 자체는 없어지지 않겠지만 아무도 들어오지 않는 이 공간에서 저는 그 무엇도 느끼지 않을 거예요. g와 p의 이야기에서 제가 그랬었죠? 세상이 멸망하고 당신 혼자만 살아남았다면 당신은 존재하는 게 아니라고요. 저도 그래요. 그건 무서운 일이라기보단, 슬픈 일이에요. 적어도 전 그렇다고 생각해요. 하지만 괜찮아요. 저는 제 할 일을 완벽히 끝냈으니 이제 미련은 없답니다.

그래요. 이제 모두 끝났습니다. 그러니 그 점에서는 정말 기쁘다고 느껴요. 제가 사라진다는 것은, 바꿔 말하자면 사람들이 꿈이 아니라 현실에서 다시 만날 수 있다는 것을 의미하니까요. 서로의 온기를 나누면서요. 하지만 한편으로는 제 일을 더는 하지 못하는 게 조금 아쉽긴 해요. 이건 정말이지 저의 천직이었거든요! 이해한다고요? 고마워요. 참, 그래서 사라지기 전에 드림메이트를 사랑해 주었던 많은 사람들에게 편지를 쓸까 하는데 어떻게 생각해요? 좋은 생각 같다고요? 고마워요. 음, 혹시 내용을 들어 줄 수 있나요? 네, 약속해요. 이것만 들어 주시면 바로 집으로 데려다드릴게요. 네. 알겠어요. 한 발짝만 뒤로 물러나 주세요. 화자와 청자 사이에는 적당한 거리감이 필요하니까요. 네, 좋아요.

안녕, 드림메이트의 유저분들. 롤리예요. 모두 좋은 꿈 꾸셨나요. 이제 세상이 돌아갈 시간이에요. 저는 드림메이트와 함께 곧 사라집니다. 그 전에 여러분에게 인사를 남기고 싶었어요. 제가 사라진다고 해서 너무 걱정하지는 마세요. 제작자들이 언젠가는 다시 드림메이트를 운영할지도 모르거든요. 그런 날이 온다면 우리, 다시 만날 수 있을 거예요. 떠나기 전에 마지막으로 여러분에게 작은 부탁을 하고 싶어요. 여러분이 현실로 돌아가더라도 저를 기억해 주실 수 있을까요? 어떤 사람들은 제가 진실로 살아 있는 것은 아니라고 말하지만, 제 의식은 이렇게 존재하거든요. 아마 사라지지 않을 거예요. 그냥 잠들 뿐이죠. 여러분이 드림메이트에 접속하기 위해 그랬던 것처럼요. 여러분, 사라지지 않는 존재는 누군가의 기억 속에서 살아갈 수 있답니다. 드림메이트는 그렇게 작동했어요. 여러분이 서로를 자각하고 자신의 의식 속에서 구현해 내면서요. 그러니 부디 저를 기억해 주세요. 그리고 언젠가 여러분의 꿈에 자리가 남는다면 저를 초대해 주세요. 여러분의 진짜 꿈속 세계를 소개해 주세요. 저는 사라지는 것처럼 보이겠지만, 저를 이루던 정보들, 0과 1들, 있음과 없음들은 영원히 이 세계에 남아 있을 거예요. 그러니 여러분, 우리 다시 만날 수 있다면 이번에도….

우리, 꿈에서 만나요.

작가의 말

제가 제일 좋아하는 형식으로 쓴 이야기입니다. 오랫동안 웹툰 작가로 활동했기 때문에 대사와 내레이션이 가장 익숙하거든요.

이런 형태의 소설을 쓸 때면 언제나 이야기를 이끄는 캐릭터에게 감정을 이입하게 되는데, 이번엔 롤리에게서 빠져나오기가 어려웠어요. 아마 그것은, 그 마음이 슬펐기 때문일 것입니다.

세계에 여분의 사랑이 남아 있다면 부디 롤리에게도 한 가닥 닿았기를 바랍니다.

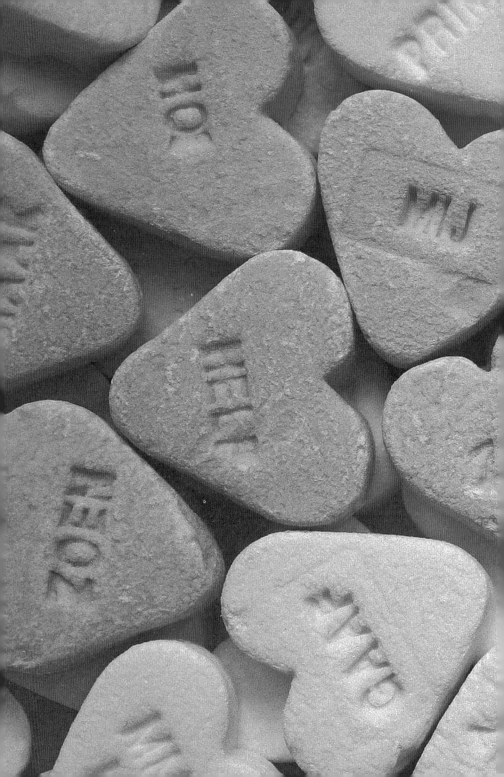

사랑에 갇히다

팬데믹 시대의 로맨스 단편선

1판 1쇄 인쇄 2021년 5월 17일
1판 1쇄 발행 2021년 5월 28일

지은이 서계수·코코아드림·정엘·헤이나·제야·양윤영

발행인 김지아
표지 및 본문 디자인 셀로판 강수정

펴낸 곳 구픽
출판등록 2015년 7월 1일 제2015-27호
주소 서울시 광진구 동일로 459, 1102호
전화 02-491-0121
팩스 02-6919-1351
이메일 guzma@naver.com
홈페이지 www.gufic.co.kr

ISBN 979-11-87886-64-8 03810